Irmão Odd

Dean Koontz

Irmão Odd

Tradução de
CHRISTIAN SCHWARTZ

EDITORA RECORD
RIO DE JANEIRO • SÃO PAULO
2012

CIP-BRASIL. CATALOGAÇÃO-NA-FONTE
SINDICATO NACIONAL DOS EDITORES DE LIVROS, RJ

K86i   Koontz, Dean R. (Dean Ray), 1945-
       Irmão Odd / Dean Koontz; tradução de Christian Schwartz. –
       Rio de Janeiro: Record, 2012.

       Tradução de: Brother Odd
       ISBN 978-85-01-08586-3

       1. Romance americano. I. Schwartz, Christian. II. Título.

11-6043
                                        CDD: 813
                                        CDU: 821.111(73)-3

TÍTULO ORIGINAL EM INGLÊS:
Brother Odd

Copyright © 2006 by Dean Koontz
Publicado mediante acordo com Lennart Sane Agency AB.

Texto revisado segundo o novo Acordo Ortográfico da Língua Portuguesa.

Todos os direitos reservados. Proibida a reprodução, no todo ou em parte,
através de quaisquer meios. Os direitos morais do autor foram assegurados.

Direitos exclusivos de publicação em língua portuguesa somente para o Brasil
adquiridos pela
EDITORA RECORD LTDA.
Rua Argentina, 171 – Rio de Janeiro, RJ – 20921-380 – Tel.: 2585-2000,
que se reserva a propriedade literária desta tradução.

Impresso no Brasil

ISBN 978-85-01-08586-3

Seja um leitor preferencial Record.
Cadastre-se e receba informações sobre nossos
lançamentos e nossas promoções.

Atendimento e venda direta ao leitor:
mdireto@record.com.br ou (21) 2585-2002.

Para camaradas que conheço faz tempo e que admiro
porque fazem um bom trabalho e são gente boa:
Peter Styles, Richard Boukes, Bill Anderson
(olá, Danielle), Dave Gaulke e Tom Fenner
(olá, Gabriella, Katia e Troy).
Vamos fazer uma festa bacana do Outro Lado,
mas não nos apressemos.

Ensinai-nos...

A dar sem olhar quanto custa;

A lutar sem se importar com os ferimentos;

A labutar sem almejar descanso.

— *Santo Ignácio de Loyola*

UM

ANINHADO À ROCHA, ENGOLFADO EM SILÊNCIO, LÁ ESTAVA EU à beira do janelão enquanto o terceiro dia da semana dava lugar ao quarto. O rio da noite seguia, indiferente ao calendário.

Esperava testemunhar aquele momento mágico em que a neve começa a cair para valer. Mais cedo, o céu despejara alguns flocos, depois mais nada. A tempestade que se anunciava não tinha pressa.

O quarto era iluminado apenas por uma vela grossa num copo cor de âmbar sobre a mesa de canto. Cada vez que uma lufada de ar frio encontrava a chama, raios de luz se derretiam como manteiga nas paredes de pedra, e ondas de sombra se derramavam pelos cantos.

Na maioria das noites, a luz artificial é clara demais para mim. E, quando estou escrevendo, o único brilho é o da tela do computador, reduzido ao texto em cinza sobre o fundo azul-marinho.

Sem brilho, a janela não refletia meu rosto. Para além das vidraças, eu tinha uma visão clara da noite.

Morando num monastério, mesmo que apenas como visitante, conseguimos enxergar melhor o mundo, ver como ele realmente é, em vez de olhá-lo através da sombra que projetamos sobre ele.

A Abadia de São Bartolomeu estava cercada pela vastidão da Sierra Nevada, do lado californiano da fronteira. As florestas primordiais que cobriam as encostas permaneciam, elas também, mergulhadas na escuridão.

Daquela janela no terceiro andar, eu conseguia ver apenas uma parte do extenso jardim frontal e a trilha pavimentada que o cortava. Quatro postes baixos com luminárias em formato de sino projetavam poças redondas de luz clara.

A hospedaria fica na ala noroeste do mosteiro. No térreo, as salas de convivência. Os quartos privativos ficam nos andares mais altos.

Enquanto assistia, ansioso, à chegada da tempestade, uma brancura que não era a da neve cruzou o jardim, saída da escuridão para a área iluminada.

Há um cachorro no monastério, um pastor alemão, talvez misturado com labrador, que pesa uns 50 quilos. Ele é completamente branco e se move com a graça de um nevoeiro. Seu nome é Boo.

Meu nome é Odd Thomas. Meus pais problemáticos alegam ter sido um erro na certidão de nascimento, e que Todd era o nome que pretendiam me dar. Mas eles nunca me chamaram de Todd.

Por 21 anos, não cogitei mudar meu nome para Todd. O rumo bizarro que minha vida tomou sugere que Odd é a opção mais adequada, seja esse o nome que meus pais tinham em mente ou apenas um lance do destino.

Lá embaixo, Boo parou no meio do calçamento e contemplou toda a extensão da trilha, que serpenteava e sumia na escuridão.

Montanhas não são totalmente íngremes. Em alguns pontos o terreno em aclive oferece um descanso. O mosteiro se localiza numa campina alta, voltada para o norte.

A julgar pelas orelhas em pé e pela cabeça erguida, Boo havia percebido a aproximação de um visitante. O rabo continuava abaixado.

Não consegui ver se o pelo dele estava arrepiado, mas sua postura tensa sugeria que sim.

As luminárias na trilha da entrada do mosteiro permaneciam acesas do crepúsculo até o amanhecer. Para os monges de São Bartolomeu, os visitantes noturnos, mesmo que sejam raros, merecem receber boas-vindas com luz.

O cachorro ficou parado, imóvel, por um tempo, depois voltou sua atenção para o gramado à direita da trilha pavimentada. Abaixou a cabeça, as orelhas caídas.

Por um instante, não pude ver o que havia levado Boo a se pôr em alerta. Foi quando, de repente, surgiu no campo de visão uma forma tão esquiva quanto uma sombra noturna boiando em água escura. A figura passou perto o suficiente de um dos postes de iluminação para, por um breve momento, se revelar.

Mesmo à luz do dia, aquele era um visitante que apenas o cachorro e eu éramos capazes de notar.

Vejo pessoas mortas, espíritos daqueles que já se foram, mas que, cada um por uma razão específica, ainda não deixaram este mundo. Alguns se sentem atraídos a mim por justiça, ou conforto, ou companhia; outros me procuram por razões que nem sempre consigo entender.

Isso complica a minha vida.

Não estou pedindo que você sinta pena de mim. Todos temos nossos problemas, e os seus lhe parecem tão importantes quanto os meus parecem a mim.

Talvez você gaste uma hora e meia no trânsito todas as manhãs, em vias completamente engarrafadas, impedido de avançar por motoristas impacientes e incompetentes, alguns deles espécimes furiosos, com o dedo médio sempre pronto para dar uma resposta. Imagine, porém, como suas manhãs seriam mais estressantes se, no banco da frente, você levasse um rapaz com um terrível ferimento na cabeça, resultado de uma machadada, e no banco de trás viajasse uma velhinha que foi estrangulada pelo marido, com os olhos arregalados e o rosto arroxeado.

Os mortos não falam. Não sei por quê. E o rapaz da machadada na cabeça não sangra, o que poupa o estofamento do carro.

Mas estar rodeado de mortos recentes, além de ser desconcertante, geralmente não é muito animador.

O visitante na trilha do jardim não era um fantasma qualquer, talvez nem fosse um fantasma. Além dos espíritos dos mortos que ainda permanecem neste mundo, há outro tipo de entidade sobrenatural que também vejo. Eu os chamo bodachs.

São formas fluidas, pretas, a substância de sombras, nada mais. Silenciosos, do tamanho de um homem normal, eles frequentemente têm o andar esguio dos gatos, bem rente ao chão.

O que eu via no gramado do mosteiro se movia de forma ereta. Era preto e não tinha forma definida, mas lembrava alguma coisa entre homem e lobo. Imberbe, sinuoso e sinistro.

A grama não se mexeu à sua passagem. Se ele estivesse atravessando uma superfície d'água, não teria deixado sequer uma ondulação atrás de si.

Segundo as lendas das Ilhas Britânicas, um bodach é um monstro vil que desliza pelas chaminés durante a noite e leva embora crianças malcriadas. Mais ou menos como os fiscais da Receita fazem com quem não paga os impostos.

Isso que vejo não são nem bodachs nem cobradores de impostos. Não levam embora nem crianças malcriadas nem adultos sonegadores. Mas já os vi entrando em casas por chaminés — por fechaduras, por frestas em esquadrias de janelas, multiformes como fumaça — e não fui capaz de encontrar um nome mais adequado para eles.

Sempre que aparecem, o que não é frequente, é bom ficar alerta. Essas criaturas parecem ser vampiros espirituais que conhecem o futuro. São atraídos a lugares condenados a algum tipo de violência ou a uma impetuosa catástrofe, como se estivessem ali para se alimentar do sofrimento humano.

Embora fosse um cão valente, e com boas razões para isso, Boo estremeceu à passagem daquela aparição. Seu focinho negro deixou à mostra os caninos brancos.

O fantasma parou, como que a escarnecer do cachorro. Parece que os bodachs sabem quando algum animal consegue vê-los.

Não acho que eles saibam que eu consigo vê-los também. Se soubessem, acredito que teriam menos piedade de mim do que os terroristas loucos têm de suas vítimas, quando dispostos a decapitá-las e desmembrá-las.

Ao ver aquele, meu primeiro impulso foi me encolher e sair correndo da janela para me juntar à poeira debaixo da minha cama. Meu segundo impulso foi ir fazer xixi.

Resistindo tanto à covardia quanto ao chamado da bexiga, saí apressado dos meus aposentos para o corredor. O terceiro andar da hospedaria tinha duas suítes pequenas. A outra não estava ocupada naquele momento.

No segundo andar, o russo carrancudo estava, sem dúvida, ferrado no sono. A construção sólida do mosteiro não permitia que meus passos invadissem seus sonhos.

A hospedaria tem uma escada interna em espiral, degraus de granito cercados por paredes de pedra. O piso se alterna em preto e branco, lembrando arlequins e teclas de piano, e também uma velha e melosa canção de Paul McCartney e Stevie Wonder. Embora escadas de pedra sejam impiedosas e o padrão em preto e branco me deixasse desorientado, mergulhei para o térreo, correndo o risco de causar algum dano ao granito, caso chegasse a cair de cabeça nele.

Dezesseis meses atrás, perdi a coisa mais preciosa da minha vida e me vi num mundo em ruínas; mas, normalmente, não sou tão descuidado. Tenho menos motivos agora para viver do que já tive antes, mas minha vida ainda tem um propósito, e luto para encontrar um sentido para os meus dias.

Deixei a escada para trás nas mesmas condições em que a havia encontrado e atravessei correndo o salão principal da área de convivência, onde apenas a luz de um abajur aliviava o breu da noite. Empurrei uma pesada porta de carvalho com uma janelinha de vidro temperado e vi minha respiração fazer fumaça na noite de inverno.

O claustro da hospedaria circunda um pátio com um espelho d'água e uma estátua em mármore branco de São Bartolomeu, provavelmente o menos conhecido dos 12 apóstolos.

O São Bartolomeu ali esculpido tinha a mão direita sobre o coração e a esquerda estendida. Na palma voltada para cima repousa o que parece ser uma abóbora, ou uma espécie aparentada da fruta.

O significado simbólico da abóbora me foge da memória.

Nessa época do ano, o espelho d'água costuma ficar seco, e não havia o cheiro de pedra e limo que emanava dele nos dias de calor. Percebi, em vez disso, um leve odor de ozônio, como se estivessem caindo raios durante uma chuva de primavera, o que me intrigou, mas segui em frente.

Continuei rente às colunas do prédio até a recepção da hospedaria. Entrei, cruzei o cômodo na penumbra e voltei a ganhar a noite de dezembro pela porta da frente da abadia.

Nosso pastor branco mestiço, Boo, estava parado na trilha, como eu o havia visto da minha janela no terceiro andar, e virou a cabeça para me olhar enquanto eu descia os largos degraus da entrada. Seu olhar era límpido e triste, sem o brilho lúgubre comum aos olhos dos animais à noite.

Sem a luz das estrelas ou da lua, grande parte do amplo jardim se recolhia ao breu. Se havia algum bodach ali, eu não conseguia vê-lo.

— Boo, pra onde ele foi? — sussurrei.

Ele não respondeu. Minha vida é estranha, mas não tão estranha a ponto de conversar com cachorros.

Com uma determinação cautelosa, porém, o cão seguiu pela trilha até o jardim. Rumou na direção leste, passando pela formidável abadia, que parece ter sido esculpida num único bloco de rocha, tão bem-acabados são os rejuntes entre uma pedra e outra.

Nenhum vento soprava naquela noite, sobre a qual pendia uma escuridão de asas fechadas.

A grama estava úmida e marrom, queimada pelo frio do inverno, e estalava sob os pés. Boo se movia muito mais sorrateiramente do que eu era capaz.

Me sentindo observado, olhei para o alto, na direção das janelas, mas não vi ninguém, nenhuma luz além do brilho fraco da luz da vela nos meus aposentos, nenhum rosto pálido espiando detrás de qualquer vidro escuro.

Eu tinha me precipitado para fora da ala de hóspedes vestindo jeans e camiseta. Dezembro cravava seus dentes nos meus braços nus.

Continuamos na direção leste, contornando a igreja, que faz parte da abadia.

Um lampião brilhava perpetuamente no santuário, mas sua luz não era suficiente para iluminar os vitrais coloridos. Passávamos debaixo de cada um desses vitrais, e aquela luz mortiça parecia nos vigiar, feito o olho único e soturno de alguma criatura mal-humorada das trevas.

Depois de me guiar até o canto mais a nordeste do prédio, Boo virou em direção ao sul, cruzando os fundos da igreja. Seguimos até a ala do mosteiro que, no primeiro andar, abriga o noviciado.

Como ainda não haviam feito seus votos, os noviços dormiam ali. Dos cinco que no momento estudavam no mosteiro, eu gostava de quatro, e confiava neles.

Subitamente, Boo abandonou sua postura cautelosa. Saiu em disparada direto para o leste, se afastando da abadia, e eu fui em seu encalço.

À medida que o jardim dava lugar ao pasto selvagem, o mato açoitava meus joelhos. Logo a primeira neve mais pesada faria endurecer aquelas folhas altas e secas.

Por algumas centenas de metros o terreno apresentava um leve aclive, para em seguida se tornar plano novamente, ao mesmo tempo que o mato na altura dos joelhos voltava a ser uma grama aparada. À nossa frente, na escuridão, erguia-se o Colégio de São Bartolomeu.

Em parte, a palavra *colégio* é um eufemismo. Aqueles estudantes seriam rejeitados em qualquer outro lugar, e ali era também sua casa, talvez a única que alguns deles chegarão a ter.

Ali fica a abadia original, remodelada em seu interior, mas ainda um impressionante amontoado de pedras. A estrutura abriga ainda o convento onde vivem as freiras responsáveis por educar os estudantes e tomar conta deles.

Atrás da antiga abadia, a floresta se eriçava contra o céu tempestuoso, galhos escuros encobriam trilhas cegas que mergulhavam profundamente na solidão daquele breu.

Claramente perseguindo o bodach, o cachorro escalou os amplos degraus que levam à porta da frente do colégio, e daí para dentro.

São poucas as portas do mosteiro que ficam trancadas. Mas, para proteção dos estudantes, o colégio inteiro é trancado.

Somente o abade, a madre superiora e eu mantemos cópias da chave mestra que dá acesso a qualquer lugar. A nenhum hóspede antes de mim foi confiado esse acesso.

Não me orgulho da confiança que depositam em mim. Na verdade, é um fardo. No meu bolso, aquela chave comum parece um carma de ferro atraído por um ímã nas profundezas da terra.

A chave me permite encontrar o irmão Constantine, o monge morto, rapidamente, quando ele se manifesta com um tocar de sinos numa das torres, ou com outro tipo de cacofonia em algum outro lugar.

Em Pico Mundo, a cidade do deserto onde tenho vivido a maior parte do meu tempo neste mundo, os espíritos de muitos homens e mulheres ainda não se libertaram. Mas aqui temos apenas o do irmão Constantine, que não é menos perturbador que todos os mortos de Pico Mundo juntos, um fantasma que vale por vários.

Com um bodach à espreita, irmão Constantine era a menor das minhas preocupações.

Tremendo, usei minha chave. As dobradiças rangeram, e eu segui o cachorro para dentro do colégio.

Duas lâmpadas evitavam o breu total na área da recepção, onde múltiplos arranjos de sofás e poltronas faziam lembrar o lobby de um hotel.

Passei apressado pelo balcão de informações, vazio, e atravessei uma porta de vaivém que dava para o corredor, iluminado por uma luz de emergência e alertas vermelhos indicando SAÍDA.

No térreo, ficavam as salas de aula, a clínica de reabilitação, a enfermaria, a cozinha e o refeitório. As irmãs com algum jeito para a cozinha ainda não estavam por ali preparando o café da manhã. O silêncio reinava naqueles espaços, que assim permaneceriam por mais algumas horas.

Subi a escada da ala sul e encontrei Boo me esperando no patamar do segundo piso. Ele continuava com ar solene. Não abanava o rabo nem arreganhava os dentes.

Dois corredores curtos e dois longos formavam um retângulo, onde ficavam os quartos dos estudantes. Os residentes os ocupavam em duplas.

Nos pontos a sudeste e a noroeste nos quais os corredores se cruzavam ficavam os postos de vigília das freiras, ambos os quais pude localizar quando surgi da escada no canto sudoeste do prédio.

No posto a noroeste, havia uma freira no balcão, lendo. A distância, não consegui identificá-la. Seu rosto estava meio escondido pela touca do hábito. Elas não eram essas freiras modernas que se vestem feito guardinhas de trânsito. Eram do tipo que usa hábitos à moda antiga, que podiam fazê-las se parecerem com formidáveis guerreiros em suas armaduras.

O posto de vigília a sudeste estava vazio. A freira que fazia a guarda ali provavelmente saíra para uma ronda ou para atender um de seus vigiados.

Quando Boo virou à direita, na direção sudeste, eu o segui sem que a freira leitora percebesse. Depois de três passos, ela já estava fora do meu campo de visão.

Muitas das freiras são também enfermeiras, mas elas se esmeram para fazer o segundo andar parecer mais um dormitório do que um hospital. Faltando vinte dias para o Natal, os corredores estavam enfeitados com guirlandas feitas de falsos ramos de árvores e enfeitadas com ouropel de verdade.

Em consideração aos estudantes que estavam dormindo, as luzes tinham sido diminuídas. O ouropel brilhava somente em um ponto ou outro, quase sempre apagado por sombras trêmulas.

As portas de alguns quartos estavam fechadas, outras, entreabertas. Elas exibiam não apenas números, mas também nomes.

A meio caminho entre a escada e o posto de vigília, Boo parou na frente do quarto 32, cuja porta não estava completamente fechada. As plaquinhas, em letras capitais, tinham os nomes de ANNAMARIE e JUSTINE.

Desta vez eu estava bem perto de Boo, e vi que seu pelo parecia eriçado.

O cão entrou, mas certo pudor me fez hesitar. Deveria pedir a uma freira que me acompanhasse aos aposentos daquelas estudantes. Mas preferia evitar ter de explicar a uma das irmãs o que eram bodachs. E o mais importante, não queria arriscar que um daqueles espíritos malévolos me ouvisse falando deles.

Oficialmente, apenas uma pessoa na abadia e outra no convento sabem do meu dom, se é que se trata mesmo de um dom, e não de uma maldição. Irmã Angela, a madre superiora, conhece meu segredo, assim como o padre Bernard, o abade.

O bom-senso recomendava que soubessem tudo sobre o jovem problemático que hospedaram para uma longa estada.

Para assegurar à irmã Angela e ao abade Bernard de que eu não era uma fraude ou um tolo, Wyatt Porter, o chefe de polícia de Pico Mundo, cidade onde moro, contou aos dois detalhes de alguns casos de assassinato nos quais eu havia ajudado.

O padre Sean Llewellyn, de Pico Mundo, também intercedeu por mim. Ele também é tio da Stormy Llewellyn, a quem amei e perdi. Aquela que para sempre amarei.

Nos sete meses que vivo neste retiro nas montanhas, compartilhei a verdade sobre minha vida com outra pessoa, irmão Knuckles, um monge. Seu nome verdadeiro é Salvatore, mas costumamos chamá-lo de Knuckles.

Se fosse o irmão Knuckles à porta do quarto 32, ele não hesitaria. É um monge de ação. Num instante teria decidido que a ameaça representada por um bodach era mais urgente que o pudor. Teria irrompido porta adentro com o mesmo desembaraço do cachorro, embora com menos graça e muito mais barulho.

Abri um pouco mais a porta e entrei.

Nas duas camas, do tipo cama de hospital, estavam Annamarie, mais perto da porta, e Justine. Ambas dormiam.

Na parede atrás das meninas pendia uma lâmpada acionada por um interruptor na ponta de uma cordinha, que ficava enrolada à grade da cama. Com aquilo era possível controlar várias gradações de luz.

Annamarie, que tinha 10 anos mas era bem pequena para a idade, havia ajustado sua lâmpada numa luminosidade fraca, como um abajur. Tinha medo do escuro.

Sua cadeira de rodas estava ao lado da cama. Num dos pegadores na parte de trás do encosto estava pendurada uma jaqueta acolchoada. No outro pegador, um gorro de lã. Ela fazia questão que, nas noites de inverno, aquelas peças de roupa estivessem à mão.

A menina dormia agarrada com as mãos frágeis à parte de cima dos lençóis, como se estivesse pronta a atirar longe as roupas de cama. Seu rosto tenso, parecia preocupado e alerta, mostrando menos ansiedade do que mera inquietação.

Embora dormisse profundamente, parecia pronta para fugir ao menor sinal.

Uma vez por semana, por iniciativa própria, Annamarie treinava conduzir sua cadeira de rodas movida a bateria até os dois elevadores, um na ala leste, outro na ala oeste, e o treino incluía fazer o percurso de olhos fechados.

Apesar de suas limitações e de seu sofrimento, era uma criança feliz. Aqueles ensaios para uma fuga não eram o comportamento típico da menina.

Mesmo que não falasse a respeito, ela parecia pressentir que uma noite de terror estava para acontecer. Que mergulharia numa escuridão hostil em meio à qual teria de achar a saída. Talvez ela fosse vidente.

O bodach, que eu de início avistara lá do alto, à janela, estava ali, mas não estava sozinho. Três deles, sombras silenciosas, que pareciam lobos, rodeavam a segunda cama, na qual dormia Justine.

Um único bodach é sinal de que algo violento pode acontecer logo ou num futuro remoto e menos provável. Se eles aparecem em duplas ou em trios significa que o perigo é mais imediato.

Pela minha experiência, quando surgem em grupos maiores, o perigo pendente se torna perigo iminente, e a morte de várias pessoas é questão de dias ou horas. Embora a visão de três daquelas criaturas me desse um frio na espinha, agradeci por não serem trinta.

Tremendo de excitação, os bodachs se debruçavam sobre Justine enquanto ela dormia, como que a examinando atentamente. Como que se alimentando dela.

DOIS

A LUZ DA LÂMPADA QUE PENDIA SOBRE A SEGUNDA CAMA estava mais fraca, mas não havia sido Justine quem a regulara. Uma das freiras ajustara o interruptor na menor gradação, esperando com isso manter a menina mais confortável.

Justine fazia poucas coisas sozinha e não pedia nada. Sofria de paralisia parcial e não falava.

Sua mãe foi estrangulada pelo marido, o pai de Justine, quando a menina tinha 4 anos. Dizem que, depois de matar a mulher, o marido colocou-lhe uma rosa entre os dentes, mas com o longo caule cheio de espinhos enfiado na garganta dela.

Ele afogou a pequena Justine na banheira, ou pensou que tinha afogado. Abandonou-a achando que estava morta, mas ela conseguiu sobreviver, porém sofreu um dano cerebral devido à falta de oxigênio.

Ela ficou em coma durante semanas, mas isso foi há muito tempo. Hoje ela dorme e acorda e, quando está desperta, sua capacidade de interação com as pessoas que cuidam dela varia.

Fotografias de Justine aos 4 anos revelam uma criança excepcionalmente linda. Nessas fotos, ela parece sapeca e cheia de vida.

Oito anos após o afogamento, aos 12, ela está mais bonita do que nunca. O dano cerebral não resultara em paralisia facial ou numa expressão contorcida. Curiosamente, toda uma vida passada em ambientes fechados não a tornara pálida ou lhe dera um aspecto doentio. Seu rosto tinha cor, e a pele não possuía marcas.

Sua beleza era casta, como a de uma madona de Botticelli, e etérea. Era uma beleza que, em todos aqueles que a conheciam, não despertava inveja ou desejo, mas inspirava uma surpreendente reverência e, inexplicavelmente, um sentimento de esperança.

Minha suspeita é de que as três figuras ameaçadoras, debruçadas sobre ela com um interesse vivo, não estavam ali atraídas por sua beleza. Era sua imutável inocência o que os atraía, assim como a expectativa, ou a certeza?, que nutriam de que ela logo seria morta de forma violenta e, enfim, ficaria feia.

Essas sombras determinadas, negras como nacos de um céu noturno sem estrelas, não tinham olhos, mas eu podia sentir seu olhar malicioso; não tinham boca, mas eu quase conseguia ouvir seus ávidos ruídos a se refestelarem na promessa da morte daquela menina.

Certa vez eu as vi aglomeradas numa casa de repouso horas antes de um terremoto destruir o local. E num posto de gasolina antes de um trágico incêndio que resultou numa explosão. E no encalço de um adolescente chamado Gary Tolliver alguns dias antes de ele torturar e matar toda a sua família.

Uma única morte não mobiliza os bodachs, nem duas ou mesmo três. Eles preferem violência em proporções operísticas, e para eles o espetáculo não termina ao ouvirem o canto de uma soprano gorda, e sim quando podem vê-la em pedacinhos.

Parecem incapazes de interferir em nosso mundo, como se não estivessem totalmente presentes aqui e agora, mas constituem-se, por assim dizer, em presenças *virtuais*. São viajantes, observadores, aficionados pela nossa dor.

Mesmo assim tenho medo deles, e não só porque sua presença é sinal do horror que se aproxima. Ainda que pareçam incapazes de interferir neste mundo de maneira efetiva, suspeito de que eu seja uma exceção à regra que lhes impõe esse limite, e que sou vulnerável a eles, tão vulnerável quanto uma formiga à sombra de um sapato prestes a esmagá-la.

Parecendo mais branco que o normal perto dos bodachs negros, Boo não rosnava, mas observava aqueles espíritos com desconfiança e contrariedade.

Fingi que estava ali para conferir se o termostato do quarto tinha sido regulado adequadamente e, ao levantar as persianas, verifiquei se a janela estava bem fechada; e para tirar um pouco de cera do ouvido direito e cutucar um naco de alface preso entre os dentes, mas não com o mesmo dedo, é claro.

Os bodachs não notaram a minha presença, ou fingiram não notar.

Estavam concentrados na adormecida Justine. Suas mãos ou patas pairavam a alguns centímetros da menina, e os dedos ou garras desenhavam círculos no ar por cima dela, como se aquelas criaturas fossem músicos inovadores tocando um instrumento feito de copos, fazendo soar uma espécie lúgubre de melodia pela fricção do cristal nas bordas úmidas.

Talvez, como um ritmo cativante, sua inocência os excitasse. Talvez a posição humilde dela, a graça de um cordeiro, sua completa vulnerabilidade fossem, para eles, os movimentos de uma sinfonia.

Sobre os bodachs, tudo que posso fazer é teorizar. Nada sei ao certo sobre sua natureza e suas origens.

Isso vale não somente para os bodachs. O arquivo das COISAS SOBRE AS QUAIS ODD THOMAS NADA SABE é do tamanho do universo.

A única coisa que sei com certeza é o quanto nada sei. Talvez seja sábio reconhecer isso. Mas não me conforta, infelizmente.

Debruçados sobre Justine, os três bodachs subitamente se ergueram e, como se fossem um só, viraram suas cabeças de lobo na direção da porta, como se respondessem a um chamado de trombetas que eu não podia ouvir.

Boo, evidentemente, também não podia, pois suas orelhas não ficaram de pé. Sua atenção se manteve sobre os espíritos.

Como sombras perseguidas por uma súbita luz, os bodachs rodopiaram para longe da cama, precipitaram-se para a porta e sumiram pelo corredor.

Decidido a segui-los, hesitei quando vi que Justine me observava. Seus olhos azuis eram poças límpidas: tão cristalinas, aparentemente sem mistério, porém insondáveis.

Às vezes, dá para ter certeza de que ela está vendo a gente. Outras, igual aquela, é como se nós fôssemos transparentes como vidro, como se Justine fosse capaz de enxergar *através* de qualquer coisa neste mundo.

Eu disse a ela:

— Não tenha medo. — O que era duplamente pretensioso. Primeiro, porque eu não sabia se ela estava com medo ou mesmo se estava sujeita a esse sentimento. Segundo, porque minhas palavras implicavam a garantia de uma proteção que, em vista do que estava a caminho, talvez eu não pudesse dar.

Sábio e humilde o bastante para não bancar o herói, Boo tinha saído do quarto.

Enquanto me encaminhava para a porta, Annamarie, na outra cama, murmurou:

— Odd.

Seus olhos permaneciam fechados. Nas mãos, ela ainda amarrotava partes do lençol. A respiração era superficial e ritmada.

Quando parei aos pés da cama, a menina falou outra vez, com mais clareza do que antes:

— Odd.

Annamarie nascera com mielocele e espinha bífida. Seu quadril era deslocado, as pernas, deformadas. A cabeça sobre o travesseiro parecia quase tão grande quanto aquele corpo encolhido sob o cobertor.

Ela parecia adormecida, mas sussurrei:

— O que foi, querida?

— Odd estranho — disse ela.

Seu retardo mental não era severo e não transparecia em sua voz, que não chegava a ser grossa ou engrolada. Era clara e doce e charmosa.

— Odd estranho.

Um arrepio me atravessou como se fosse a afiada mordida da noite de inverno lá fora.

Uma espécie de intuição chamou minha atenção para Justine, na outra cama. Ela havia virado a cabeça para me seguir com o olhar. Pela primeira vez seus olhos encararam os meus.

A boca de Justine se mexeu, mas ela não soltou nenhum de seus habituais ruídos que, sendo seu grau de retardo um pouco mais profundo, era o que conseguia produzir.

Enquanto Justine se debatia sem ser capaz de falar, Annamarie repetiu:

— Odd estranho.

As persianas pendiam frouxas sobre a janela. Os gatinhos de pelúcia sobre as prateleiras próximas à cama de Justine permaneciam imóveis, sem um piscar de olhos ou tremular de bigodes.

Do lado do quarto onde ficava Annamarie, os livros infantis estavam minuciosamente organizados nas estantes. Um coelhinho de orelhas peludas flexíveis, vestido com roupas de época, fazia as vezes de sentinela sobre o criado-mudo.

Tudo estava imóvel, mas eu sentia uma energia que mal podia ser contida. Não ficaria surpreso se, um a um, os objetos inanimados naquele cômodo ganhassem vida: levitassem, rodopiassem e se debatessem contra as paredes.

A imobilidade reinava, porém, e Justine tentou novamente falar, enquanto Annamarie, com sua voz doce e clara, dizia:

— Me conta, vai.

Eu me afastei dela, que dormia, e fui até os pés da cama de Justine.

Por medo de que minha voz pudesse quebrar o encanto, não falei nada.

Eu me perguntava se aquela menina, com o dano causado a seu cérebro, não abrira espaço para acolher uma visitante, e desejava que aquele par de olhos azuis insondáveis se transmutasse num outro par em especial, de olhos negros egípcios, que eu conhecia tão bem.

Há dias em que me sinto como se desde sempre tivesse 21 anos, mas a verdade é que, um dia, já fui jovem.

Naquele tempo, quando a morte era algo que acontecia a outras pessoas, minha menina, Bronwen Llewellyn, que preferia ser chamada de Stormy, às vezes me dizia: *Me conta, vai, Odd estranho.* Aquilo significava que Stormy queria que eu compartilhasse com ela o que tinha acontecido no meu dia, meus pensamentos, meus medos e minhas angústias.

Nos 16 meses desde que a Stormy virara cinzas neste mundo para seguir em missão num outro, ninguém havia me dito aquelas palavras.

Justine mexeu a boca sem produzir som e, na cama ao lado, Annamarie falou:

— Me conta, vai.

Parecia não haver ar no quarto 32. Na sequência daquelas três palavras, parei num silêncio tão profundo quanto o do vácuo. Não conseguia respirar.

Apenas um momento antes, desejara que aqueles olhos azuis se transmutassem nos olhos negros da Stormy, que a suspeita de uma visitante naquele corpo se confirmasse. Agora essa perspectiva me aterrorizava.

Quando nutrimos alguma esperança, geralmente é pela coisa errada.

Ansiamos pelo amanhã e pela evolução que ele representa. Mas ontem, antes de ser ontem, foi amanhã, e onde está a evolução nisso?

Ou então nós voltamos ao ontem, ao que foi ou poderia ter sido. Mas, enquanto o fazemos, o presente está virando passado, de modo que o passado não é nada senão esse nosso anseio por segundas chances.

— Me conta, vai — repetiu Annamarie.

Enquanto eu estiver sujeito à correnteza do tempo, o que sempre acontecerá enquanto permanecer vivo, não haverá retorno para Stormy, para nada. O único caminho de volta é para a frente, rio abaixo. O caminho para cima é o caminho para baixo, e o caminho de volta é seguir em frente.

— Me conta, vai, Odd estranho.

Minha esperança, no quarto 32, não deveria ser a de falar com a Stormy ali mesmo, mas somente ao fim da minha jornada, quando o tempo não tivesse mais controle sobre mim, quando um presente eterno roubasse do passado todo o seu poder de atração.

Antes que eu conseguisse enxergar naquele azul vazio os olhos negros egípcios que esperava ver, desviei o olhar para minhas mãos, que se agarraram aos pés da cama.

O espírito da Stormy não permaneceu preso a este mundo, como acontece com alguns. Ela seguiu em frente como deveria.

O amor intenso e imortal dos vivos pode atrair os mortos. Trazê-la de volta seria algo indizivelmente prejudicial a ela. E, embora revê-la pudesse de início aliviar minha solidão, no fim, nutrir esperança pela coisa errada só pode resultar em infelicidade.

Olhei para as minhas mãos.

Annamarie se aquietou em seu sono.

Os gatinhos de pelúcia e o coelhinho continuaram a ser objetos inanimados, evitando protagonizar tanto um momento Disney quanto um evento demoníaco.

Depois de um tempo, meu coração já batia normalmente outra vez.

Os olhos de Justine estavam fechados. Seus cílios resplandeciam e as bochechas pareciam úmidas. Da linha do queixo pendiam duas lágrimas, que vacilaram antes de cair sobre o lençol.

Saí do quarto à procura de Boo e dos bodachs.

TRÊS

Para o interior da antiga abadia, atual Colégio de São Bartolomeu, haviam sido transportados modernos sistemas mecânicos que podiam ser monitorados a partir de um computador em uma sala do porão.

A espartana sala do computador tinha uma escrivaninha, duas cadeiras e um gaveteiro que servia de arquivo, mas não estava sendo usado. Na verdade, a última gaveta estava abarrotada com mais de mil embalagens vazias do chocolate Kit Kat.

O irmão Timothy, responsável pelos sistemas mecânicos tanto do mosteiro quanto do colégio, tinha um fraco por Kit Kats. Era evidente que ele sentia que seu vício rondava desconfortavelmente o pecado da gula, pois parecia ocultar ali as provas de um crime.

Apenas o irmão Timothy e o pessoal de auxílio aos visitantes tinham algum motivo para entrar naquela sala com frequência. Ele sentia que seu segredo estava bem guardado.

Todos os monges sabiam o que se passava. Muitos deles, com uma piscadela e um sorriso, me instigavam a dar uma olhada na parte de baixo do gaveteiro.

Ninguém sabia se o irmão Timothy confessara sua gula ao pároco, padre Reinhart. Mas aquela coleção de embalagens vazias indicava que ele queria ser descoberto.

Os irmãos adorariam flagrar aquelas provas, mas não antes de a pilha de embalagens vazias estar um pouco maior, e não até que chegasse o momento certo, aquele que assegurasse o maior dos embaraços para Timothy.

Embora o irmão Timothy fosse adorado por todos, infelizmente para ele, era também conhecido por corar a ponto de o rosto ficar iluminado como uma lanterna.

O irmão Roland dizia que Deus somente teria dado a um homem aquela gloriosa reação fisiológica à vergonha se quisesse que tal atributo fosse exposto com frequência e para apreciação geral.

Pregado à parede da sala no porão, à qual os irmãos se referiam como a Catacumba dos Kit Kats, havia um quadrinho bordado com a inscrição O DIABO ESTÁ NOS BYTES.

Naquele computador, eu podia repassar o histórico de funcionamento e a situação atual dos sistemas de aquecimento, iluminação e controle de incêndios, além dos geradores de emergência.

No segundo andar, os três bodachs ainda zanzavam de quarto em quarto, averiguando antecipadamente suas vítimas para maximizar o prazer que teriam quando chegasse o momento da carnificina. Isso era tudo que eu conseguia saber ao observá-los.

Foi o medo de fogo que me levou ao porão. Na tela, chequei todos os dados relativos ao sistema de controle de incêndios.

Cada quarto estava equipado com pelo menos um sprinkler. Os corredores tinham vários, a intervalos de 4,5 metros uns dos outros.

De acordo com o programa de monitoramento, todos os sprinklers pareciam em ordem e todos os condutos d'água mantinham a pressão requerida. Os detectores de fumaça e os dispositivos de alarme estavam operantes e realizando seus autotestes periodicamente.

Saí do sistema de controle de incêndios e abri os dados sobre aquecimento. Estava particularmente interessado nas caldeiras: havia duas no colégio.

Como o fornecimento de gás natural não chegava à distante Sierra Nevada, ambas as caldeiras eram mantidas com propano, gás comum. Um enorme tanque de armazenamento pressurizado ficava distante tanto do colégio quanto da abadia.

De acordo com os dados mostrados na tela, o tanque estava com 84 por cento de sua capacidade máxima. A taxa de fluxo parecia normal. Todas as válvulas funcionavam. O coeficiente de unidades térmicas produzidas em relação ao propano consumido indicava que não havia vazamentos no sistema. Ambos os bloqueadores automáticos de fluxo estavam ativos.

No diagrama, cada ponto com potencial de falha mecânica era assinalado com uma pequena luz verde. Nem um único indicador vermelho manchava a tela.

Qualquer que fosse o desastre a caminho, não teria a ver com fogo.

Olhei para o bordado na parede sobre o computador: O DIABO ESTÁ NOS BYTES.

Certa vez, quando eu tinha 15 anos, uns caras muito maus usando chapéus iguais ao do personagem de desenho Manda-Chuva me algemaram, acorrentaram meus pés, me trancafiaram no porta-malas de um velho Buick e, com um guindaste, colocaram o carro num daqueles compressores hidráulicos capazes de transformar o que um dia foi o automóvel de algum orgulhoso proprietário num cubo de 1 metro mais parecido com uma peça de arte moderna de mau gosto, e por fim apertaram o botão ESMAGAR ODD.

Relaxem. Não é minha intenção aborrecê-los com uma velha história de guerra. Lembro o caso do Buick apenas para ilustrar o fato de que meus dons sobrenaturais não incluem fazer previsões confiáveis.

Aqueles caras maus tinham o olhar brilhante de sociopatas em êxtase, cicatrizes no rosto que sugeriam serem eles, no mínimo, aventureiros, e um jeito de andar que denunciava doloridos tumores testiculares ou múltiplas armas camufladas. E ainda assim eu não percebi que eram uma ameaça até que tivessem me nocauteado e levado ao chão com uma salsicha de 5 quilos e começado a me arrebentar de chutes.

Eu estava distraído olhando dois outros caras que vestiam botas pretas, calças pretas, camisas pretas, capas pretas e chapéus pretos meio esquisitos. Mais tarde, descobri que eram dois professores que, sem terem combinado, haviam decidido ir à mesma festa à fantasia vestidos de Zorro.

Olhando em retrospecto, quando me vi trancafiado no porta-malas com dois macacos rhesus mortos e a salsicha, percebi que deveria ter identificado os verdadeiros encrenqueiros no momento em que vi aqueles chapéus estilo Manda-Chuva. Quem em sã consciência poderia atribuir boas intenções a três caras usando chapéus daqueles, e idênticos?

A meu favor, considerem que eu tinha apenas 15 anos na época, e nem um décimo da experiência que tenho hoje, e que nunca aleguei ser vidente.

Talvez meu medo de fogo fosse, nesse caso, como minha suspeita em relação aos Zorros de mentirinha: uma distração.

Embora a checagem dos sistemas mecânicos não me desse razões para acreditar que chamas iminentes tivessem atraído os bodachs ao Colégio de São Bartolomeu, continuava a me preocupar que fogo fosse um dos perigos. Não poderia haver ameaça maior para uma concentração como aquela de pessoas com deficiências físicas ou mentais.

Terremotos não eram tão comuns nem tão devastadores nas montanhas da Califórnia quanto nos vales e nas planícies. Além disso, o novo mosteiro havia sido construído nos padrões de uma fortaleza, e o antigo, reconstruído com tanto esmero que provavelmente era capaz de suportar tremores violentos e prolongados.

Àquela altitude, na Sierra, o maciço de rocha jazia bem debaixo dos pés; em alguns pontos, enormes segmentos de granito assomavam à superfície. Nossas duas construções estavam ancoradas sobre maciços.

Ali não havia tornados, furacões, vulcões ativos, abelhas assassinas.

Mas *havia*, sim, algo mais perigoso que tudo isso. Gente.

Parecia improvável que os monges do mosteiro e as freiras do convento fossem vilões. O mal pode se disfarçar sob a forma de caridade e compaixão, mas eu tinha dificuldade em imaginar qualquer um dos irmãos ou irmãs numa corrida desembestada empunhando uma serra elétrica ou uma metralhadora.

Mesmo o irmão Timothy, num delírio perigoso causado pelo açúcar e louco de culpa pelos Kit Kats, não chegava a me assustar.

Já o russo carrancudo do segundo andar da hospedaria levantava mais suspeitas. Ele não usava um chapéu como o do Manda-Chuva, mas mantinha uma postura austera e uma atitude misteriosa.

Meus meses de paz e contemplação estavam com os dias contados.

As exigências do meu dom, as silenciosas mas insistentes súplicas dos espíritos presos a este mundo, as terríveis perdas que eu nem sempre fui capaz de evitar: essas coisas haviam me conduzido à reclusão no Mosteiro de São Bartolomeu. Eu precisava descomplicar minha vida.

Não pretendia permanecer para sempre naquele retiro nas alturas. Apenas pedia a Deus um descanso, que me fora concedido, mas agora o relógio andava outra vez.

Quando deixava para trás o diagrama do sistema de aquecimento, o monitor ficou preto e voltou a exibir um simples menu em branco. No reflexo da tela, enxerguei um vulto atrás de mim.

Por sete meses, o mosteiro fora um ponto imóvel no rio, um redemoinho no qual eu girava, mas com uma margem familiar sempre à vista. Agora, porém, a verdadeira força da correnteza reassumia o controle. Furiosa, incontrolável e irascível, levava consigo minha sensação de paz e me carregava para o meu destino uma vez mais.

Já esperando o violento golpe de alguma coisa pontiaguda, rodei a cadeira giratória na direção do reflexo que vira na tela do computador.

QUATRO

Senti um calafrio na espinha e minha boca ficou seca por medo de uma freira.

Batman escarneceria de mim e Ulisses não me pouparia de um sarro, mas em minha defesa poderia dizer aos dois que nunca pretendi ser um herói. No fundo, sou apenas um cozinheiro de lanchonete, atualmente desempregado.

A meu favor, devo observar que a bendita criatura que adentrara a sala de informática não era uma freira qualquer, mas a irmã Angela, a quem as outras chamam de madre superiora. Ela tem a carinha fofa de uma avó querida, sim, mas também possui a determinação de aço do Exterminador do Futuro.

Quero dizer, o Exterminador do Futuro *bonzinho*, o do segundo filme da série.

Embora as irmãs beneditinas normalmente usem hábitos cinza ou pretos, aquelas freiras usavam branco, pois faziam parte de uma ordem duas vezes reformada a partir de outra ordem já reformada na pós-reforma dos beneditinos, ainda que não quisessem ser vistas como alinhadas nem aos monges trapistas, nem aos cistercienses.

Você não precisa saber do que se trata. Até mesmo Deus ainda está tentando descobrir.

A essência de toda essa história de reforma é que aquelas irmãs são mais ortodoxas que essas freiras modernas que se consideram assistentes sociais que não podem namorar. As primeiras rezam em latim, jamais comem carne às sextas-feiras e, com um olhar intimidador, são capazes de silenciar a voz e o violão de qualquer cantor folk que ousar trazer suas melodias socialmente engajadas à missa.

A irmã Angela costuma dizer que ela e suas colegas se mantêm fiéis a um tempo, aos primeiros trinta anos do século passado, em que a igreja estava segura de sua atemporalidade e quando "os bispos não eram malucos". Embora só tenha nascido em 1945, portanto já passada a época que tanto admira, ela diz que preferia ter vivido nos anos 1930, e não nestes tempos de internet e de pouca-vergonha sendo transmitida via satélite.

Simpatizo em parte com suas opiniões. Naquela época, não havia armas nucleares, tampouco organizações terroristas que mandam mulheres e crianças pelos ares, e dava para comprar chicletes Black Jack em qualquer lugar por não mais do que 1 níquel o pacote.

Essa parte de cultura inútil sobre chicletes saiu de um romance. Aprendo muito com romances. Algumas coisas neles até são verdade.

Acomodando-se na segunda cadeira, a irmã Angela falou:

— Outra noite agitada, Odd Thomas?

Ela já sabia, de conversas anteriores, que não durmo mais tão bem como um dia dormi. O sono é uma espécie de paz, e ainda não encontrei a minha.

— Não consegui ir para cama antes de ver a neve começar a cair — respondi. — Queria ver o mundo ficar branco.

— A tempestade de neve ainda não veio. Mas o porão é um lugar bem estranho para vê-la chegar.

— Sim, senhora.

Ela tem um jeito de sorrir, um sorriso adorável que consegue sustentar por um longo tempo à espera, paciente. Uma espada sobre a cabeça do interlocutor não seria tão eficaz como instrumento de interrogatório quanto aquele sorriso em suspenso.

Depois de um silêncio que foi um teste de nervos, falei:

— A senhora me olha como se pensasse que estou escondendo alguma coisa.

— E você está escondendo alguma coisa, Oddie?

— Não, senhora — apontei para o computador. — Só estava conferindo os sistemas mecânicos do colégio.

— Entendo. Então é você quem está substituindo o irmão Timothy? Ele foi internado numa clínica de reabilitação para viciados em Kit Kat?

— Apenas gosto de aprender umas coisas novas por aqui... para poder ajudar um pouco — respondi.

— Suas panquecas no café da manhã, nos fins de semana, são a melhor contribuição que um hóspede do mosteiro já deu.

— Ninguém acerta a massa como eu.

Os olhos da freira exibiam o mesmo tom de azul das florzinhas de umas porcelanas Royal Doulton que minha mãe tinha, algumas das quais, de tempos em tempos, ela atirava nas paredes ou em mim.

— Você devia ter vários fãs na lanchonete em que trabalhava.

— Eu era um astro da espátula.

Ela sorriu para mim. Sorriu e esperou.

— Vou fazer batata rosti neste domingo. A senhora ainda não provou minhas batata rosti.

Sorrindo, ela mexeu em seu colar de contas que sustentava a cruz sobre seu peito.

Falei:

— Eu tive um pesadelo no qual uma caldeira explodia.

— Pesadelo com explosão de caldeira.

— Isso.

— Um pesadelo bem real, não?

— Me deixou nervoso.

— Era uma das *nossas* caldeiras que explodia?

— Talvez. Não consegui identificar o lugar. A senhora sabe como são os sonhos.

Seus olhos azuis da cor de florzinhas pintadas sobre porcelana piscaram, iluminados.

— Nesse sonho, você viu freiras pegando fogo e gritando na noite coberta de neve?

— Não, senhora. Deus me livre, não. Só uma caldeira que explodia.

— Você viu crianças deficientes dependuradas em janelas em chamas?

Tentei, por minha vez, sorrir e guardar silêncio.

Ela disse:

— Seus sonhos são sempre assim, sem muito enredo, Oddie?

— Nem sempre, senhora.

Ela falou:

— De vez em quando sonho com o Frankenstein, mas é por causa de um filme que vi quando era pequena. No *meu* sonho, tem um moinho antigo onde estão penduradas umas velas de barco velhas e esfarrapadas que balançam na tempestade. Uma chuva forte, raios riscando o céu e o abrindo ao meio, sombras avançando, escadarias de pedra fria, portas escondidas em estantes de livros, passagens secretas iluminadas por candelabros, máquinas bizarras com giroscópios banhados a ouro, arcos de eletricidade estalando, um corcunda demente com olhos como uma lanterna, e o tempo todo um monstro enorme no meu encalço e um cientista vestido com jaleco branco de laboratório para lá e para cá, com a cabeça machucada.

Quando parou de falar, ela sorriu pra mim.

— No meu era só uma caldeira que explodia — falei.

— Deus tem muitas razões pra amar você, Oddie, mas com certeza Ele te ama por você não ter nem experiência, nem talento pra mentir.

— Já contei algumas lorotas nesta vida — assegurei a ela.

— Você alegar que conta lorotas é a maior lorota que já contou.

— A senhora deve ter sido a líder da equipe de debates na escola para freiras.

— Confesse, meu jovem. Você não sonhou com caldeira nenhuma. É outra coisa que está te preocupando.

Dei de ombros.

— Você andou inspecionando os quartos das crianças.

Ela sabia que eu via pessoas mortas. Mas não tinha contado nem à irmã, nem ao abade Bernard sobre os bodachs.

Como esses espíritos sedentos são atraídos por eventos com grande número de vítimas fatais, não esperava encontrá-los num lugar remoto como aquele. Cidades e áreas urbanas são, naturalmente, seus locais de caça.

Além disso, aqueles que aceitam quando digo que enxergo os mortos ainda presos a este mundo tendem a não acreditar em mim, conhecendo-me há pouco tempo, se começo a falar também sobre esquivos demônios de sombra que sentem prazer com cenas de morte e destruição.

Um cara que tem um macaco como animal de estimação pode ser visto como um excêntrico charmoso. Mas alguém que transforma sua casa num viveiro de macacos, com pencas de chimpanzés zanzando pelos cômodos, perderá toda a credibilidade junto às autoridades de saúde mental.

Decidi me livrar daquele peso, mas a irmã Angela é boa confidente e tem ouvido afiado para mentiras. Dois ouvidos afiados. Talvez a touca do hábito ao redor do rosto lhe sirva como um amplificador das nuances do que dizem as outras pessoas, e que nós, sem a touca, não somos capazes de ouvir.

Não estou dizendo que as freiras detenham a expertise técnica de Q, o inventor genial que fornece todas aquelas engenhocas legais ao James Bond nos filmes. É uma teoria que não posso descartar assim tão rápido, mas não tenho como provar.

Confiando na boa-fé dela e na capacidade de detectar lorotas conferida por sua touca, contei à irmã sobre os bodachs.

Ela ouviu atentamente, o rosto impassível, nenhum sinal de que avaliava se eu era ou não um psicótico.

Com o poder de sua personalidade, a irmã Angela é capaz de fazer a gente olhar nos olhos dela. Talvez algumas poucas pessoas mais resistentes sejam capazes de desviar o olhar, mas não sou uma delas. Ao contar a ela sobre os bodachs, me sentia e hipnotizado por suas duas florzinhas azuis sobre porcelana.

Quando terminei, a irmã me examinou em silêncio, com a expressão inescrutável, e no momento em que eu já achava que ela estava decidida a orar pela minha sanidade, irmã Angela tomou como verdade tudo o que eu contei, dizendo simplesmente:

— O que precisa ser feito?

— Não sei.

— Essa é uma resposta das mais insatisfatórias.

— Realmente — concordei. — Acontece que os bodachs apareceram há apenas meia hora. Não os observei o suficiente para descobrir o que os trouxe aqui.

Cobertas pelas enormes mangas do hábito, suas mãos se apertaram em punhos cor-de-rosa, os nós dos dedos embranquecidos.

— Vai acontecer alguma coisa com as crianças.

— Não necessariamente com todas elas. Talvez apenas com algumas. E talvez não só com as crianças...

— Quanto tempo temos até que... seja o que for?

— Normalmente eles aparecem um ou dois dias antes do evento. Para apreciar a visão daqueles que... — Relutei em dizer mais.

A irmã Angela concluiu a frase:

— ... logo estarão mortos.

— Se há um assassino na história, um agente humano em vez de, vamos dizer, uma caldeira de gás que exploda, os bodachs mostrarão tanto fascínio por ele quanto pelas potenciais vítimas.

— Não há nenhum assassino aqui — disse a irmã.

— O que sabemos realmente sobre Rodion Romanovich?

— O cavalheiro russo hospedado na abadia?

— Ele é um tanto carrancudo — falei.

— Às vezes eu também sou.

— Sim, mas é de preocupação, e a senhora é uma freira.

— E ele, um peregrino espiritual.

— Temos provas de que a senhora é uma freira, e apenas a palavra dele sobre o que ele é.

— Você viu os bodachs seguindo o russo por aí?

— Ainda não.

A irmã Angela arqueou as sobrancelhas, quase numa carranca, e disse:

— Ele tem sido gentil conosco aqui no colégio.

— Não estou acusando o Sr. Romanovich de nada. Só estou curioso a respeito dele.

— Depois das laudes, vou falar com o abade Bernard sobre a necessidade de mantermos vigilância geral.

As laudes fazem parte das rezas da manhã, o segundo dos sete momentos observados pelos monges diariamente na Liturgia das Horas.

No Mosteiro de São Bartolomeu, as laudes vêm imediatamente depois do Ofício de Leituras, que são cantos de salmos e leituras dos santos, que começam às 5h45 e nunca passam das 6h30.

Desligo o computador e fico de pé.

— Vou dar mais uma olhada por aí.

Fazendo ondular o hábito branco, a irmã Angela levantou da cadeira.

— Se amanhã vai ser um dia crítico, melhor eu dormir um pouco. Mas, se houver uma emergência, por favor, ligue para o meu celular, não importa a hora.

Sorri e balancei a cabeça.

— O que foi? — perguntou ela.

— O mundo dá voltas e muda. Freiras com telefone celular.

— É fácil se acostumar com essas coisas — disse ela. — Mais fácil do que se acostumar com um cozinheiro de lanchonete que vê pessoas mortas.

— É verdade. Acho que o equivalente, no meu caso, teria que ser como naquele antigo programa de TV, a noviça voadora.

— Não admito freiras voadoras no meu convento — disse ela. — Costumam ser frívolas, e nos voos noturnos acabam espatifando as janelas.

CINCO

QUANDO VOLTEI DA SALA DE INFORMÁTICA, NO PORÃO, NE-nhum bodach zanzava pelos corredores do segundo andar. Talvez estivessem amontoados junto às camas de outras crianças, mas não me parecia. Sentia que o lugar estava livre deles.

Podiam ter ido ao terceiro andar, onde as freiras dormiam, desavisadas. As irmãs talvez também estivessem condenadas a morrer numa explosão.

Eu não tinha permissão de subir ao terceiro andar sem ser convidado, exceto numa emergência. Em vez de seguir para lá, saí do colégio e ganhei a noite novamente.

O pasto e as árvores em torno e a abadia morro acima ainda aguardavam serem cobertos de branco.

O céu volumoso, com a tempestade em suspenso, não se mostrava, pois a montanha estava quase tão escura quanto o próprio céu, e nada se refletia no bojo das nuvens.

Boo havia me abandonado. Embora ele gostasse da minha companhia, não sou dono dele. Na verdade, ele não tem um dono aqui. É um agente independente que faz o que quer.

Sem saber ao certo o que fazer em seguida ou onde procurar pistas do que havia atraído os bodachs, cruzei o jardim da frente do colégio, em direção à abadia.

A temperatura do meu corpo tinha caído com a chegada dos bodachs; mas nem os espíritos malévolos e o ar de dezembro eram explicação suficiente para o frio que me transpassava.

A verdadeira fonte daquela friagem talvez fosse eu ter compreendido que nossa única escolha é fogo ou fogo, que vivemos e respiramos para acabar consumidos por ele, não só ali, no Mosteiro de São Bartolomeu, e não apenas naquele momento, mas em qualquer lugar e sempre. Consumidos e purificados pelo fogo.

A terra fez um estrondo, e o chão estremeceu sob meus pés. A grama alta também balançou mesmo sem haver vento.

Embora tivessem sido um ruído sutil e um movimento suave, que muito provavelmente não chegaram a acordar nem um monge sequer, meu instinto gritou *terremoto*. Suspeitei, porém, que o irmão John poderia ter sido o responsável pelo tremor de terra.

Do pasto subia aquele cheiro de ozônio que eu havia detectado antes, no pátio da hospedaria, ao passar pela estátua de São Bartolomeu com a abóbora em oferenda.

Quando, depois de um minuto, a terra parou de tremer, me dei conta de que a principal ameaça de fogo e catástrofe podia não vir do tanque de gás e das caldeiras que aqueciam os prédios. O irmão John, trabalhando em seu refúgio subterrâneo e explorando a própria estrutura da realidade, merecia séria consideração.

Corri para o mosteiro, passando pelos aposentos do noviciado e, ao sul, pelo escritório do abade Bernard. Seus aposentos privativos ficavam na parte de cima do escritório, no segundo andar.

No terceiro andar, sua pequena capela lhe proporcionava um local reservado para orações. Uma luz suave e fraca bruxuleava ao longo das molduras em relevo daquelas janelas frias.

Às 0h35, era mais provável que o abade estivesse dormindo do que rezando. A claridade oscilante que desenhava linhas sobre o vidro provavelmente tinha como fonte um lampião de orações, o brilho de uma única vela.

Contornei o canto sudeste da abadia e rumei para oeste, passando pelos últimos aposentos do noviciado, pela sacristia e pela cozinha. Antes de chegar ao refeitório, me deparei com alguns degraus de pedra.

Embaixo, ao pé da escada, uma lâmpada solitária revelava uma porta em bronze. Sobre a entrada, um frontispício esculpido também em bronze exibia as seguintes palavras em latim: LIBERA NOS A MALO.

Liberta-nos do mal.

Minha chave mestra destravou a pesada tranca. Girando silenciosamente sobre as dobradiças, a porta se abriu para o lado de dentro, meia tonelada de peso tão perfeitamente ajustada que eu seria capaz de movê-la com um dedo.

À minha frente, havia um corredor de pedra banhado por uma luz azulada.

A laca de bronze girou de volta e se fechou às minhas costas, novamente trancada, enquanto eu avançava na direção de outra porta de aço inoxidável polido. Sobre a textura da superfície embutiam-se letras também polidas formando três palavras em latim: LUMIN DE LUMINE.

Luz da luz.

Um amplo batente de aço emoldurava aquela formidável barreira. Embutida nele ficava uma tela de plasma de 12 polegadas.

Ao ser tocada, a tela se acendia. Pressionei a mão espalmada contra ela.

Não conseguia ver nem sentir o scanner lendo minhas impressões digitais, mas mesmo assim fui identificado e admitido. Com um assobio pneumático, a porta deslizou e se abriu.

O irmão John afirma que não é inevitável aquele assobio ao abrir a porta. Dava para fazê-la se abrir silenciosamente. Ele a fez assobiar quando abrisse para ser lembrado de que, em todo empreendimento humano, não importa que virtuosas intenções você carrega, uma serpente está sempre à espreita.

Para além da porta de aço, havia um cômodo simétrico de uns 2,5 metros quadrados que se parecia com um vaso liso, amarelo-cera, de porcelana. Entrei e fiquei ali como uma semente solitária no vazio lustroso de uma cuia.

Quando ouvi um segundo assobio, olhei para trás, mas não havia mais vestígio da porta.

Uma luz esmaecida emanava das paredes e, como nas visitas anteriores que havia feito àquele reino, me sentia como se tivesse entrado num sonho. Experimentava, simultaneamente, um descolamento do mundo *e* uma realidade elevada.

A luz nas paredes se apagou e fui envolvido pela escuridão.

Embora aquela câmara fosse certamente a de um elevador que me fazia descer um ou dois andares, não conseguia perceber movimento algum. O mecanismo não produzia nenhum som.

No escuro, um retângulo de luz vermelha apareceu quando outro portal assobiou e se abriu diante de mim.

Um segundo vestíbulo continha três portas de aço polido. As que ficavam à minha direita e à minha esquerda eram lisas. Nenhuma tinha fechadura visível; e nunca antes eu havia sido convidado a passar por elas.

Na terceira, bem à minha frente, mais letras esculpidas e polidas: PER OMNIA SAECULA SAECULORUM.

Pelos os séculos dos séculos.

À luz vermelha, o aço polido brilhava suavemente, como brasa. As letras resplandeciam.

Sem assobio, os dizeres *Pelos séculos dos séculos* abriram caminho, como que me convidando à eternidade.

Adentrei um cômodo circular de uns 9 metros de diâmetro, completamente vazio, exceto por um conjunto acolhedor de grandes cadeiras confortáveis bem no centro. Cada uma delas tinha sua própria luminária, mas naquele momento, apenas duas luzes estavam acesas.

Ali sentado estava o irmão John, de túnica e escapulário, mas com o capuz puxado para trás, a cabeça descoberta. Antes de se tornar monge, aquele homem fora John Heineman.

A revista *Time* o definira como "o mais brilhante físico dos últimos cinquenta anos, embora uma alma cada vez mais torturada", e apresentara, num texto secundário sobre as "guinadas" na vida de Heineman, a análise de um psicólogo e apresentador de um programa de sucesso na TV no qual resolvia os impasses de pessoas problemáticas, como mães cleptomaníacas com filhas ciclistas bulímicas.

O *New York Times* se referira a John Heineman como "uma charada envolvida em mistério dentro de um enigma". Dois dias depois, numa breve correção, o jornal observara que a autoria daquela memorável descrição deveria ter sido atribuída não à atriz Cameron Diaz, na ocasião em que fora apresentada a Heineman, mas a Winston Churchill, o primeiro a usar aquelas palavras, ao descrever a Rússia, em 1939.

Num artigo intitulado "As Celebridades Mais Patetas do Ano", a *Entertainment Weekly* qualificara Heineman como "idiota renascido" e "o caso perdido de um infeliz que não é capaz de diferenciar o Eminem da Oprah".

A *National Enquirer* prometera provar que ele e a âncora do jornal da manhã, Katie Couric, eram a mesma pessoa, enquanto o *Weekly World News* informava que Heineman namorava a Princesa Diana, que não estava, como o tabloide insistia, assim tão morta como todos pensavam.

No espírito desvirtuado de boa parte da ciência contemporânea, várias publicações especializadas, com uma predisposição a defender, questionaram suas pesquisas, suas teorias, seu direito de publicar essas pesquisas e teorias, seu direito até mesmo de realizar essas pesquisas e *ter* as próprias teorias, suas motivações, sua sanidade e o inaceitável tamanho de sua fortuna.

Se as muitas patentes resultantes de suas pesquisas não o tivessem tornado muitas vezes bilionário, a maioria dessas publicações não mostraria interesse algum em Heineman. Riqueza é poder, e poder é a única coisa com a qual a cultura contemporânea se importa.

Se não tivesse doado sua fortuna toda sem alarde, sem um anúncio à imprensa ou uma entrevista, não teriam ficado tão irritados com ele. Assim como pop stars e críticos de cinema, repórteres vivem obcecados pelo poder.

Se tivesse doado seu dinheiro a uma universidade renomada, não o odiariam. As universidades, em sua maioria, não são mais templos de conhecimento, e sim de poder, e é ali que os verdadeiros modernos fazem seu culto.

Nos anos desde que isso acontecera, se Heineman tivesse, em algum momento, sido flagrado com uma prostituta menor de idade ou se internado numa clínica para viciados em cocaína, em estado tão crítico que a cartilagem do seu nariz estivesse a ponto de apodrecer, tudo seria perdoado; a imprensa o adoraria. Na nossa época, autoindulgência e autodestruição, em vez de autossacrifício, são o alicerce dos novos mitos heroicos.

Em vez do esperado, John Heineman havia, durante anos, escolhido a reclusão monástica e, na verdade, de tempos e tempos, viveu meses como ermitão, em outros lugares e enfim ali, naquele retiro profundo, sem trocar uma palavra com ninguém. Suas meditações eram diferentes das dos demais monges, mas não necessariamente menos reverentes.

Cruzei a faixa de sombra que circundava a mobília arrumada ao centro, sobre um chão de pedra. As cadeiras ficavam sobre um carpete cor de vinho.

As lâmpadas coloridas e as cúpulas de lona dos abajures produziam uma luz dourada.

O irmão John era alto, magro e tinha ombros largos. Suas mãos, naquele momento pousadas sobre os braços da cadeira, eram grandes, e os pulsos grossos.

Embora um rosto alongado se harmonizasse melhor com aquele físico esguio, o dele era redondo. A luminária jogava a sombra definida e pontuda do nariz robusto sobre a orelha esquerda, como se seu rosto fosse um relógio de sol, o nariz funcionando como a haste vertical, e a orelha como a marcação para as 9 horas.

Presumi que a segunda luminária acesa era para mim e sentei na cadeira em frente à dele.

Seus olhos eram violeta e estavam entreabertos, o olhar fixo como a mira de um atirador acostumado a muitas batalhas.

Considerando que ele talvez estivesse meditando e não quisesse ser interrompido, não o interrompi.

Os monges de São Bartolomeu são encorajados a dedicar-se ao silêncio em todas as horas, exceto em ocasiões sociais programadas.

Esse silêncio ao longo do dia é chamado de Silêncio Menor, começa depois do café da manhã e dura até o período recreativo da noite, após o jantar. Durante o Silêncio Menor, os irmãos só falam uns com os outros se o trabalho do mosteiro exigir.

O silêncio depois das Completas, a prece da noite, é chamada de Silêncio Maior. No São Bartolomeu, vai até o café da manhã.

Não queria encorajar o irmão John a falar comigo. Ele sabia que eu não lhe faria uma visita àquela hora se não tivesse um bom motivo; mas sair ou não de seu silêncio seria decisão dele. Enquanto esperava, dei uma olhada no cômodo.

Como a luz ali era sempre fraca e restrita ao centro da sala, nunca antes eu havia visto com clareza a parede contínua que envolvia aquele espaço circular. O preto lustroso dava a ideia de uma superfície polida, que eu suspeitava ser de vidro, para além do qual um breu misterioso inundava tudo.

Como estávamos no subsolo, não havia paisagem de montanhas a ser desvelada. Painéis curvos e contíguos de vidro, de quase 3 metros de altura, davam mais a sensação de um aquário.

Se o que nos cercava era mesmo um aquário, o que quer que vivesse nele nunca se revelara na minha presença. Nenhuma forma tênue jamais andara por ali. Nenhum inquilino, com boca aberta e olhar fixo, sem piscar, viera nadar perto dos limites do aquário para me observar lá do seu mundo sem ar.

Figura imponente em qualquer circunstância, o irmão John agora me fazia pensar no Capitão Nemo no comando do *Nautilus*: o que era uma comparação infeliz. Nemo foi um homem poderoso e também um gênio, mas não batia muito bem.

O irmão John goza de tanta sanidade quanto eu mesmo. Entendam como quiser.

Depois de mais um minuto de silêncio, parecia que ele havia concluído a sequência de pensamentos que relutara em interromper. De alguma terra distante, seus olhos violeta desceram sobre mim e, numa voz rouca e grave, ele disse:

— Coma um biscoito.

SEIS

NA SALA CIRCULAR, SOB A LUZ DOURADA, AO LADO DE CADA uma das poltronas, havia uma pequena mesa. Sobre a que estava ao lado da minha cadeira, um prato vermelho contendo três cookies com pedaços de chocolate.

Era o próprio irmão John quem os fazia. Eram maravilhosos.

Peguei um. Estava quentinho.

Do momento em que abri a tranca da porta de bronze até entrar naquele cômodo, nem dois minutos se passaram.

Duvidava que o irmão John tivesse servido os biscoitos. Ele me parecera genuinamente perdido em pensamentos.

Estávamos sozinhos ali. E eu não havia escutado passos de alguém que se retirava quando entrei.

— Delicioso — falei, engolindo a primeira mordida do cookie.

— Quando era menino, eu queria ser confeiteiro — disse ele.

— O mundo precisa de bons confeiteiros, irmão.

— Não conseguia parar de pensar, por isso não me tornei um.

— Parar de pensar sobre o quê, irmão?

— Sobre o universo. A organização da realidade. Sua estrutura.

— Entendo — falei, embora não tivesse entendido nada.

— Compreendi a subestrutura atômica aos 6 anos.

— Aos 6 anos, construí um forte bem legal com minhas peças de Lego. Torres e torreões e batalhas e tudo o mais.

Seu rosto se iluminou.

— Quando era criança, usei 47 caixas de Lego para criar um modelo básico da espuma quântica.

— Desculpe, irmão. Não faço ideia do que seja espuma quântica.

— Para compreender isso, você precisa ser capaz de imaginar uma paisagem em escala muito pequena, a décima parte de um bilionésimo de um milionésimo de 1 metro, e que só exista por um milionésimo de um bilionésimo de um bilionésimo de um segundo.

— Eu ia precisar de um relógio melhor.

— Essa paisagem que estou descrevendo se situa abaixo do próton numa proporção de 10-20, lá onde não existe esquerda ou direita, para cima ou para baixo, antes ou depois.

— Quarenta e sete caixas de Lego devem ter custado uma fortuna.

— Meus pais me apoiavam em tudo.

— Os meus, não — falei. — Tive que sair de casa aos 16 anos para trabalhar como cozinheiro de lanchonete e me sustentar sozinho.

— Você faz panquecas excelentes, Odd Thomas. Todo mundo sabe o que é uma panqueca, ao contrário do que acontece com a espuma quântica.

Depois de ter criado uma instituição de caridade com um caixa disponível de 4 bilhões de dólares, administrado pela

Igreja, John Heineman sumiu. Durante anos, assiduamente, a mídia o havia caçado sem sucesso. Dizia-se que ele havia se isolado com a intenção de se tornar monge, o que era verdade. Alguns monges se tornam padres, outros não. Embora sejam todos irmãos, alguns são ordenados e podem celebrar missas e realizar ritos sagrados que os demais não podem, mesmo que, no resto, se considerem iguais. O irmão John é monge, mas não padre.

Sejam pacientes. A hierarquia da vida monástica é mais difícil de explicar do que panquecas, mas não chega a ser de fritar o cérebro, como no caso da espuma quântica.

Os monges fazem votos de pobreza, castidade, obediência e estabilidade. Alguns deles deixam para trás parcos recursos, enquanto outros abandonam carreiras prósperas. Acho que é seguro afirmar que só mesmo o irmão John virou as costas para 4 bilhões de dólares.

Atendendo a um desejo de John, a Igreja usou parte do dinheiro dele para reconstruir a antiga abadia e transformá-la em escola e lar para pessoas com deficiência física e mental, que tivessem sido abandonadas pela família. Eram crianças que, de outra forma, definhariam em instituições públicas que, em sua maioria, não lhes dariam amor, ou acabariam vítimas silenciosas de eutanásia nas mãos dos autoproclamados "anjos da morte" do sistema de saúde.

Naquela noite de dezembro, sentia o coração aquecido por estar na companhia de um homem como o irmão John, em quem a compaixão se equiparava à inteligência. E, para ser honesto, aquele cookie também ajudava bastante a melhorar meu humor.

Uma nova abadia tinha sido construída. Inclusive uma série de cômodos subterrâneos, construídos e equipados conforme as especificações do irmão John.

Ninguém chamava aquele complexo subterrâneo de laboratório. Até onde eu conseguia discernir, não era de fato um laboratório, mas algo único que somente um gênio daqueles teria sido capaz de conceber. O propósito exato daquilo era um mistério.

Os irmãos, poucos dos quais tinham estado ali, se referiam aos aposentos como o valhacouto do irmão John. *Valhacouto*, nesse caso, é uma palavra antiga que significa um local de reclusão. Um ninho.

Um ninho onde se escondem os falcões de caça quando estão trocando de penas. Nesse caso também significa "renovação".

Certa vez ouvi um dos monges dizer que o irmão John estaria "lá embaixo, no valhacouto, trocando de penas".

Outro se referiu àquele porão como um casulo e se perguntou quando a borboleta se revelaria.

Tais comentários sugeriam que o irmão John poderia vir a se tornar alguém diferente de quem era, alguém de maior notoriedade.

Como era um hóspede e não um monge, eu não conseguia tirar mais informação dos irmãos. Eles protegiam John e sua privacidade.

Eu sabia da verdadeira identidade do irmão John apenas porque ele a revelara para mim. Não me obrigou a jurar segredo. Em vez disso, me disse:

— Sei que você não me entregaria, Odd Thomas. Sua discrição e sua lealdade estão gravadas nas estrelas.

Embora não tivesse a menor ideia do que ele quis dizer com aquilo, não o pressionei por uma explicação. Não entendia muito bem várias coisas que ele falava, e não queria que nosso relacionamento se tornasse uma sonata verbal para a qual minha única contribuição fosse um rítmico "Hã? Hã? Hã?".

Não tinha contado a ele meu segredo. Não sei por quê. Talvez só porque preferia que certas pessoas que admiro não tivessem motivo para me achar um esquisitão.

Os irmãos tinham por ele um respeito que beirava a reverência. Também sentia neles um resquício de medo. Mas talvez eu tivesse me enganado.

Não o considerava temível. Não via nele nenhuma ameaça. Às vezes, porém, sentia que ele próprio temia alguma coisa.

O abade Bernard não chamava o porão de valhacouto do irmão John, como os demais monges. Referia-se ao lugar como sacrário.

Sacrário é outra palavra muito antiga que significa "a parte mais sagrada de um local de veneração, vedada ao público, o mais recôndito santuário dos santuários".

O abade é um homem bem-humorado, mas nunca pronuncia a palavra *sacrário* com um sorriso. As três sílabas saem de seus lábios sempre num murmúrio ou num sussurro solene, e seus olhos revelam ansiedade e assombro, ou talvez pavor.

Sobre por que o irmão John teria trocado o sucesso e a vida secular pela pobreza da vida monástica, tudo que ele dissera a respeito fora que seus estudos sobre a estrutura da realidade, no campo da física conhecido como mecânica quântica, o haviam levado a revelações de fazer a gente se sentir pequeno. "Pequeno e assustado", dissera.

Agora, enquanto eu terminava meu cookie de chocolate, ele disse:

— O que o traz aqui a uma hora dessas, e durante o Silêncio Maior?

— Sei que o senhor fica acordado a maior parte da noite.

— Durmo cada vez menos, não consigo desligar minha mente.

Eu mesmo um insone de tempos em tempos, falei:

— Tem noites que parece que meu cérebro é a TV de alguém, e essa pessoa não para de mudar de canal.

— E quando *consigo* cochilar — disse o irmão John —, geralmente é numa hora inconveniente. Qualquer dia perco um ou dois momentos da Liturgia das Horas, ou o Ofício de Leituras e as Laudes, ou a Hora Intermédia ou as Completas. Já perdi até a missa, apagado nesta poltrona. O abade é compreensivo. O pároco é leniente demais comigo, me concede a absolvição fácil demais e com penitências pequenas.

— Eles têm muito respeito pelo senhor, irmão.

— É como estar numa praia.

— O quê? — perguntei, evitando por pouco um *Hã?*.

— Este lugar, nas horas calmas depois da meia-noite. É como estar numa praia. A noite avança e quebra na areia, trazendo consigo nossas perdas como se fossem destroços de um naufrágio, tudo que restou de um ou de outro navio.

— Acho que é bem verdade — pois, de fato, achava que tinha compreendido o espírito da coisa, embora não exatamente seu significado.

— A gente investiga sem cessar os destroços do naufrágio no quebra-mar, como se pudesse reconstruir o passado, o que não passa de tortura autoinfligida.

Aquela sensação era real. Eu mesmo também já havia sentido sua mordida.

— Irmão John, tenho uma pergunta estranha.

— Claro que tem — disse ele, um comentário que podia se referir tanto à natureza enigmática da minha curiosidade como ao fato de o meu nome, como a pergunta, ser estranho.

— Irmão, pode parecer ignorância, mas tenho uma boa razão para perguntar isso. Existe alguma possibilidade, mesmo que remota, de que o trabalho que o senhor faz aqui... venha a explodir ou coisa parecida?

Ele levantou a cabeça, estendeu uma das mãos do braço da poltrona e coçou o queixo, aparentemente ponderando minha pergunta.

Embora eu lhe fosse grato por me dar uma resposta bem ponderada, teria ficado mais feliz se o ouvisse dizer, sem hesitar: *Não, sem chance, impossível, absurdo.*

O irmão John era parte de uma longa tradição de monges e padres cientistas. A Igreja criou o conceito de universidade e implantou a primeira delas no século XII. Roger Bacon, um monge franciscano, foi provavelmente o maior matemático do século XIII. O bispo Robert Grosseteste foi o primeiro homem a colocar por escrito os passos necessários para realizar um experimento científico. Os jesuítas construíram os primeiros telescópios refletores, microscópios, barômetros, foram os primeiros a calcular a constante da gravidade, a medir a altura das montanhas da lua, a desenvolver e aperfeiçoar o método de cálculo da órbita do planeta, a traçar e a publicar uma descrição coerente da teoria atômica.

Até onde eu sabia, por séculos nenhum desses caras havia mandado pelos ares qualquer mosteiro.

Mas é claro que não sei tudo. Considerando a quantidade infinita de conhecimento que se pode adquirir numa série praticamente interminável de disciplinas intelectuais, é provavelmente mais acertado dizer que não sei *nada.*

Talvez monges cientistas tenham, aqui e ali, feito algum mosteiro em pedaços. Tenho quase certeza, porém, que nunca de propósito.

Não conseguia imaginar o irmão John, filantropo e confeiteiro de biscoitos, num laboratório parcamente iluminado, gargalhando como um cientista louco e planejando destruir o mundo. Embora brilhante, ele era humano, então o que eu podia, *sim*, facilmente ver era o mesmo John levantando os olhos, alarmado, de um experimento e dizendo *Opa*, pouco antes de, sem querer, reduzir a abadia a uma poça de nanorganismos gelatinosos.

— Alguma — disse ele, finalmente.

— Como?

Ele levantou a cabeça para novamente olhar direto para mim.

— Sim, talvez alguma.

— Alguma, irmão?

— Sim. Você perguntou se existia alguma possibilidade de que meu trabalho aqui viesse a explodir ou coisa parecida. Não consigo ver como poderia explodir. Quero dizer, o trabalho em si.

— Ah. Mas alguma coisa poderia acontecer.

— Talvez sim, provavelmente não. Alguma coisa.

— Mas talvez sim. Como o quê?

— Qualquer coisa.

— Qualquer coisa o quê? — perguntei.

— Qualquer coisa pode ser imaginada.

— Como?

— Coma outro biscoito.

— Irmão, *qualquer coisa* pode ser imaginada.

— Isso. Está certo. A imaginação não conhece limites.

— Então *qualquer coisa* poderia dar errado?

— *Poderia* não é o mesmo que *vai*. Qualquer coisa terrível ou desastrosa poderia acontecer, mas provavelmente nada irá acontecer.

— Provavelmente?

— Probabilidade é um fator importante, Odd Thomas. Um vaso sanguíneo *poderia* estourar em seu cérebro e te matar nos próximos segundos.

Eu me arrependi na mesma hora de não ter comido um segundo cookie.

Ele sorriu. Olhou seu relógio de pulso, depois olhou para mim e deu de ombros.

— Está vendo? A probabilidade era pequena.

— Esse *qualquer coisa* que poderia acontecer — falei —, supondo que *acontecesse*, resultaria num monte de gente morrendo de forma horrível?

— De forma horrível?

— Sim, irmão. De forma horrível.

— Isso é subjetivo. O que é horrível para uma pessoa pode não ser para outra.

— Ossos destroçados, corações dilacerados, cabeças explodindo, carne queimando, sangue, dor, gritos; esse tipo de coisa horrível.

— Talvez sim, provavelmente não.

— Isso de novo.

— É mais provável que as pessoas simplesmente deixassem de existir.

— Isso é a morte.

— Não, é diferente. A morte deixa um cadáver.

Eu estava tateando atrás de um cookie. Recolhi a mão sem pegar nenhum do prato.

— O senhor está me deixando assustado.

Uma garça impressiona quando, levantando-se e desdobrando as longas pernas de palito, revela sua real estatura; da mesma forma, o irmão John, ao se levantar da poltrona, se mostrou ainda mais alto do que eu me lembrava que ele era.

— Eu mesmo tenho estado assustado, e muito, já faz alguns anos. A gente aprende a conviver com isso.

Também levantei e disse:

— Irmão John... seja qual for o trabalho que o senhor realiza aqui, tem certeza que deveria estar fazendo isso?

— Meu intelecto é obra de Deus. Tenho a sagrada obrigação de fazer uso dele.

Suas palavras me pegaram, pois toda vez que um dos mortos presos a este mundo é assassinado e vem a mim procurando justiça, sempre me sinto obrigado a ajudar a pobre alma.

A diferença é que me valho tanto da razão quanto de algo a que se poderia chamar de sexto sentido, enquanto, em suas pesquisas, o irmão John usa estritamente o intelecto.

Sexto sentido é algo milagroso, que aponta para uma dimensão sobrenatural. O intelecto humano, porém, apesar de todo o seu poder e dos triunfos que obteve, é em grande parte constituído neste mundo e, por isso, corruptível.

As mãos daquele monge, assim como seu intelecto, eram obra de Deus, mas ele poderia escolher usá-las para estrangular bebês.

Eu não precisava lembrá-lo disso. Apenas falei:

— Tive um sonho terrível. Estou preocupado com as crianças do colégio.

Ao contrário da irmã Angela, ele não percebeu de imediato que a história do sonho era mentira, e então perguntou:

— Seus sonhos já se tornaram realidade alguma vez?

— Não, senhor. Mas esse era bem... real.

Ele puxou o capuz e cobriu a cabeça.

— Tente sonhar com coisas boas, Odd Thomas.

— Não consigo controlar meus sonhos, irmão.

De um jeito paternal, ele colocou o braço sobre os meus ombros.

— Então talvez você não devesse dormir. A imaginação tem um poder aterrador.

Não me dei conta de que cruzava a sala com ele, mas o conjunto de poltronas já estava às nossas costas e, à minha frente, uma porta deslizou e se abriu sem fazer barulho. Para além dela ficava a antecâmara banhada em luz vermelha.

Depois de cruzar o batente sozinho, me virei para encarar o irmão John.

— Irmão, quando o senhor resolveu deixar de ser só um cientista para se tornar um monge cientista, chegou a considerar, em vez disso, virar um vendedor de pneus?

— Qual é a graça?

— Não é uma piada, senhor. Quando minha vida ficou muito complicada e tive que deixar o emprego de cozinheiro de lanchonete, pensei em ganhar a vida com pneus. Mas acabei vindo pra cá.

Ele não disse nada.

— Se eu pudesse ser um vendedor de pneus, se conseguisse ajudar as pessoas a andar por aí com borracha de boa qualidade e por um preço justo, estaria fazendo um trabalho útil. Se eu pudesse ser um vendedor de pneus e *nada mais*, apenas um bom vendedor de pneus com um pequeno apartamento e essa garota que eu um dia conheci, seria o bastante.

Os olhos violeta dele estavam vermelhos sob a luz do recinto. Ele balançou a cabeça, rejeitando a vida de vendedor de pneus.

— Quero saber.

— Saber o quê? — perguntei.

— Tudo — disse ele, e a porta deslizou, se fechando entre nós.

Letras de aço polido sobre aço escovado diziam PER OMNIA SAECULA SAECULORUM.

Pelos séculos dos séculos.

Através de portas deslizantes, de uma luz fraca e azulada, reemergi na superfície da noite e tranquei a porta de bronze com minha chave mestra.

LIBERA NOS A MALO diziam as inscrições.

Liberta-nos do mal.

Enquanto eu subia os degraus de pedra para o jardim da abadia, a neve começou a cair. Flocos enormes giravam graciosamente na escuridão sem vento, como que ao som de uma valsa que eu não podia ouvir.

A noite já não parecia tão congelante quanto antes. Talvez no valhacouto do irmão John fizesse mais frio do que eu era capaz de perceber e, em comparação com aquele reino subterrâneo, a noite de inverno parecia amena.

De vez em quando, os flocos maiores, tão grandes quanto flores congeladas, davam lugar a formas menores. O ar se encheu das finas lascas de nuvens ocultas.

Era o momento pelo qual eu estivera esperando à janela da minha pequena suíte de hóspedes, antes que Boo e o bodach surgissem no jardim lá embaixo.

Até ir parar naquele mosteiro, eu nunca havia saído da cidade de Pico Mundo, no deserto da Califórnia. Nunca tinha visto neve até um pouco antes, naquela mesma noite, quando o céu deixara cair uns poucos flocos. Alarme falso.

Ali, no primeiro minuto de uma verdadeira nevasca, fiquei embasbacado com o espetáculo, acreditando no que tinha ouvido: que dois flocos nunca são iguais.

A beleza da neve e o jeito como caía me tiraram o fôlego e, no entanto, a noite continuava imóvel, a intricada simplicidade daquilo. Embora pudesse ficar ainda mais bonito se ela estivesse ali para compartilhar a noite comigo, por um momento tudo estava bem, todos os tipos de coisas do mundo iam bem, e então, claro, alguém gritou.

SETE

O GRITO AGUDO DE TERROR FOI TÃO BREVE QUE ALGUÉM poderia ter pensado que aquilo tinha sido apenas obra da imaginação, ou que um pássaro noturno, afugentado pela neve para um abrigo na floresta, tivesse soltado aquele ruído estridente no exato instante em que levantava voo para longe.

No verão do ano anterior, quando homens armados atacaram o shopping de Pico Mundo. Eu escutei tantos gritos que esperava, dali em diante, que ficasse surdo. Quarenta e uma pessoas inocentes haviam sido baleadas e 19 tinham morrido. Eu trocaria toda a música do mundo e as vozes dos meus amigos por um silêncio que me livrasse, para o resto da vida, de qualquer grito humano de dor e terror.

Tantas vezes esperamos pelas coisas erradas, e meu desejo egoísta não se realizou. Não fiquei surdo para a dor nem cego para o sangue, ou para os mortos, como por um tempo talvez tenha desejado.

Instintivamente corri, tomando o caminho mais curto para contornar a abadia em direção ao norte. Passei pelo refeitório dos monges; nem sinal de luz à 1 da madrugada.

Furando a cortina de neve, vasculhei a noite para os lados da floresta a oeste. Se havia alguém por ali, a nevasca escondia. O refeitório formava um canto interno na junção com a ala da biblioteca. Segui para o oeste novamente, passando por janelas resistentes, para além das quais, no breu, havia uma série de livros organizados.

Ao contornar o canto a sudoeste da biblioteca, quase tropecei num homem caído de cara no chão. Vestia o hábito negro com capuz dos monges.

Com o susto, enchi meus pulmões de ar frio, sentindo uma breve dor no peito, que expeli de uma só vez numa nuvem de fumaça clara.

Eu me ajoelhei ao lado do monge, mas em seguida hesitei em tocá-lo, por medo de descobrir que ele não tivesse apenas caído, mas sido abatido.

O mundo além daquele refúgio nas montanhas era extremamente bárbaro, uma condição contra a qual lutava havia talvez um século e meio. Uma civilização que já fora gloriosa era agora apenas hipocrisia, um disfarce que permitia que os bárbaros cometessem suas mais terríveis crueldades em nome de virtudes que um mundo verdadeiramente civilizado reconheceria como males.

Tendo fugido daquela desordem bárbara, eu relutava em admitir que não havia lugar seguro, nenhum refúgio possível, fora do alcance da anarquia. A forma encolhida ao meu lado, caída no chão, talvez fosse a prova, mais sólida que os bodachs, de que não existia um recanto onde eu pudesse me recolher e permanecer a salvo.

Imaginando encontrar um rosto golpeado e arrebentado, toquei no monge por sobre a neve que ornamentava sua túnica despojada. Com um arrepio de expectativa, virei-o e deitei-o de costas.

A neve que caía parecia iluminar a noite, mas com uma luz fantasmagórica que não iluminava nada. Embora o capuz tivesse escorregado para trás, descobrindo o rosto da vítima, eu não conseguia ver claramente a ponto de identificá-la.

Com a mão sobre a boca do monge, não sentia sua respiração. Notei também que ele não tinha barba. Alguns irmãos usam barba, outros não.

Pressionei as pontas dos dedos na garganta dele, que ainda estava quente, procurando uma artéria. Pensei ter detectado pulso.

Como minhas mãos estavam um pouco dormentes por causa do frio e, por isso, menos sensíveis ao calor, talvez não tivesse sido capaz de detectar sua débil respiração ao tocar em seus lábios.

Quando me debruçava para aproximar meu ouvido da boca da vítima, na esperança de escutar um sopro de ar, fui atingido por trás.

Sem dúvida o agressor teve a intenção de esmagar meu crânio, pois golpeou assim que me abaixei, e o bastão roçou a parte de trás da minha cabeça, acertando com força meu ombro esquerdo.

Mergulhei para a frente, rolei para a esquerda, rolei de novo, saltei sobre meus pés e corri. Eu não estava armado, ele tinha um bastão, ou talvez coisa pior, como uma faca.

O tipo de assassino que põe a mão na massa, sem arma de fogo, capaz de arrebentar alguém com um bastão ou estrangular uma pessoa com um cachecol, quase sempre carrega uma lâmina de reserva, também para o caso de surgir a oportunidade de se divertir um pouco nas preliminares ou depois da coisa feita.

Os caras de chapéus baixos de Manda-Chuva, que mencionei antes, tinham cassetetes e revólveres e até uma prensa hidráulica de ferro-velho, e *também* facas. Se o negócio do sujeito é matar, uma arma só não é suficiente, assim como um encanador não sairia para atender um chamado urgente levando uma única ferramenta.

Embora a vida tenha me tornado velho para a minha idade, ainda tenho a agilidade da juventude. Imaginando que meu agressor fosse mais velho e, portanto, mais lento, disparei para longe da abadia cruzando o espaço aberto do jardim, onde não havia cantos nos quais ele pudesse me encurralar.

Eu me enfiei nevasca adentro, de modo que parecia que um vento, surgido do nada, tinha grudado flocos de neve nos meus cílios.

Nesse segundo minuto de neve, o chão permanecia preto, ainda intocado pela tempestade. Alguns passos adiante, o terreno iniciou um leve aclive na direção do bosque que eu não conseguia ver, um amplo breu descendo sobre outro, eriçado contra o céu.

Minha intuição insistia que a floresta significava minha morte. Correr para lá seria como correr para o túmulo.

O ambiente selvagem não é meu habitat natural. Sou um rapaz da cidade, me sinto em casa pisando concreto, um rato de biblioteca, um mestre das grelhas e das chapas a gás.

Se meu perseguidor fosse uma besta do novo barbarismo, ele podia até não ser capaz de fazer fogo com duas varetas e uma pedra ou achar o norte pela presença de limo nas árvores, mas sua natureza sem lei o fazia mais apto a sobreviver na floresta do que eu jamais seria.

Eu precisava de uma arma, mas não carregava nada além da minha chave mestra, lenços de papel e um conhecimento insuficiente sobre artes marciais que não dava para ser transformado em arma fatal.

A grama aparada foi se convertendo em mato alto e, uns 10 metros adiante, a natureza colocou armas a meus pés: pedras soltas que testavam minha habilidade e meu equilíbrio. Deslizei até parar, me abaixei, catei duas delas, do tamanho de ameixas, me virei e atirei uma, com força, depois a outra.

As pedras desapareceram no breu da neve. Ou eu havia conseguido despistar meu perseguidor ou ele, imaginando o que eu pretendia fazer, tinha dado a volta por trás de mim quando parei e me abaixei.

Arranquei mais mísseis do solo, girei 360 graus e perscrutei a noite, pronto a acertá-lo com as pedras.

Nada se movia, somente a neve, que parecia descer em meadas retas como as contas de uma cortina, e no entanto cada floco girava'ao cair.

Não conseguia enxergar além de uma pequena distância. Nunca havia pensado que a neve podia cair tão espessa daquele jeito, a ponto de limitar tanto a visibilidade.

Uma ou duas vezes pensei ter visto alguém se mover nos limites do meu campo de visão, mas deve ter sido ilusão de movimento, porque não consegui capturar nenhuma forma. O desenho da neve na noite aos poucos foi me deixando zonzo.

Ao prender a respiração, parei para escutar. A neve não produzia nem mesmo um sussurro em sua descida à terra, parecia temperar a noite de silêncio.

Esperei. Sou bom nisso. Esperei por 16 anos que minha mãe problemática me matasse enquanto eu dormia, até finalmente sair de casa e deixá-la sozinha com sua arma adorada.

Se, apesar de alguns perigos que periodicamente aparecem por conta do meu dom, eu chegar a viver a média do que vivem as pessoas, ainda tenho pela frente uns sessenta anos até poder encontrar a Stormy Llewellyn no outro mundo. Será uma longa espera, mas sou paciente.

Meu ombro esquerdo doía, e a parte de trás da minha cabeça, onde o bastão roçara, não estava lá uma maravilha. O frio congelava os meus ossos.

Por alguma razão, eu não tinha sido perseguido.

Se já houvesse nevasca suficiente a ponto de cobrir o chão de branco, eu poderia ter me estirado ali de costas para brincar de anjos de neve. Mas as condições ainda não eram as ideais para isso. Talvez mais tarde.

Dali não dava para ver a abadia. Não tinha certeza de qual direção eu tomara, mas estar perdido não era o que me preocupava. Nunca me perdi.

Anunciando, com um incontrolável bater de dentes, que estava fazendo o caminho de volta, segurando uma pedra em cada mão, cautelosamente retomei a trilha pelo pasto e reencontrei a grama aparada do jardim. Fora do silêncio da nevasca, o mosteiro ganhava formas.

Quando cheguei à curva da biblioteca onde quase tropeçara no monge caído, não encontrei nem vítima, nem agressor. Preocupado com a possibilidade de o homem ter recobrado a consciência e, bastante ferido e desorientado, desmaiado outra vez, procurei num perímetro amplo, mas não achei ninguém.

A biblioteca formava um L com a parede dos fundos da ala de hóspedes, de onde eu havia partido em perseguição a um bodach pouco mais de uma hora antes. Finalmente joguei fora as pedras, as mãos meio congeladas de tanto apertá-las, destranquei a porta que dava para a escada dos fundos e subi para o terceiro andar.

No corredor do último andar, a porta da minha pequena suíte estava aberta, como eu a havia deixado. Enquanto esperava pela neve, não acendi mais do que lampiões, embora agora uma luz mais forte escapasse pela minha porta.

OITO

Já era mais de 1 da manhã, e era improvável que o irmão Roland, responsável pela hospedaria, estivesse trocando a roupa de cama ou repondo a porção de "dois barris de vinho" que São Benedito, ao escrever a Lei que fundou a ordem monástica no século VI, especificou como necessária provisão a qualquer hóspede.

O Mosteiro de São Bartolomeu não serve vinho. O pequeno frigobar no meu quarto contém latas de Coca e garrafas de chá gelado.

Ao entrar em meu quarto, pronto para gritar "infame", ou "velhaco", ou qualquer epíteto que soasse apropriado àquele ambiente medieval, encontrei não um agressor, mas um amigo. O irmão Knuckles, conhecido também como irmão Salvatore, estava parado à minha janela, olhando a neve que caía lá fora.

O irmão Knuckles é extremamente atento ao mundo à sua volta, aos sons mais sutis e aos cheiros mais reveladores, razão pela qual sobreviveu aos lugares por onde passou antes de se tornar monge. No exato momento em que passei, silenciosamente, pelo batente da porta, ele disse:

— Você vai acabar ficando doente, passeando por aí numa noite como esta e vestido desse jeito.

— Eu não estava passeando — respondi, enquanto encostava, sem fazer barulho, a porta atrás de mim. — Estava me escondendo.

Ele virou para me encarar.

— Eu estava na cozinha, mandando ver num rosbife com provolone, quando te vi subindo a escada do valhacouto do irmão John.

— Não tinha nenhuma luz acesa na cozinha, irmão. Eu teria reparado.

— A luz da geladeira é suficiente pra um lanchinho, e também dá pra comer numa boa à luz do relógio do micro-ondas.

— Cometendo o pecado da gula no escurinho, é?

— Quem é responsável pela despensa precisa saber se está tudo fresquinho, não é?

Como responsável pelo estoque de alimentos, o irmão Knuckles comprava, guardava e controlava a comida, a bebida e outros mantimentos para o monastério e o colégio.

— Enfim — disse ele —, o sujeito que come à noite numa cozinha iluminada e sem cortinas está saboreando o último sanduíche da vida.

— Mesmo que o sujeito seja um monge num mosteiro?

O irmão Knuckles deu de ombros.

— Cuidado nunca é demais.

Vestindo roupas de ginástica em vez do hábito, com 1,70m de altura e 90 quilos de ossos e músculos, ele parecia uma máquina de fundição coberta por uma capa de flanela acolchoada.

Os olhos aguados, expressões marcantes e cortes abruptos de sobrancelhas e mandíbula, lhe davam uma aparência cruel e até ameaçadora. Em sua vida anterior, fora temido, e com razão.

Doze anos no mosteiro, anos esses de arrependimento e contrição, haviam injetado simpatia naqueles olhos, em outra época, olhos de gelo, e inspirado nele uma bondade que transformara sua expressão infeliz. Agora, aos 55 anos, poderia ser confundido com um boxeador que permanecera tempo demais no esporte: orelhas de couve-flor, nariz de cogumelo, a humildade, basicamente, de um manso pangaré que aprendera do jeito mais difícil que força bruta não faz um campeão.

Um pequeno amontoado de gelo escorreu pela minha testa e desceu pela bochecha direita.

— Você está coberto de neve, parece que está usando um chapeuzinho branco delicado. — Knuckles foi até o banheiro.

— Vou pegar uma toalha pra você.

— Tem um frasco de aspirinas na pia. Acho que vou precisar.

Ele voltou com a toalha e as aspirinas.

— Você quer um pouco d'água pra ajudar a engolir, talvez uma Coca?

— Me veja um barril de vinho.

— Eles deviam ter fígados de aço na época do São Benê. Um barril dava mais ou menos uns 238 litros.

— Então só preciso de meio barril.

Já tinha secado quase metade do cabelo quando ele me trouxe uma Coca.

— Você subiu a escada do valhacouto e parou lá, olhando a neve cair, como se fosse um peru olhando para cima com a boca aberta enquanto chove, até se afogar.

— Bem, irmão, é que eu nunca tinha visto neve.

— E aí, boom, você dispara feito uma bala contornando o refeitório.

Enquanto me acomodava numa poltrona e chacoalhava o frasco para duas aspirina caírem, falei:

— Ouvi alguém gritar.

— Eu não ouvi nenhum grito.

— O senhor estava aqui dentro — lembrei a ele —, e fazia muito barulho ao mastigar.

Knuckles sentou na outra poltrona.

— E quem foi que gritou?

Engoli duas aspirinas com Coca e disse:

— Encontrei um monge caído de cara no chão perto da biblioteca. Não o vi imediatamente, por causa do hábito negro, só o notei quando quase tropecei nele.

— Nele quem?

— Não sei. Um cara pesado. Virei ele, mas no escuro não consegui ver o rosto, aí alguém tentou arrebentar meus miolos por trás.

O cabelo do Knuckles, cortado à escovinha, pareceu se eriçar de indignação.

— Isso não parece algo que acontece aqui no São Bartô.

— O bastão, ou seja lá o que era aquilo, roçou a parte de trás da minha cabeça e acertou o meu ombro com tudo.

— Parece Jersey, com esse tipo de troço comendo solto.

— Nunca estive em Nova Jersey.

— Você ia gostar. Mesmo naquilo que tem de ruim, Jersey é sempre real.

— Lá tem um dos maiores descartes de pneus usados do mundo. O senhor provavelmente conhece.

— Nunca vi. Não é triste isso? Se a gente vive num lugar a maior parte da vida, acha que já sabe tudo sobre ele.

— O senhor não sabia desse descarte de pneus?

— Tem gente que mora em Nova York a vida toda sem nunca subir ao topo do Empire State Building. Está tudo bem, rapaz? Com o ombro?

— Já estive pior.

— Talvez você devesse ir até a enfermaria, pedir ao irmão Gregory para examinar isso aí.

O irmão Gregory é o enfermeiro. Ele tem diploma na área. O tamanho da comunidade monástica não justificaria alguém em tempo integral na enfermaria, até porque as irmãs contam com uma enfermeira para atender o convento e as crianças do colégio, e por isso o irmão Gregory também é responsável, com o irmão Norbert, pela lavanderia.

— Vou ficar bem, irmão — assegurei.

— Então, quem foi que tentou te arrebentar os miolos?

— Não consegui ver.

Expliquei como tinha conseguido rolar e correr, pensando que o agressor estava no meu encalço, e contei que o monge caído no qual quase tropeçara não estava mais no mesmo lugar quando voltei.

— Então não sabemos — disse Knuckles — se ele levantou sozinho e saiu dali ou se alguém o tirou de lá.

— Não sabemos, também, se estava só inconsciente ou se estava morto.

Com as sobrancelhas arqueadas, Knuckles falou:

— Não gosto de gente morta. Enfim, isso não faz sentido. Quem mataria um monge?

— Pois é, irmão, mas quem machucaria um e o deixaria ali caído, inconsciente?

Knuckles matutou por um momento.

— Sei de um cara que acertou um pastor luterano uma vez, mas foi sem querer.

— Acho que o senhor não deveria estar me contando isso.

Com um movimento de mão, ele desconsiderou minha preocupação. Suas mãos fortes mostravam quase só os nós dos dedos, daí a origem do apelido.*

---

* *Knuckles*, em inglês, são os nós dos dedos, mas optou-se por não traduzir o apelido do personagem. (*N. do T.*)

— Não estou dizendo que fui eu. Já falei, nunca apaguei ninguém. Você acredita em mim, não é, filho?

— Sim, senhor. Mas o senhor disse que foi sem querer.

— Não apaguei ninguém, nem mesmo sem querer.

— Tudo bem, então.

O irmão Knuckles, antes conhecido como Salvatore Giancomo, tinha colocado seus músculos a serviço de gangues por um bom preço, até que Deus provocou uma reviravolta em sua vida.

— Soquei umas caras, quebrei uns ossos, mas nunca apaguei ninguém.

Ao chegar aos 40 anos, Knuckles começou a repensar a carreira que havia escolhido. Ele se sentia "vazio, à deriva, como um bote no mar sem ninguém dentro".

Durante essa crise, por conta de ameaças de morte e a Tony "Batedor de Ovos" Martinelli, seu chefe, Knuckles e outros caras como ele estavam pernoitando na casa do patrão. Não era como dormir na casa dos amigos, era como uma reunião que virava a noite, e para a qual cada um leva suas duas armas automáticas favoritas. Enfim, numa dessas noites, Knuckles acabou lendo uma historinha para a filha de 6 anos do "Batedor de Ovos".

A história era sobre um brinquedo, um coelhinho de pelúcia, que tinha orgulho da própria aparência e estava muitíssimo satisfeito com ela. Aí o coelhinho passa por uma série de infortúnios que o tornam menos orgulhoso, e com a humildade, ele fica mais suscetível ao sofrimento dos outros.

A menina pegou no sono ainda na metade da historinha. Knuckles sentiu uma terrível necessidade de saber o que acontecia com o coelhinho, mas não queria que seus companheiros brutamontes soubessem que estava interessado num livro infantil.

Alguns dias depois, quando o "Batedor de Ovos" não se sentia mais ameaçado, Knuckles foi a uma livraria e comprou o livro. Ele começou a história de novo e, chegando ao final, quando o bichinho de pelúcia consegue voltar para a menininha que o amava, Knuckles desandou a chorar.

Nunca antes ele havia vertido uma lágrima. Naquela tarde, na cozinha de sua pequena casa, onde ele vivia sozinho, ele soluçou feito uma criança.

Naquela época, ninguém que conhecesse Salvatore "Knuckles" Giancomo, nem mesmo sua própria mãe, diria que ele era um cara introspectivo. Ele se deu conta de que não chorava apenas porque o coelhinho de brinquedo conseguiu voltar para casa. Chorava pelo coelhinho, sim, mas também por outra coisa.

Por um tempo, não conseguia imaginar o que essa coisa poderia ser. Sentava à mesa da cozinha, bebia uma xícara de café após outra, comia montes de biscoitos feitos por sua mãe, repetidas vezes recompondo-se, para logo em seguida desandar a chorar novamente.

Mais tarde, compreendeu que chorava por causa de si mesmo. Envergonhava-se do homem que havia se tornado e lamentava pelo homem que pretendia se tornar quando era menino.

Ficar ciente disso o deixou perturbado. Queria continuar sendo uma cara durão, tinha orgulho de sua força e de sua postura impassível. Mas parecia que havia ficado fraco e emotivo.

Durante o mês seguinte, leu e releu a história do coelhinho. Começou a compreender que quando Edward, o coelho, descobriu a humildade e passou a se sensibilizar com as perdas dos outros, não se tornou mais fraco, e sim mais forte.

Knuckles comprou outro livro do mesmo autor. Esse era sobre um rato vagabundo de orelhas grandes que salva uma princesa.

O rato teve menos impacto sobre ele do que o coelhinho, mas, ah, ele tinha adorado o rato também, tanto por sua coragem quanto pela disposição em se sacrificar por amor.

Três meses depois de seu primeiro contato com a história do coelhinho, Knuckles conseguiu uma audiência com o FBI e se ofereceu como testemunha do Estado contra seu chefe e um bando de outros malandros.

Ele os entregou em parte para se redimir, e também porque queria salvar a menininha para quem tinha lido uma parte da história do coelho. Esperava poupá-la de uma vida fria e restrita como filha de um chefão do crime, uma vida que diariamente fecharia mais o cerco sobre ela, feito uma prisão de concreto.

Dali em diante, Knuckles foi alocado em Vermont, sob o Programa de Proteção à Testemunha. Seu novo nome era Bob Loudermilk.

A vida em Vermont se mostrou um tremendo choque cultural. Os sapatos ecológicos, as camisas de flanela e os cinquentões de rabo de cavalo o irritavam.

Ele tentou resistir às piores tentações do mundo aumentando sua coleção de livros infantis. Descobriu que alguns autores pareciam sutilmente aprovar o comportamento e os valores que ele havia, um dia, abraçado, e isso o assustou. Não conseguia mais encontrar coelhinhos de pelúcia e ratos orelhudos e corajosos em quantidade suficiente.

Ao jantar num restaurante italiano furreca, saudoso de Jersey, de repente se sentiu atraído pela vida monástica. Ele teve essa ideia minutos antes de um garçom colocar diante dele um prato de nhoque ruim, borrachudo feito chiclete, mas essa história fica para depois.

Como noviço, trilhando o caminho que leva do arrependimento ao remorso e à contrição absoluta, Knuckles teve, pela primeira vez na vida, a sensação da felicidade pura. No Mosteiro de São Bartolomeu, ele desabrochou.

Agora, naquela noite de neve anos mais tarde, enquanto eu pensava se devia tomar mais duas aspirinas, ele disse:

— Tinha esse pastor, o nome dele era Hoobner, que se sentia mal por causa dos índios americanos, pela forma como tiraram as terras deles e tudo mais, então ele estava sempre jogando vinte-e-um, e perdendo dinheiro de propósito, nos cassinos da tribo. Uma parte da grana era de empréstimos superturbinados que o pastor pegava com o Tony Martinelli.

— Me surpreende o fato de o "Batedor de Ovos" emprestar dinheiro para um pastor.

— Tony achava que, se o Hoobner não conseguisse pagar os oito por cento de juros por semana do próprio bolso, podia roubar da sacolinha da igreja. Mas, no final das contas, o Hoobner apostava e beliscava a bunda das garçonetes, mas não roubava. Aí, quando o pastor parou de pagar os empréstimos, Tony mandou um cara para discutir com o Hoobner o dilema moral dele.

— Esse cara não era você — falei.

— Não era eu, esse cara. Nós o chamávamos de Agulhas.

— Acho que prefiro não saber por que vocês o chamavam assim.

— É, melhor não — concordou Knuckles. — Enfim, o Agulhas deu ao Hoobner uma última chance de pagar os empréstimos e, em vez de receber a oferta com espírito cristão, o pastor respondeu: "Vá pro inferno." Aí ele sacou uma pistola e tentou mandar o Agulhas desta pra melhor.

— O pastor atirou no Agulhas?

— Acho que era metodista, e não luterano. Ele atirou no Agulhas, mas só conseguiu acertar o ombro dele, então, o Agulhas puxou do ferro dele, atirou e matou o Hoobner.

— Então o pastor era capaz de atirar em alguém, mas não de roubar.

— Não estou dizendo que essa é a doutrina tradicional dos metodistas.

— Sim, irmão. Estou entendendo.

— Pensando bem, acho que ele podia ser um unitarista. Enfim, era um pastor que foi morto a tiros, o que significa que coisas ruins podem acontecer a qualquer um, inclusive a um monge.

Embora o frio da noite de inverno não tivesse me abandonado completamente ainda, pressionei a lata fria de Coca contra a minha testa.

— O problema que temos aqui envolve os bodachs.

Como ele era um dos meus poucos confidentes no São Bartolomeu, contei-lhe sobre as três sombras demoníacas rondando a cama da Justine.

— E eles também estavam zanzando perto do monge no qual você quase tropeçou?

— Não, senhor. Estão aqui por algo bem maior do que um monge que levou uma pancada e desmaiou.

— Você tem razão. Isso não é o tipo de coisa que atrai multidões.

Ele se levantou da poltrona, foi até a janela e contemplou a noite lá fora por um momento.

E então:

— Estava pensando . Você acha que talvez minha vida passada esteja me perseguindo?

— Aquilo foi há 15 anos. O "Batedor de Ovos" não está na prisão?

— Ele morreu na prisão. Mas alguns daqueles malandros... esses têm memória de elefante.

— Se um matador tivesse descoberto este esconderijo, o senhor acha que já não estaria morto a essa altura?

— Com certeza. Estaria largadão numa cadeira desconfortável, lendo umas revistas velhas no Purgatório.

— Não acho que essa história tenha alguma coisa a ver com o que o senhor costumava ser antigamente.

Ele se voltou da janela para mim.

— Deus te ouça. A pior coisa que poderia acontecer é alguém se machucar por minha causa.

— Todo mundo aqui se alegra com a sua presença — assegurei a ele.

A expressão dura no rosto do ex-mafioso se transformou num sorriso capaz de assustar qualquer um que não o conhecesse.

— Você é um bom rapaz. Se algum dia eu tivesse tido um filho, gostaria que fosse parecido com você.

— Isso é uma coisa que eu não desejaria a ninguém, ser como eu.

— Mas, se eu fosse seu pai — continuou o irmão Knuckles —, você provavelmente seria mais baixinho e compacto, com a cabeça mais enfiada nos ombros.

— Não preciso mesmo de um pescoço — falei. — Nunca uso gravata.

— Não, filho, você precisa de um pescoço para estar alerta com ele esticado. É o que você faz. É o que você *é*.

— Ultimamente tenho pensado em talvez tirar as medidas para um hábito. Me tornar noviço.

Ele retornou à poltrona, mas se limitou a sentar no braço dela enquanto me estudava. Depois de alguns instantes de reflexão, falou:

— Talvez algum dia você ouça o chamado. Mas não vai ser agora. Você pertence a este mundo, e precisar ser dele.

Balancei a cabeça.

— Não acho que eu preciso ser deste mundo.

— O mundo precisa de você por aí. Você tem coisas a fazer, filho.

— É disso que tenho medo. Das coisas que tenho que fazer.

— O mosteiro não é um esconderijo. Se um malandro quiser vir pra cá e fazer os votos, deveria vir porque quer se abrir pra alguma coisa maior, e não porque quer se fechar nele mesmo como um tatu-bola.

— A gente precisa se fechar e se afastar de certas coisas, irmão.

— Você está falando do verão retrasado, dos tiros no shopping. Você não precisa ser perdoado por ninguém, filho.

— Eu sabia que aquilo ia acontecer, sabia que eles estavam a caminho, aqueles caras armados. Eu precisava ter impedido. Dezenove pessoas morreram.

— Todo mundo diz que se não fosse por você, centenas teriam morrido.

— Não sou nenhum herói. Se as pessoas soubessem do meu dom, e que *ainda assim* não fui capaz de impedir aquelas mortes, não me chamariam de herói.

— Você não é Deus. Fez tudo o que podia, tudo o que alguém podia fazer.

Larguei a Coca, apanhei o frasco de aspirinas e o virei para deixar cair mais duas na palma da mão, então mudei de assunto.

— O senhor vai acordar o abade e contar a ele que tropecei num monge desmaiado?

Ele olhou para mim, tentando decidir se me *deixaria* mudar de assunto. Em seguida:

— Talvez daqui a pouco. Antes, vou tentar fazer uma inspeção informal, ver se consigo encontrar alguém com um saco de gelo sobre um galo na cabeça.

— O monge caído.

— Exatamente. Temos duas perguntas. Uma delas é: por que alguém acertaria um monge com um bastão? Embora o mais importante seja saber o que um monge estaria fazendo lá fora uma hora dessas, e num lugar onde poderia ser atacado?

— Imagino que o senhor não queira criar problemas pra nenhum dos irmãos.

— Se tiver pecado na história, não vou ajudar ninguém a esconder do confessor. Não faz bem para a alma. Mas, se for só alguma bobagem, talvez o pároco nem precise saber.

O pároco é o responsável pela disciplina no mosteiro.

No São Bartolomeu, era o padre Reinhart, um monge mais velho, com lábios finos e nariz estreito, menos da metade do nariz do qual o irmão Knuckles podia se vangloriar. Os olhos, as sobrancelhas e o cabelo do pároco eram da cor da Quarta-Feira de Cinzas.

Ao andar, o padre Reinhart parecia flutuar, como se fosse um espírito, e se mantinha inescrutavelmente calado. Muitos dos irmãos o chamavam de Espírito Cinzento, mas era um apelido carinhoso.

O padre Reinhart era um disciplinador firme, embora nunca ríspido ou injusto. Tendo atuado, anteriormente, como diretor de uma escola católica, costumava dizer que guardava uma palmatória, até então jamais usada, na qual ele fizera alguns furos para diminuir a resistência do ar.

— Só pra vocês saberem — dizia, com uma piscadela.

O irmão Knuckles se dirigiu à porta, hesitou e olhou para mim.

— Se alguma coisa de ruim está para acontecer, quanto tempo temos?

— Depois que os primeiros bodachs aparecem... às vezes só um dia, geralmente dois.

— Você tem certeza que o negócio do ombro não é sério?

— Nada que quatro aspirinas não resolvam — garanti, mandando as outras duas para dentro da boca, mastigando-as.

Knuckles fez uma careta.

— O que você é, rapaz? Um cara durão?

— Li que, ao mastigá-las, elas são absorvidas mais rápido na corrente sanguínea, pelos tecidos da boca.

— O quê? Então é melhor tomar injeção pra gripe na língua? Tente dormir um pouco.

— Vou tentar.

— Me encontre depois das Laudes, antes da missa, e quem sabe não te conto quem acabou nocauteando, e talvez por que, se ele souber. Cristo esteja contigo, filho.

— E com você também.

Ele saiu e fechou a porta.

As portas das suítes da hospedaria, assim como as dos quartos dos monges, na outra ala, não tinham tranca. Todos ali respeitam a privacidade alheia.

Carreguei uma cadeira de espaldar reto até a porta e encaixei o encosto sob a maçaneta, para impedir que alguém entrasse.

Mastigar aspirinas e deixá-las dissolver na boca pode até agilizar a absorção do remédio, mas o gosto é horrível.

Quando bebi um gole de Coca para tirar o gosto ruim, os comprimidos triturados reagiram com a bebida, e me vi espumando feito um cão raivoso.

Em se tratando de figuras trágicas, tenho muito mais talento para o lado pastelão do que Hamlet, e, ao passo que o Rei Lear passaria por uma casca de banana em seu caminho, meu pé não deixaria jamais de pisar nela.

NOVE

A CONFORTÁVEL MAS BÁSICA SUÍTE DE HÓSPEDES TINHA UM boxe tão pequeno que eu me sentia como se estivesse de pé num caixão.

Por dez minutos deixei a água quente cair no meu ombro esquerdo, batido feito bife pelo bastão do misterioso agressor. Os músculos relaxaram, mas a dor persistia.

Não era uma dor forte. Não me preocupava. A dor física, ao contrário de outros tipos de dor, uma hora vai embora.

Quando desliguei o chuveiro, Boo, em sua brancura avantajada, me encarava através do vidro da porta, embaçado pelo vapor.

Depois de me enxugar e colocar uma cueca, me ajoelhei no assoalho do banheiro e acariciei o cachorro atrás das orelhas, o que o fez arreganhar os dentes de felicidade.

— Onde você se escondeu? — perguntei a ele. — Onde é que você estava quando um desnaturado tentou fazer meu cérebro sair pelas orelhas? Hein?

Ele não respondeu. Só continuou abanando o rabo. Sou fã dos velhos filmes dos Irmãos Marx, e Boo é o Harpo Marx dos cachorros em mais de um sentido.

85

Minha escova de dentes parecia pesar mais de 2 quilos. Mesmo exausto, nunca deixo de escovar os dentes.

Alguns anos trás, presenciei uma necropsia na qual o médico-legista, num exame preliminar do cadáver, deixou registrado numa gravação que o defunto não tinha uma boa higiene bucal. Fiquei envergonhado pelo morto, que fora meu amigo.

Espero que nenhuma testemunha da *minha* necropsia tenha motivos para se envergonhar de mim.

Vocês podem pensar que esse tipo de orgulho é apenas tolice. E provavelmente têm razão.

A humanidade é um desfile de tolos do qual participo na comissão de frente, girando meu bastão.

Eu me convenci, porém, de que escovar os dentes enquanto aguardo minha morte ainda sem data é simplesmente um ato de consideração pelos sentimentos de alguma testemunha da minha necropsia que, porventura, tenha me conhecido em vida. Sentir vergonha por um amigo por conta de um descuido dele não é tão horrível quanto acabar mortificado pela exposição dos próprios defeitos, mas também não é agradável.

Quando saí do banheiro, Boo estava encolhidinho na cama, exatamente onde ficariam meus pés.

— Sem carinho na barriga e nada mais de esfregação nas orelhas — avisei a ele. — Estou aterrissando feito um avião que perdeu todos os motores.

O bocejo foi desnecessário vindo de um cão como ele. Estava ali pela companhia, e não para dormir.

Sem forças para colocar meu pijama, caí na cama de cuecas. O legista sempre tira a roupa do cadáver mesmo.

Depois de puxar as cobertas até o queixo, me dei conta de que tinha deixado a luz do banheiro acesa.

Apesar da doação de 4 bilhões de John Heineman, os irmãos naquele mosteiro vivem frugalmente, em respeito ao voto de pobreza. Não desperdiçam recursos.

A luz parecia distante, e ficava mais longe a cada segundo, enquanto as cobertas se transformavam em pedra. Que se dane, pensei. Eu ainda não era um monge, nem mesmo um noviço.

Também não era mais um cozinheiro de lanchonete, exceto quando fazia minhas panquecas aos domingos, nem tampouco um vendedor de pneus, nem qualquer outra coisa. Nós, os tipos-que-não-são-nada, não nos preocupamos com o custo de deixar uma luz acesa desnecessariamente.

No entanto, eu me preocupava. Apesar disso, adormeci.

Sonhei, mas não com caldeiras explodindo. Nem com freiras pegando fogo, ou gritos atravessando a noite coberta de neve.

No sonho, eu estava dormindo, mas então acordei e vi um bodach ao pé da minha cama. Esse bodach do sonho, ao contrário dos bodachs da vida real, tinha uns olhos selvagens que brilhavam com o reflexo da luz vinda da porta entreaberta do banheiro.

Como sempre, fingi que não via a fera. Eu a observava com os olhos semicerrados.

Quando o bodach se moveu, ele se transformou, como acontece com as coisas nos sonhos, e deixou de ser um bodach. Aos pés da cama estava agora o russo mal-encarado, Rodion Romanovich, o único outro hóspede ali no momento.

Boo também estava no sonho, em cima da cama, mostrando os dentes para o invasor, mas em silêncio.

Romanovich contornou a cama até o criado-mudo.

Boo saltou da cama para a parede, como se fosse um gato, e lá ficou, pendurado na vertical, desafiando a gravidade e encarando o russo.

Interessante.

Romanovich apanhou o porta-retratos que estava ao lado do despertador, em cima do criado-mudo.

A moldura serve de proteção a um pequeno cartão de uma máquina de adivinhações de um parque de diversão e diz o seguinte: VOCÊS ESTÃO DESTINADOS A FICAR JUNTOS PARA SEMPRE.

No meu primeiro manuscrito, contei a curiosa história desse objeto, que para mim é sagrado. Basta dizer que foi o que a máquina devolveu quando Stormy Llewellyn e eu colocamos nela a primeira moeda, e depois que um cara e sua noiva, à nossa frente na fila, não tinham conseguido nada além de más notícias em troca da moeda deles.

Como a Mamãe Cigana não acerta com precisão as previsões para este mundo, e como a Stormy morreu e agora estou sozinho, sei que o cartão significa que ficaremos juntos para sempre em *outro* mundo. Essa promessa é mais importante para mim do que comer e respirar.

Embora a luz do banheiro não iluminasse todo o cômodo a ponto de permitir que Romanovich pudesse ler o que estava escrito no cartão, ele o leu assim mesmo porque, sendo um sonho, o russo podia fazer o que quisesse, do mesmo jeito que os cavalos podiam voar e as aranhas podiam ter cabeças de bebês humanos.

Num murmúrio carregado de sotaque, ele pronunciou as palavras em voz alta: *"Vocês estão destinados a ficar juntos para sempre."*

Sua voz solene, mas melíflua, era adequada a um poeta, e aquelas oito palavras soaram como o verso de um poema lírico.

Enxerguei Stormy exatamente como ela estava na noite no parque de diversões, e o sonho passou a ser sobre ela, sobre nós, sobre um passado doce e irrecuperável.

Após menos de quatro horas de sono conturbado, acordei antes de amanhecer.

Pela janela quadriculada via-se um céu escuro, e fadas de neve dançavam nos vidros. Na parte de baixo, alguns ramos de gelo faiscavam com se fossem uma luz estranha, alternando tons de vermelho e azul.

O relógio digital no criado-mudo estava no mesmo lugar de quando eu caíra na cama, mas a moldura com o cartão da máquina de adivinhações parecia ter sido mexida. Eu tinha certeza de que a havia colocado de pé em frente à luminária. Agora ela estava deitada.

Afastei as cobertas e me levantei. Saí para a sala de estar e acendi uma luz.

A cadeira de espaldar reto permanecia travando a maçaneta da porta que dava para o corredor do terceiro andar. Chequei. Estava bem fechada.

Antes que o comunismo os privasse de sua fé, o povo russo teve uma história de misticismo tanto cristão quanto judaico. Mas não ganharam fama por serem capazes de atravessar portas trancadas e paredes sólidas.

A janela da sala de estar ficava três pavimentos acima do chão e não tinha parapeito. Conferi a tranca, por precaução, e vi que estava no lugar.

Embora sem a presença de freiras pegando fogo ou aranhas com cabeças de bebês humanos, a perturbação da noite tinha sido um sonho. Apenas um sonho.

Olhando lá para baixo, pela janela trancada, descobri a fonte daquela luz pulsante que dardejava a partir das filigranas de gelo nos cantos do vidro. Um espesso cobertor de neve tinha sido estendido sobre a terra enquanto eu dormia, e três Ford Explorers, todos com a palavra XERIFE no teto, estavam parados na entrada, com fumaça saindo de seus escapamentos e sirenes de emergência piscando.

Embora não ventasse, a nevasca não amainara. Pelo vidro coberto de gotículas que pareciam confetes congelados, divisei seis fachos de lanterna, a boa distância uns dos outros, guiados por homens que eu não conseguia ver, em um movimento coordenado, como que esquadrinhando o pasto em busca de alguma coisa.

DEZ

Quando consegui me trocar, enfiando primeiro uma proteção térmica tipo macacão, depois um jeans e um suéter de gola baixa, minhas botas de esqui e minha jaqueta, para finalmente correr escada abaixo, cruzar a área de convivência e abrir a porta de madeira de carvalho que dava para o pátio da hospedaria, a alvorada já se anunciava.

A luz taciturna deitava um véu cinzento sobre as colunas de pedra que circundavam o pátio. Na área coberta, a escuridão se mantinha firme, como se a noite, pouco incomodada com a presença da manhã lúgubre, não quisesse se retirar.

No pátio, sem botas de esqui, São Bartolomeu pisava no pó fresco, uma abóbora fora de época em oferenda sobre a mão estendida.

Do lado leste, oposto ao ponto pelo qual eu adentrara o pátio, ficava a entrada para a igreja da abadia a partir da ala de hóspedes. Dali subiam vozes em oração e ecoava um sino ritmado e repetitivo cujo som chegava até mim não vindo da igreja, mas através da passagem que se estendia à minha frente e à minha direita.

Quatro degraus levavam àquele corredor de arcos de pedra, o qual, por sua vez, avançava uns 6 metros para dentro do pátio maior, quatro vezes o tamanho do outro e emoldurado por uma sequência ainda mais impressionante de colunas.

Os 46 irmãos e os cinco noviços estavam reunidos nesse pátio ao ar livre, todos em seus hábitos completos e de frente para o abade Bernard que, posicionado sobre um púlpito com sinos, movia ritmicamente, com uma das mãos, a corda das badaladas.

O Ofício de Leituras havia terminado e, já concluindo as Laudes, os monges tinham saído da igreja para a prece final e o sermão do abade.

A oração era o Toque das Ave-Marias, que é muito bonita em latim, quando entoada a muitas vozes.

Os irmãos cantavam um dos responsórios quando cheguei: *"Fiat mihi secundum verbum tuum."* Então o abade e todos diziam: *"Ave Maria."*

Dois auxiliares do xerife aguardavam na parte coberta do pátio o fim da prece. Os policiais eram caras grandes e mais solenes que os próprios irmãos.

Eles me encararam. Claramente eu não era um deles, e aparentemente não era um monge também. Minha condição indeterminada me tornava alguém de interesse.

Seus olhares eram tão intensos que eu não ficaria surpreso se, no ar gélido, os olhos deles começassem a fumegar, como estava acontecendo a cada vez que expiravam.

Com alguma experiência em assuntos policiais, eu sabia que era melhor não abordá-los com a sugestão de que suas suspeitas seriam mais acertadas se eles passassem a se preocupar com o russo mal-encarado, onde quer que ele estivesse agora. Isso só faria aumentar o interesse dos policias por mim.

Embora ansioso para saber o motivo pelo qual o xerife fora chamado, resisti à tentação de perguntar isso a eles. Ficariam inclinados a ver minha ignorância dos fatos como mero *fingimento de ignorância*, e passariam a me considerar ainda mais suspeito do que até então.

Uma vez que um policial ache que você é de algum interesse, ainda que passageiro, na investigação de um crime, não há como sair da lista de suspeitos do sujeito. Apenas acontecimentos sobre os quais você não tem controle poderão livrar sua cara, como ser esfaqueado, baleado ou estrangulado pelo *verdadeiro* vilão.

"*Ut digni efficiamur promissionibus Christi*", entoaram os irmãos, e o abade respondeu: "*Oremus*", que significava "Oremos".

Menos de meio minuto depois, o Toque das Ave-Marias havia terminado.

Normalmente o sermão do abade consiste de um breve comentário sobre algum texto sagrado e sua aplicação à vida monástica. Aí ele sapateia e canta "Tea for Two".

Certo, a parte do sapateado com "Tea for Two" eu inventei. É que o abade Bernard se parece *tanto* com o Fred Astaire, que eu nunca consigo deixar de imaginar essa cena.

Em vez do sermão habitual, o abade anunciou que todos aqueles que fossem solicitados a auxiliar os assistentes do xerife nas intensas buscas que se realizavam pelas instalações do mosteiro estavam dispensados na missa da manhã.

Eram 6h28. A missa começaria às 7 horas.

Aqueles que eram indispensáveis à condução da cerimônia deveriam comparecer e, logo depois, poderiam ficar à disposição das autoridades para responder a perguntas e ajudar no que fosse necessário.

A missa terminaria aproximadamente às 7h50. O café da manhã, sempre tomado em silêncio, era servido às 8 horas.

O abade também dispensou aqueles que estavam ocupados ajudando a polícia de rezar o Terço, terceiro dos sete momentos de oração do dia. O Terço começa às 8h40 e dura mais ou menos 15 minutos. O quarto momento da Liturgia das Horas é a Meridiana, às 11h30, antes do almoço.

Quando se diz a um leigo que a vida monástica é regrada e que a mesma rotina é seguida dia após dia, geralmente a resposta é uma careta. A pessoa acha que deve ser uma vida muito chata e tediosa.

Nos meses que passei na companhia dos monges, aprendi que é bem o contrário: aqueles homens se sentem revigorados pela adoração e pela meditação. Nas horas de recreação, entre o jantar e as Completas, que são a prece da noite, se revelam uma gente muita animada, intelectualmente estimulante e divertida.

Bem, muitos deles são exatamente como descrevi, mas outros são tímidos. E uns poucos ficam tão agradecidos pelo rumo altruísta dado às suas vidas que não acham que estão fazendo uma coisa inteiramente altruísta.

Um deles, o irmão Matthias, tem um conhecimento tão abrangente e opiniões tão incisivas sobre as operetas de Gilbert e Sullivan que é capaz de esgotar a paciência de qualquer um.

Monges não são necessariamente santos só por serem monges. E são sempre e completamente humanos.

Ao final do sermão do abade, muitos irmãos correram para a área coberta do pátio, ansiosos por ajudar.

Percebi que um dos noviços ficou no pátio, mesmo debaixo da neve que caía. Embora seu rosto estivesse coberto pelo capuz, pude ver que olhava para mim.

Era o irmão Leopold, que encerrara seu postulado em outubro e usava o hábito de noviço havia menos de dois meses. Seu rosto típico do Meio-Oeste era sardento e tinha um sorriso otimista.

Dos cinco noviços hospedados no mosteiro naquele momento, ele era o único em quem eu não confiava. O motivo para isso me escapava. Era apenas sexto sentido, nada mais.

O irmão Knuckles se aproximou, parou, se chacoalhou feito um cachorro, tirando a neve grudada em seu hábito. Ao tirar o capuz, ele disse baixinho:

— O irmão Timothy sumiu.

O irmão Timothy, que cuidava dos sistemas mecânicos responsáveis por manter o mosteiro e o colégio habitáveis, não era de chegar atrasado ao Ofício de Leituras, e certamente não era do tipo de pessoa que sairia em alguma aventura fora dali em violação a seus votos. Sua maior fraqueza eram as barras de Kit Kat.

— Deve ter sido nele que quase tropecei ontem à noite, no canto da biblioteca. Tenho que contar à polícia.

— Não ainda. Venha comigo — disse o irmão Knuckles. — Precisamos de um lugar longe desse monte de ouvidos.

Virei na direção do pátio e o irmão Leopold tinha sumido dali.

Com seu rosto e jeito jovem típico do Meio-Oeste, Leopold de modo algum parece calculista ou astuto, furtivo ou enganador.

Mas tem uma mania desconcertante de aparecer e desaparecer repentinamente que às vezes me faz pensar num fantasma que se materializa e desmaterializa. Ele está lá, aí já não está mais. Não está, e logo volta a estar.

Saí do pátio maior junto com Knuckles, seguindo pelo corredor de pedra até o pátio da hospedaria e, dali, pela porta de madeira de carvalho, para o salão principal no andar térreo da ala de hóspedes.

Fomos até a lareira num dos extremos do cômodo, ainda que não houvesse fogo aceso, e nos sentamos um encarando o outro, levemente inclinados para a frente em nossas poltronas.

— Depois que conversamos, ontem à noite — disse Knuckles —, fiz a contagem. Não tenho permissão para isso. Parecia um intruso. Mas achei que era a coisa certa a fazer.

— O senhor tomou uma decisão.

— É o que eu sempre faço. Mesmo antes, quando era um pateta musculoso e desviado do caminho de Deus, às vezes tomava minhas decisões. Tipo, o chefe me mandava quebrar as duas pernas de um cara, mas ele entendia o que eu queria depois de ter quebrado a primeira, então nem quebrava a outra. Coisas assim.

— Irmão, só uma curiosidade... Quando o senhor se apresentou como candidato a se tornar um dos Irmãos de São Bartolomeu, quando tempo durou sua primeira confissão?

— O padre Reinhart diz que foram duas horas e dez minutos, mas pra mim pareceu um mês e meio.

— Aposto que sim.

— Enfim, alguns irmãos deixam suas portas entreabertas, outros não, mas nenhum quarto estava trancado. Usei uma lanterna para conferir, da porta, cada cama. Não faltava ninguém.

— Alguém acordado?

— O irmão Jeremiah sofre de insônia. E o irmão John Anthony não passou muito bem depois do jantar de ontem.

— Empanadas chilenas.

— Eu disse a eles que achava que tinha sentido um cheiro de queimado e estava só checando para ver se não havia nenhum problema.

— O senhor mentiu — falei, só para provocá-lo.

— Essa não é uma mentira que vai me mandar pro buraco junto com o Al Capone, mas é o primeiro passo de uma ladeira escorregadia que já desci uma vez na vida.

Sua mão, de aspecto brutal, fez o sinal da cruz com especial comoção, o que me fez lembrar do hino "Amazing Grace".

Os irmãos acordam às 5 horas, fazem a toalete, se vestem e se arranjam no pátio maior às 5h40, dali seguem juntos para a igreja, onde procedem ao Ofício de Leituras e às Laudes. Ou seja, às 2 da manhã, estão apagados, e não lendo ou jogando Game Boy.

— O senhor foi até a ala do noviciado, dar uma olhada nos noviços?

— Não. Você falou que o irmão que encontrou caído estava de preto, quando quase tropeçou nele.

Em algumas ordens, os noviços usam hábitos parecidos ou até iguais aos dos irmãos que já fizeram os votos definitivos, mas no São Bartolomeu eles vestem cinza, e não preto.

Knuckles disse:

— Imaginei que o cara caído no jardim tinha se recuperado, levantado e voltado para a cama; ou era o abade.

— O senhor conferiu os aposentos dele?

— Filho, eu não ia tentar a história do cheiro de queimado nos aposentos privativos do abade, sendo ele três vezes mais esperto que eu. Além disso, o cara do jardim era pesado, certo? Você falou que era pesado. E o abade Bernard, se bate um ventinho, é melhor que esteja amarrado.

— Fred Astaire.

Knuckles se remexeu. Cutucou a região enrugada entre os olhos e o nariz de cogumelo.

— Preferia que você nunca tivesse me contado essa do "Tea for Two". Não consigo mais me concentrar no sermão da manhã. Fico esperando o momento em que o abade vai começar a sapatear.

— Quando foi que descobriram que o irmão Timothy tinha sumido?

— Vi que ele não estava formado para o Ofício de Leituras. Também não apareceu nas laudes, então saí da igreja para dar uma olhada no quarto dele. Ele era só travesseiros.

— Travesseiros?

— De madrugada, o que parecia o irmão Timothy, debaixo das cobertas, quando apontei a lanterna, não passava de um monte de travesseiros.

— Por que ele faria isso? Não existe nenhuma regra que mande apagar as luzes. Nem temos fiscalização noturna.

— Talvez não tenha sido o Tim que fez aquilo, mas alguém tentando nos enganar e ganhar tempo, impedindo que a gente descobrisse que ele tinha sumido.

— Ganhar tempo para quê?

— Sei lá. Mas se eu tivesse visto que ele havia sumido ontem à noite, ia saber que era ele que você encontrou caído no jardim, e teria acordado o abade.

— Ele é mesmo meio pesadinho — falei.

— Barriguinha de Kit Kat. Se estivesse faltando algum dos irmãos quando fiz a contagem, os policiais teriam aparecido há muito tempo, antes de a nevasca piorar.

— E agora a busca ficou mais difícil — eu disse. — Ele está... morto, não está?

Knuckles olhou para a lareira, onde não havia fogo.

— Minha opinião profissional é que meio que acho que sim.

Eu já estava de saco cheio da Morte. Tinha ido para aquele refúgio para escapar Dela, mas estava claro que, correndo para longe, conseguira apenas voltar aos Seus braços.

A gente pode fugir da vida; da morte, não.

ONZE

O CORDEIRO DA MADRUGADA SE TRANSMUTOU NO LEÃO DA manhã com um súbito rugido de vento, batendo nas janelas do salão feito dentes tiquetaqueantes de neve. Uma simples tempestade ganhava proporções de uma forte nevasca.

— Eu gostava do irmão Timothy — falei.

— Ele era um doce de pessoa — concordou Knuckles. — O jeito como ele ficava vermelho era inacreditável.

Eu me lembrei da iluminação exterior que revelava o brilho interior da inocência do monge.

— Alguém colocou travesseiros debaixo dos cobertores do Tim para que não déssemos falta dele até que a tempestade complicasse as coisas. O assassino queria ganhar tempo para terminar o que veio fazer aqui.

— Ele quem? — perguntou Knuckles.

— Já disse, senhor, não sou vidente.

— Não estou pedindo que seja. Mas pensei que você pudesse enxergar pistas.

— Também não sou Sherlock Holmes. É melhor procurar a polícia.

— Pense bem se é a coisa mais inteligente a fazer.

— Mas preciso contar aos policiais o que aconteceu.

— Vai contar sobre os bodachs?

Em Pico Mundo, o chefe de polícia, Wyatt Porter, era como um pai para mim. Sabia sobre o meu dom desde que eu tinha 15 anos.

Não me agradava a ideia de conversar com o xerife do condado para explicar que eu via pessoas mortas, demônios esquivos como lobos.

— O chefe Porter pode falar com o xerife daqui e garantir que estou dizendo a verdade.

Knuckles pareceu duvidar.

— E quanto tempo isso pode levar?

— Não muito, se eu puder contatar o Wyatt rapidamente.

— Não me refiro a quanto tempo pode demorar para o chefe Porter dizer ao pessoal daqui que você é confiável. Estava pensando em quanto tempo vai levar até que acreditem nisso.

Ele tinha razão. Mesmo Wyatt Porter, um homem inteligente, e que conhecia bem tanto minha avó quanto eu, precisou ser convencido quando pela primeira vez lhe passei informações para que resolvesse uma investigação de assassinato que se encontrava empacada.

— Filho, ninguém além de você consegue ver esses bodachs. Se as crianças ou todos nós vamos ser atacados por alguém ou alguma coisa, é você quem tem mais chances de descobrir o que exatamente está para acontecer, quando e onde, e tentar impedir.

Sobre o piso de mogno havia um tapete persa. No mundo de desenhos tecido em lã que eu enxergava entre meus pés, um dragão se contorcia e brilhava.

— Não quero assumir essa responsabilidade toda. Não posso suportar.

— Parece que Deus acha que você pode sim.

— Dezenove mortos — lembrei a ele.

— E poderiam ter sido duzentos. Escute, filho, não pense que do lado da lei sempre vá existir um Wyatt Porter.

— Eu sei.

— Hoje em dia, no Direito, costuma-se pensar que a justiça se resume às leis. Ninguém se lembra que essas noções foram um dia proferidas a partir de algum lugar, que algum dia não significavam simplesmente o que deveria ser *proibido*, mas também um modo de vida e uma razão para se viver daquela maneira. O Direito agora parece pensar que ninguém além dos políticos é responsável pelas leis, por tê-las criado ou por reformulá-las, e talvez por isso não seja surpresa que algumas pessoas não se importem mais com elas, e que mesmo alguns homens da lei não entendam sua verdadeira razão de ser. Ao ouvir sua história, o tipo errado de xerife nunca será capaz de perceber que você está do lado dele. Jamais vai acreditar que você tem um dom, e sim que representa tudo o que há de errado com o mundo. Que estaríamos caminhando de volta a um mundo que costumava existir, e que ele está feliz que tenha sido extinto. Vai pensar que você é um caso para psiquiatras. Não confiará em você. Não será capaz disso. Imagine se te levam preventivamente, para ficar em observação, ou mesmo sob suspeita, no caso de encontrarem um corpo; o que vamos fazer então?

Não me agradava a expressão arrogante do dragão no tapete, nem a violência que alguns fios mais brilhantes do tecido emprestavam a seus olhos. Mudei o pé esquerdo de posição para cobrir o rosto do bicho.

— Senhor, e se eu não mencionasse o meu dom ou os bodachs? Poderia apenas dizer que achei um monge caído no chão, e em seguida fui abatido por alguém.

— E o que você estava fazendo lá fora a uma hora daquelas? De onde vinha, para onde ia, o que *procurava*? Por que tem esse nome engraçado? Quer dizer que você é o garoto que bancou o herói aquela vez no Green Moon Mall? Esse tipo de encrenca vive te perseguindo mesmo, ou será que a encrenca não é você?

Ele fazia o advogado do diabo.

Era como se eu tivesse quase sentindo o dragão do tapete realmente se contorcendo debaixo dos meus pés.

— Não tenho mesmo muito a dizer que lhes seja útil — cedi.

— Acho que poderíamos esperar até que encontrem o corpo.

— Não vão encontrar — respondeu o irmão Knuckles.

— Não estão procurando por um tal monge Tim que foi assassinado e teve o corpo escondido. O que estão procurando é o lugar aonde um tal monge Tim foi cortar os pulsos ou se enforcar dependurando-se de uma viga.

Olhei para ele, sem entender o que dizia.

— Faz apenas dois anos que o irmão Constantine se suicidou — ele me lembrou.

Constantine é o monge que, depois de morto, permaneceu neste mundo, e às vezes se manifesta das formas mais inesperadas, como um poltergeist de energia.

Por razões que ninguém até então compreendia, ele subiu na torre da igreja certa noite, enquanto os demais monges dormiam, amarrou uma das pontas de uma corda em torno do mecanismo que dispara o carrilhão de três sinos, passou a outra extremidade em volta do pescoço, subiu no parapeito e pulou, acordando com o toque dos sinos toda a comunidade do Mosteiro de São Bartolomeu.

Entre os homens de fé, talvez a autodestruição seja o mais condenável de todos os pecados. O efeito daquele suicídio sobre os demais monges tinha sido profundo; e o tempo não fora capaz de atenuá-lo.

Knuckles disse:

— O xerife pensa que somos um bando de cascas-grossas, não consegue confiar em nós. É do tipo que acredita que monges albinos homicidas vivem por aqui em catacumbas secretas, e que saem à noite para matar, aquele velho papo anticatólico da Ku Klux Klan, embora talvez ele nem faça essa relação com a KKK. Engraçado como pessoas que não acreditam em nada são capazes de, de uma hora para outra, acreditar em qualquer história maluca que lhes contem sobre gente como nós.

— Então eles acham que o irmão Timothy se matou?

— O xerife provavelmente pensa que todos vamos nos matar no final. Como aqueles tomadores de ácido que andavam com o Jim Jones.

Melancolicamente me lembrei de Bing Crosby e Barry Fitzgerald.

— Uma noite dessas, vi um filme antigo, *O bom pastor*.

— Aquilo não era só outro tempo, filho. Era outro planeta.

A porta do salão se abriu. Um dos assistentes do xerife e quatro monges entraram. Tinham vindo fazer buscas na hospedaria, embora fosse improvável que um irmão suicida tivesse se encaminhado justamente àquela ala para beber um litro de Clorox.

O irmão Knuckles recitou a parte final de uma oração e fez o sinal da cruz, e eu o imitei, como se estivéssemos recolhidos ali para rezar juntos pela volta do irmão Timothy, são e salvo.

Não sei se aquela encenação significou meio passo em direção a um declive escorregadio. Não tive a sensação de estar deslizando. Mas é claro que nunca percebemos a descida vertiginosa até despencarmos em alta velocidade.

Knuckles me convencera de que eu não encontraria amigos entre aquelas autoridades, de que devia continuar a ser um agente independente na busca pela razão da violência iminente que atraía os bodachs. Consequentemente, eu preferia evitar os assistentes do xerife, mas sem parecer que os estava despistando.

O irmão Fletcher, solista do coro e diretor musical do mosteiro, um dos quatro monges que acompanhavam o policial, pediu permissão para revistar minha suíte. Concedi sem hesitar.

Para agradar o homem do xerife, cujos olhos eram duas fendas que carregavam o peso de suas suspeitas, Knuckles me pediu para ajudá-lo a procurar nas despensas e nos armazéns que, como responsável pelo estoque de alimentos, eram o seu domínio.

Quando saímos do salão da hospedaria para o pátio, onde o vento vociferava entre as colunas, Elvis estava esperando por mim.

Em meus dois relatos anteriores, contei minhas experiências em Pico Mundo com o espírito de Elvis Presley, um dos que se recusam a deixar este mundo. Ele me acompanhara na mudança da minha cidade no deserto para o monastério nas montanhas.

Em vez de ir assombrar algum lugar, especialmente um local apropriado como Graceland, ele assombra *a mim*. Acha que, com a minha ajuda, conseguirá, a seu tempo encontrar a coragem necessária a fim de seguir para um plano mais elevado.

Imagino que deveria estar contente por ser perseguido pelo Elvis, e não, digamos, por um punk como Sid Vicious. O Rei é um espírito mais fácil, com senso de humor e alguma preocupação por mim, embora de vez em quando chore descontroladamente. Em silêncio, claro, porém copiosamente.

Como os mortos não falam nem têm como mandar mensagens de texto, precisei de um longo tempo para descobrir por que Elvis ainda circula por aqui, neste nosso mundo conturbado. De início, pensei que relutava em partir pelo fato de este lugar ter lhe dado várias coisas boas.

A verdade é que ele está desesperado para ver a mãe, Gladys, no outro mundo, mas hesita em cruzar a fronteira até lá por se sentir muito angustiado em relação a esse reencontro.

Poucos homens amaram mais a mãe do que Elvis amou Gladys. Ela morreu jovem, e ele sofreu a perda dela até o dia da própria morte. Ele teme, no entanto, que seu problema com as drogas e seus demais fracassos pessoais nos anos que se seguiram à partida dela possam tê-la envergonhado. Ele mesmo se envergonha da morte infame que teve: por uma overdose de medicamentos controlados, de cara no próprio vômito, embora esse pareça ser o cenário de despedidos preferido por uma porcentagem significativa da realeza do rock and roll.

Muitas vezes lhe assegurei de que não pode haver vergonha, raiva ou decepção no lugar onde Gladys o aguarda, apenas amor e compreensão. Sempre digo a ele que ela vai recebê-lo de braços abertos do Outro Lado.

Até agora meus argumentos não o convenceram. Claro que não há motivo para que o tivessem convencido. Lembrem-se: no capítulo dois, admiti que *nada* sei.

Assim que entramos no corredor entre o claustro da hospedaria e o grande claustro, falei para o irmão Knuckles:

— Elvis está aqui.

— É? Em qual filme?

Era como Knuckles me perguntava como o Rei estava vestido. Outros espíritos remanescentes só se manifestam com as roupas que usavam quando morreram. Donny Mosquith, um ex-prefeito de Pico Mundo, teve um ataque cardíaco enquanto se exercitava em vigorosa e ardente intimidade com uma moça. Travestir-se de salto alto e roupa íntima feminina o excitava. Um peludo enfeitado, zanzando pelas ruas de uma cidade que deu o nome dele a um de seus parques enquanto era vivo, mas depois rebatizou o lugar em homenagem a um apresentador de TV. O prefeito Mosquith não virou um fantasma muito bonito de se ver.

Elvis, porém, exala charme tanto na morte quanto na vida. Aparece com os trajes que usou em seus filmes e em suas performances de palco, dependendo do que quer. Ali, naquele momento, usava botas pretas, as calças justas de um smoking também preto com o paletó igualmente justo e preto aberto na altura da cintura, à qual se amoldava uma faixa vermelha, mais uma camisa branca com babados e um elaborado lenço de seda negro.

— É a roupa de dançarino flamenco que ele usou em *O seresteiro de Acapulco* — expliquei a Knuckles.

— Está vestido assim aqui, em pleno inverno na Sierra?

— Ele não sente frio.

— Tampouco é apropriado para um mosteiro.

— É que o Elvis nunca fez papel de monge num filme.

Caminhando ao meu lado, enquanto nos aproximávamos do final do corredor, Elvis colocou um braço ao redor dos meus ombros, como que para me confortar. Senti não menos do que o peso do braço de uma pessoa viva.

Não sei por que os fantasmas parecem concretos para mim, e seu toque é quente, em vez de frio, ainda que atravessem paredes e se desmaterializem quando assim desejam. É um mistério que provavelmente nunca vou solucionar, da ordem de coisas como a popularidade do queijo vendido em latas ou da breve carreira pós-*Jornada nas estrelas* de William Shatner como cantor de salão.

No pátio maior do grande claustro, o vento soprava forte pelas paredes dos três andares, empunhando rajadas de neve frágil, chicoteando e fazendo levantar nuvens da neve macia caída perto da calçada e ricocheteando entre as vigas da estrutura enquanto corríamos ao longo da colunata em direção à porta da cozinha na ala sul.

Como um teto a ruir soltando pedaços de argamassa, o céu baixou sobre o Mosteiro de São Bartolomeu, fazendo parecer que o dia desabava sobre nós com suas grandes muralhas brancas de aparência mais formidável que a da abadia na rocha, ruínas de alabastro enterrando tudo, leves, mas ainda assim uma prisão.

DOZE

KNUCKLES E EU DE FATO FIZEMOS ALGUMAS BUSCAS NA DESpensa e nos depósitos, mas não encontramos nem sinal do irmão Timothy.

Elvis contemplou os vidros de manteiga de amendoim enfileirados em uma das prateleiras, lembrando-se, talvez, dos sanduíches que levavam aquele ingrediente somando à banana frita e tinham sido um clássico de sua dieta quando era vivo.

Durante certo período, os monges e os homens do xerife estiveram ocupados nos corredores, no refeitório, na cozinha e em outros cômodos adjacentes. Depois de um tempo, à exceção do vento nas janelas e do trabalho de investigação em outros lugares, o mosteiro ficou em silêncio.

Eu me recolhi à biblioteca assim que as buscas terminaram, com o intuito tanto de refletir sobre meus pensamentos quanto de me manter discreto até que as autoridades partissem.

Elvis foi comigo, mas Knuckles preferiu ficar mais um tempo em seu posto num dos armazéns, revisando algumas faturas antes da missa. Por mais angustiante que fosse o desaparecimento do irmão Tim, era preciso continuar trabalhando.

É elemento fundamental da fé dos irmãos que, quando o Grande Dia chegar e, com o ele, o fim dos tempos, o tempo usado em trabalho honesto tenha sido tão importante em suas vidas quanto o tempo dedicado a orações.

Na biblioteca, Elvis zanzava pelos corredores entre as estantes, e por vezes *através* delas, lendo as lombadas dos livros.

Ele lera bastante em vida. Com a fama precoce, costumava fazer encomendas de vinte volumes de capa dura por vez numa livraria de Memphis.

A abadia conta com 60 mil volumes. Um dos propósitos de vida dos monges, especialmente dos beneditinos, é preservar o conhecimento.

Muitos mosteiros do Velho Mundo foram construídos como fortalezas, no alto de montanhas, às quais só se chegava por um acesso que podia ser bloqueado. O conhecimento de quase dois milênios, incluindo as grandes obras dos antigos gregos e romanos, foi preservado graças aos esforços dos monges, quando das invasões dos bárbaros, como godos, hunos, vândalos, que diversas vezes destruíram a civilização ocidental, e outras duas vezes, quando os exércitos islâmicos quase conquistaram a Europa em umas das campanhas guerrilheiras mais sangrentas da história.

A civilização, como costuma dizer meu amigo Ozzie Boone, só existe porque no mundo há dois tipos de pessoas em quantidade não mais do que suficiente: aquelas que são capazes de construir com uma espátula de pedreiro numa mão e uma espada na outra; e aquelas que acreditam que no princípio estava a Palavra e arriscam suas vidas para preservar todos os livros em nome das verdades que eles podem conter.

Penso que alguns cozinheiros de lanchonete são essenciais, também. Empreender, lutar, arriscar a vida por uma boa causa exige moral elevado. E não há nada melhor para aumentar o moral do que um belo prato preparado com ovos estrelados, as gemas, viradas para cima, como vários sóis, mais um monte de batatas fritas crocantes.

Inquieto, vagando pelos corredores entre as estantes da biblioteca, dei de cara com o russo, Rodion Romanovich, que, há pouco tempo, encontrara num sonho.

Nunca reivindiquei para mim a classe de James Bond, de modo que não me envergonho de contar que dei um pulo para trás e disse: "Filho da puta!"

Lembrando um urso, irritado a ponto de as sobrancelhas grossas parecerem ter sido costuradas uma à outra, o russo falou com um leve sotaque:

— O que há com você?

— Você me assustou.

— Certamente que não.

— Bem, parece que sim.

— Você se assustou sozinho.

— Desculpe, senhor.

— Desculpar por quê?

— Por falar assim.

— Eu falo inglês.

— Sim, o senhor fala, e muito bem. Melhor do que eu falo russo, com certeza.

— Você fala russo?

— Não, senhor. Nem uma palavra.

— Você é um rapaz muito peculiar.

— Sim, senhor, eu sei.

Na casa dos 50 anos, Romanovich não parecia velho, mas o tempo havia marcado seu rosto pelo tanto que já experimentara na vida.

Na testa larga, exibia um bordado de pequenas cicatrizes esbranquiçadas. As marcas de expressão na boca não sugeriam que ele tivesse passado a vida a sorrir; eram profundas, severas, como velhas cicatrizes resultantes de uma luta de espadas.

Tentando esclarecer o mal-entendido, falei:

— Quis dizer que sentia muito pelo palavrão.

— Por que eu assustaria você?

Dei de ombros.

— Não sabia que o senhor estava aqui.

— E eu também não sabia que você estava aqui — disse ele —, mas você não me assustou.

— Não sou bom nisso.

— Bom em quê?

— Quero dizer, não sou do tipo que assusta. Sou inofensivo.

— E *eu* sou do tipo que assusta? — perguntou ele.

— Não, senhor. Não, na verdade. Não. É apenas imponente.

— Sou imponente?

— Sim, senhor. Bastante imponente.

— Você é uma daquelas pessoas que usam as palavras mais pelo som do que pelo sentido delas? Ou por acaso sabe o que significa *inofensivo*?

— É alguém que não representa ameaça, senhor.

— Sim. E você certamente não é alguém assim.

— São só essas botas pretas de esquiador, senhor. Fazem qualquer um parecer alguém que sai por aí chutando tudo.

— Você aparenta ser uma pessoa transparente, direta, simples mesmo.

— Obrigado, senhor.

— Mas suspeito que seja uma personalidade complexa, complicada, até intricada.

— Sou exatamente o que aparento ser — assegurei a ele.

— Um simples chapeiro de lanchonete.

— É, você consegue tornar essa história plausível fazendo panquecas excepcionalmente macias. E eu sou um bibliotecário de Indianápolis.

Apontei para o livro que o russo tinha na mão, e que segurava numa posição que não me permitia ver o título.

— O que o senhor gosta de ler?

— Este aqui é sobre venenos e os maiores envenenadores da história.

— Não é bem o tipo de coisa edificante que a gente espera encontrar na biblioteca de uma abadia.

— É um aspecto importante da história da Igreja — disse Romanovich. — Ao longo dos séculos, clérigos têm sido envenenados por representantes da realeza e por políticos. Catarina de Médici envenenou o cardeal de Lorraine com dinheiro contaminado. A toxina penetrou na pele dele e em cinco minutos o cardeal estava morto.

— Que bom que caminhamos para uma economia sem dinheiro.

— Por que — perguntou Romanovich — alguém como você, "um simples chapeiro de lanchonete", passaria meses hospedado num mosteiro?

— Livre de aluguel. Cansado da minha chapa. Problema nas articulações dos dedos por usar errado minha espátula no trabalho. Necessidade de revitalização espiritual.

— Isso é comum entre os chapeiros, periodicamente sair em busca de revitalização espiritual?

— Pode até ser uma característica definidora da profissão, senhor. Duas vezes por ano, Poke Barnett tem necessidade de se isolar numa cabana no deserto para meditar.

Romanovich acrescentou um olhar severo por cima da cara de zangado e disse:

— E quem é esse Poke Barnett?

— É o outro chapeiro na lanchonete onde eu costumava trabalhar. O Poke compra, tipo, umas duzentas caixas de munição para a pistola dele, pega o carro e dirige por cerca de uns 70, 80 quilômetros Mojave adentro, longe de todo mundo, e ali passa alguns dias arrebentando cactos como um endemoninhado.

— Ele atira em cactos?

— O Poke tem muitas qualidades, senhor, mas não se liga muito em preservar o meio ambiente.

— Você disse que o seu amigo ia até o deserto para meditar.

— O Poke costuma dizer que, enquanto atira nos cactos, ele pensa sobre o sentido da vida.

O russo ficou olhando para mim.

Tinha os olhos mais indecifráveis que eu jamais vira. Por aqueles olhos não conseguia descobrir mais nada sobre ele do que um protozoário sobre a lâmina de vidro de um microscópio, olhando para cima através da lente, seria capaz de descobrir sobre o cientista que o examina.

Depois de uns instantes em silêncio, Rodion Romanovich mudou de assunto:

— Que livro você está procurando, Sr. Thomas?

— Qualquer um que tenha um coelhinho de pelúcia numa jornada mágica, ou um camundongo que salve princesas.

— Duvido que vá encontrar esse tipo de coisa aqui nesta seção.

— O senhor provavelmente tem razão. Ratos e coelhos não costumam andar por aí envenenando pessoas.

O russo dedicou a essa afirmação outro breve silêncio. Não creio que ele estivesse ponderando a própria opinião sobre as tendências homicidas de coelhos e ratos. Acho que, em vez disso, estava em dúvida se as minhas palavras davam a entender que eu poderia estar desconfiando dele.

— Você é um rapaz muito peculiar, Sr. Thomas.

— Não faço esforço para ser assim, senhor.

— E divertido.

— Mas não grotesco — respondi, esperando que ele concordasse.

— Não. Grotesco, não. Mas engraçado.

Ele virou as costas e se afastou com seu livro, que poderia ser um volume sobre venenos e envenenadores famosos na história. Ou não.

No extremo do corredor, Elvis reapareceu, ainda vestido de dançarino flamenco. Aproxima-se à medida que Romanovich se afasta, os ombros caídos, imitando o balançar de passos curtos e rápidos do russo, fazendo cara feia para o homem ao cruzar com ele.

Quando Rodion Romanovich alcançou as últimas estantes, antes de desaparecer de vista, fez uma pausa, olhou para trás e disse:

— Não o julgo pelo seu nome, Odd Thomas. Você não deveria me julgar pelo meu.

E então se foi, e eu fiquei me perguntando o que ele quis dizer com aquelas palavras. Afinal, ele não fora batizado com o nome de um assassino de multidões como Joseph Stalin.

Elvis veio até mim, e vi que ele tinha o rosto contorcido, numa imitação reconhecível e cômica do russo.

Olhando para a careta do Rei, percebi como era inusitado que nem eu nem Romanovich tivéssemos mencionado o sumiço do irmão Timothy ou o fato de os homens do xerife terem vasculhado o mosteiro procurando por ele. Naquele mundo fechado, onde sair da rotina era coisa rara, os eventos perturbadores daquela manhã deveriam ter sido primeiro assunto da conversa.

Nossa incapacidade mútua em comentar o desaparecimento do irmão Timothy, mesmo que por um breve momento, parecia sugerir alguma percepção compartilhada dos eventos, ou pelo menos uma atitude comum, que num aspecto importante nos tornava parecidos. Não fazia ideia do que eu mesmo queria dizer com isso, mas intuía haver verdade nessa observação.

Vendo que não conseguiria me fazer rir de sua imitação do lúgubre russo, enfiou o indicador na narina esquerda, bem fundo até a terceira junta do dedo, fingindo fazer prospecção profunda de meleca.

A morte não o havia livrado da compulsão por entreter as pessoas. Sendo um espírito sem voz, não podia mais cantar nem contar piadas. Dançava, às vezes, ao se lembrar de uma coreografia simples de um de seus filmes ou de um show que fez em Las Vegas, mas passava por Fred Astaire tanto quanto o abade Bernard passaria. Infelizmente, no auge do desespero, algumas vezes recorria a um humor infantil que não era digno dele.

Elvis tirou o dedo do nariz, extraindo dali um fio imaginário de meleca, e em seguida, fingindo que o negócio tinha um comprimento extraordinário, passou a puxar metro a metro para fora com as duas mãos.

Fui em busca da seção de livros de referência e fiquei por ali um tempo, de pé, lendo sobre Indianápolis.

Elvis permaneceu diante de mim, me encarando por sobre o livro aberto e ainda interpretando seu papel, mas eu o ignorei. Indianápolis tem oito universidades e faculdades e uma grande rede de bibliotecas públicas.

Quando o Rei tocou suavemente minha cabeça, suspirei e levantei os olhos do livro. Ele estava com o indicador enfiado na narina direita, bem fundo até a terceira junta, como antes, mas desta vez a ponta do dedo formava incrivelmente uma saliência em sua orelha esquerda. Ele fez mexer a protuberância.

Não pude deixar de sorrir. Ele sempre quer tanto agradar.

Feliz por ter me arrancado aquele sorriso, tirou o dedo do nariz e limpou as duas mãos no meu casaco, fingindo que estavam pegajosas de meleca.

— É difícil de acreditar — eu disse a ele — que você é o mesmo cara que cantava "Love Me Tender".

Ele fingiu usar a meleca restante para alisar os cabelos para trás

— Você não é engraçado — falei. — É grotesco.

Ele ficou encantado com essa opinião. Sorrindo, ele fez uma série de mesuras, como se estivesse diante de uma plateia, formando com os lábios, silenciosamente, as palavras: *Obrigado, obrigado, muito obrigado.*

Acomodado em uma das mesas da biblioteca, li sobre Indianápolis, que descobri ser cortada por mais rodovias do que qualquer outra cidade dos Estados Unidos. Algum dia a cidade abrigou uma próspera indústria de pneus, mas hoje não mais.

Elvis, sentado perto de uma janela, olhava a neve cair. Tamborilava no parapeito da janela, mas não produzia nenhum som.

Mais tarde, fomos até a recepção da hospedaria, na parte da frente do mosteiro, para ver a quantas andavam as buscas do pessoal do xerife.

Naquela hora não havia ninguém na recepção, mobiliada feito a de um pequeno e decadente hotel metido a besta.

Quando me aproximei da porta da frente, ela se abriu, e o irmão Rafael entrou numa nuvem de neve cintilante, o vento em seu encalço uivando a melodia de um órgão de tubos que parecia vir do próprio inferno. O monge teve que forçar a porta, que estava difícil de fechar, e os flocos de neve rodopiantes então assentaram no chão, mas o vento ainda gemia abafado lá fora.

— Que coisa terrível — disse ele, a voz trêmula de angústia.

Uma coisa fria e com várias patas deslizou debaixo da pele do meu couro cabeludo até a nuca.

— Os policiais encontraram o irmão Timothy?

— Não, mas deixaram por isso mesmo.

Os olhos castanhos do monge se arregalavam tanto, numa expressão desacreditada, que seu nome bem poderia ter sido mudado para Irmão Coruja.

— Foram embora!

— O que eles disseram?

— Com a tempestade, outras ocorrências ficariam sem atendimento. Acidentes rodoviários, chamados não muito comuns para esse pessoal.

Elvis ouviu tudo, concordando de pronto com a cabeça, aparentemente simpático às autoridades.

Em vida, ele pediu e recebeu insígnias de verdade, não apenas honorárias, de vários departamentos de polícia, incluindo do condado de Shelby, no Tennessee, diretamente do xerife. Entre outras coisas, esses crachás lhe permitiam carregar uma arma. Ele sempre se sentira orgulhoso de sua ligação com a lei.

Uma noite, em março de 1976, na rodovia interestadual 240, exibiu seu distintivo e ajudou as vítimas até que a polícia chegasse. Felizmente, nunca atirou acidentalmente em ninguém.

— Eles vasculharam todos os prédios? — perguntei.

— Sim — confirmou o irmão Rafael. — E os jardins. Mas e se o irmão saiu para um passeio pelo bosque e alguma coisa aconteceu, uma queda ou algo assim, e ele estiver lá fora, caído?

— Alguns irmãos gostam de andar no bosque — eu disse —, mas não à noite, e não o irmão Timothy.

O monge ponderou o que eu havia dito e concordou com a cabeça.

— O irmão Tim é um sedentário incorrigível.

Naquela situação, usar a palavra *sedentário* para se referir ao irmão Timothy talvez levasse a pensar na mais sedentária das condições: a morte.

— Se ele não está lá fora, na floresta, onde está? — perguntou o irmão Rafael. O desânimo tomava conta dele. — Aqueles policiais não compreendem mesmo o que fazemos aqui. Eles não entendem nada sobre nós. Disseram que talvez ele tenha desertado.

— Desertado? Isso é ridículo.

— Mais do que ridículo, muito pior. É um insulto — declarou Rafael, indignado. — Um deles sugeriu que Tim pode ter ido até Reno para "uns tragos e um joguinho de roleta".

Se um dos homens de Wyatt Porter em Pico Mundo dissesse uma coisa dessas, o chefe lhe daria licença sem vencimentos e, dependendo da resposta do policial à reprimenda, talvez até o demitisse.

O conselho do irmão Knuckles para que eu mantivesse discrição em relação àquelas autoridades parecia ser mesmo um sábio conselho.

— O que vamos fazer? — perguntou o irmão Rafael, preocupado.

Balancei a cabeça. Não tinha uma resposta.

Andando apressadamente pela recepção, falando mais com ele do que comigo, ele repetiu:

— O que vamos fazer?

Consultei meu relógio e me dirigi até uma das janelas da frente.

Elvis passou através da porta fechada e ficou lá fora, pisando a fina camada de neve no chão, uma figura e tanto em sua roupa preta de flamenco, com aquela faixa vermelha na cintura.

Eram 8h40.

Na alameda que servia de saída para carros, havia apenas as marcas dos pneus das viaturas da polícia que haviam partido dali recentemente. A tempestade se encarregara de aplainar a aspereza e as variações do terreno, suavizando-o em uma geometria de branco sobre branco em planos macios e em suaves ondulações.

Olhando da janela, parecia que uns 20, 25 centímetros de neve havia se acumulado em sete horas e meia. E nevava bem mais rápido agora do que antes.

Do lado de fora, Elvis jogava a cabeça para trás e botava a língua para fora, na tentativa frustrada de capturar alguns flocos. Claro, ele era apenas um espírito, incapaz de sentir frio ou o sabor da neve. Alguma coisa naquele seu esforço, porém, me encantou... e me entristeceu, também.

Amamos apaixonadamente tudo o que não pode durar: os deslumbrantes cristais do inverno, a primavera em flor, o voo frágil das borboletas, pores do sol carmesim, um beijo, a vida.

Na noite anterior, a previsão do tempo na TV falava num acúmulo mínimo de 60 centímetros de neve. As tempestades no alto da Sierra podem ser prolongadas, brutais, e resultar numa quantidade de neve ainda maior que a da previsão.

Naquela mesma tarde, certamente antes do crepúsculo, que no inverno chega mais cedo, o Mosteiro de São Bartolomeu estaria cercado de neve. Isolado.

TREZE

Tentei ser o Sherlock Holmes que o irmão Knuckles esperava que eu fosse, mas minha razão dedutiva me fez enveredar por um labirinto de fatos e suspeitas que acabou por me trazer de volta ao ponto onde havia começado: sem nenhuma pista.

Como não fico de bom humor quando finjo ser um pensador, Elvis me deixou sozinho na biblioteca. Talvez tivesse ido até a igreja, na esperança de que fosse a hora de o irmão Fletcher praticar no órgão do coral.

Mesmo morto, gosta de ter música por perto sempre; e, quando estava vivo, gravou seis álbuns com canções gospel ou inspiradas em temas religiosos e outros três discos de Natal. Ele até podia preferir dançar ao som de algo mais agitado, mas um mosteiro não é o lugar mais indicado para se tocar rock and roll.

Um poltergeist talvez atacasse de "All Shook Up" no órgão, ou mandasse ver "Hound Dog" no piano da recepção da hospedaria, da mesma forma como o falecido irmão Constantine toca os sinos da igreja quando lhe dá vontade. Mas poltergeists são criaturas iradas; sua raiva é a fonte de seu poder.

Elvis nunca poderia ser um poltergeist. Ele é um espírito doce.

A manhã de inverno avançava em direção ao misterioso desastre que estava para acontecer. Descobri, recentemente, que caras muito inteligentes dividem o dia em unidades no valor de um milionésimo de um bilionésimo de um bilionésimo de segundo, o que fazia que *cada* segundo de indecisão da minha parte parecesse ser um desperdício inconcebível de tempo.

Saí da recepção, do claustro para o grande claustro, depois para outras alas da abadia, certo de que minha intuição me levaria a algum indício da violência iminente que havia atraído os bodachs.

Sem querer ofender, mas minha intuição é melhor que a sua, leitor. Talvez alguma vez você já tenha saído para trabalhar e levado o guarda-chuva num dia ensolarado e precisado dele à tarde. Talvez tenha recusado um encontro com o homem aparentemente ideal, sem entender por que fazia isso, e meses mais tarde, no telejornal da noite, descobrisse que o cara tinha sido preso por manter relações sexuais com uma lhama de estimação. Talvez você tenha comprado um bilhete de loteria usando a data do seu último exame proctológico na hora de escolher os números e ganhado 10 milhões de dólares. Minha intuição é ainda muito melhor que a sua, leitor.

O aspecto mais assustador disso tudo é o que chamo de magnetismo psíquico. Em Pico Mundo, quando precisava encontrar alguém que não estava onde eu esperava que estivesse, me concentrava no nome ou no rosto dessa pessoa enquanto dirigia ao acaso pelas ruas. Normalmente encontrava quem eu estava procurando em poucos minutos.

O magnetismo psíquico nem sempre é confiável. Nada é cem por cento confiável do lado de cá do paraíso, exceto o fato de que sua operadora de telefone celular jamais vai prestar o serviço que você foi suficientemente ingênuo de acreditar que prestaria.

A população do Mosteiro de São Bartolomeu é uma minúscula fração da de Pico Mundo. Aqui, para fazer uso do meu magnetismo psíquico, ando a pé, em vez de pegar o carro.

Primeiro, tratei de me concentrar no irmão Timothy: seus olhos doces, o lendário ruborizar. Agora que os homens do xerife tinham ido embora, se eu encontrasse o corpo do monge, não corria o risco de ser levado para a delegacia mais próxima para um interrogatório.

Procurar o lugar onde um assassino escondeu o corpo de sua vítima não chega a ser tão divertido quanto tentar achar ovos de Páscoa, embora, caso você não encontre um dos ovos e só o ache um mês depois, o fedor seja até semelhante. Como o estado do cadáver pode fornecer alguma pista sobre a identidade do assassino, e até sugerir suas intenções, no fim das contas, aquela busca era essencial.

Felizmente eu havia pulado o café da manhã.

Como a intuição já me levara três vezes a três diferentes portas de saída, parei de resistir ao impulso de ir à caça debaixo de tempestade. Fechei o zíper da jaqueta, enfiei o capuz, fixando-o firmemente sob o queixo com um fecho de velcro, e coloquei um par de luvas que levava dobrado no bolso do paletó.

Os flocos da noite anterior, aos quais eu dera minhas boas-vindas com o rosto voltado para o céu e a boca aberta, feito um peru, tinham sido de um volume patético em comparação à quantidade de neve que agora se abatia sobre a montanha, uma tempestade em *widescreen* digna da direção de um Peter Jackson turbinado.

O vento se contradizia, parecendo primeiro me atingir a partir do oeste e, em seguida, a partir do norte, depois de ambas as direções ao mesmo tempo, como se inevitavelmente devesse se debater, extinguindo-se pela própria fúria.

Aquele vento esquizofrênico se lançava, rodopiava e chicoteava flocos feito agulhas em ondas, em jorros, em golfadas congelantes, um espetáculo que um poeta algum dia chamou de "a brincalhona arquitetura da neve", mas, neste caso, era muito mais um bombardeio do que uma brincadeira, o vento num crescendo a ponto de soar tão alto quanto fogos de morteiros, os flocos parecendo estilhaços de bomba.

Minha intuição especial me conduziu primeiro para o norte, em direção à fachada da abadia, depois para o leste, depois para o sul... Passado algum tempo, percebi que completara mais de uma volta andando em círculos.

Talvez o magnetismo psíquico não funcionasse bem num ambiente dispersivo como aquele: o tumulto branco da tempestade, a gritaria do vento, o frio que batia no meu rosto, que forçava lágrimas dos meus olhos e as congelava nas bochechas.

Como era um rapaz do deserto, fui criado sob calor seco e feroz, que não distrai, e sim tende ou a debilitar ou a fortalecer as nervuras da mente e o foco do pensamento. Eu me sentia deslocado em meio ao turbilhão daquele caos congelante e não parecia completamente eu mesmo.

Podia ser, ainda, que estivesse afetado pela antecipação do terror de olhar para o rosto morto do irmão Timothy. O que eu precisava encontrar, neste caso, não era o que queria exatamente encontrar.

Redirecionando meus esforços, dei um tempo com a imagem do irmão Timothy e comecei a pensar nos bodachs e me perguntar que tipo de terror poderia estar a caminho, e, de maneira geral, a me inquietar quanto àquela indefinível ameaça, na esperança de que seria atraído para a pessoa ou para algum lugar que, de forma ainda estranha para mim, tivesse alguma conexão com a violência iminente.

No espectro dos métodos possíveis de investigação, eu estava mais para vidente do que para Sherlock, embora não me mostrasse muito disposto a admitir isso.

Vi, porém, que começava a encontrar a saída para o labirinto sem sentido em que havia me metido. Agora mais determinado, segui para o leste, fazendo a travessia do manto de 25 centímetros de neve que se acumulava na direção do convento e do colégio.

Já a meio caminho, de repente fiquei assustado e me abaixei, virei e me encolhi, certo de que estava prestes a ser abatido.

Continuava sozinho.

Apesar da evidência que meus próprios olhos me mostravam, não me *sentia* assim. Eu me sentia vigiado. Mais do que vigiado. Seguido.

Um som na tempestade, mas não propriamente da tempestade, um assobio diferente do lamento estridente do vento, se aproximou de mim, recuou, novamente se aproximou, e mais uma vez recuou.

Para o oeste, mal se enxergava a abadia através de mil véus em movimento, dunas brancas a encobrir seus alicerces, o vento emplastrado de neve que ocultava pedaços de suas imponentes paredes de rocha. A torre dos sinos ficava menos visível conforme crescia, parecendo se dissolver perto do topo, e simplesmente não dava para enxergar o campanário e a cruz.

Morro abaixo e para o leste, o colégio era um imóvel e obscurecido navio fantasma sob a névoa, mais uma sugestão pálida, dentro da palidez menor da nevasca, do que propriamente uma visão.

Ninguém postado a uma janela de qualquer um dos dois prédios teria sido capaz de me ver àquela distância e naquelas condições. Um grito meu se perderia no vento.

Os lamentos voltaram, sedentos e agitados.

Dei a volta sobre mim mesmo, procurando de onde vinham. Muito do que havia ao redor parecia borrado pela neve que caía e pelas nuvens de neve já despejadas que levantavam do chão, sob uma luz sombria e enganadora.

Embora não tivesse saído do lugar, o colégio agora havia desaparecido completamente junto com o declive do pasto. Morro acima, o mosteiro tremeluzia como se fosse uma imagem pintada sobre uma cortina transparente.

Como convivo com os mortos, minha tolerância ao macabro é tão grande que raramente me assusto. Mas aquele zumbido, meio grito, meio guincho, soava tão de outro mundo que eu nem mesmo conseguia imaginar uma criatura capaz de produzi-lo, e a medula dos meus ossos pareceu então se recolher como o mercúrio, que no inverno se contrai até o fundo do termômetro.

Caminhei um passo na direção de onde o colégio deveria estar, mas em seguida parei e voltei o mesmo passo atrás. Dei meia-volta na direção do alto do morro, mas não me atrevi a bater em retirada para o mosteiro. Alguma coisa invisível sob a camuflagem da tempestade, alguma coisa com uma voz de outro mundo, sedenta e furiosa, parecia estar à minha espera, não importava para que lado eu fosse.

CATORZE

Abri os fechos de velcro, puxei o capuz interno da jaqueta para trás, levantei a cabeça, virei-a para lá e para cá, à espreita, num esforço para descobrir de que ponto da bússola vinha aquele uivo.

O vento gelado bagunçou meu cabelo e o salpicou de neve, golpeando minhas orelhas e fazendo-as queimar.

A tempestade deixara de ser uma coisa mágica para mim. A graça da neve caindo agora era uma selvageria sem graça, uma realidade caótica, tão crua e agressiva quanto a raiva humana poderia ser.

Eu tinha a estranha percepção, um sentimento para além da minha capacidade de racionalizar, de que a realidade mudara para algum lugar abaixo do nível dos prótons numa proporção de 10-20, e de que nada era mais como havia sido, de que nada era mais como deveria ser.

Mesmo sem o capuz, não conseguia localizar a origem do estranho lamento. O vento poderia estar distorcendo e desviando o som, mas talvez o grito parecesse vir de todos os lados porque mais de uma entidade uivante espreitava a manhã de nevasca cega.

A razão me garantia que o que quer que fosse que estava me perseguindo saíra da própria Sierra, mas aquilo não soava como lobos ou leões da montanha. E os ursos, àquela altura entocados em suas cavernas, sonhavam perdidamente com frutas e mel.

Não sou um cara muito chegado a armas. A afeição da minha mãe por sua pistola — e as ameaças de suicídio que usava para me colocar na linha quando eu era criança — me fez preferir outras formas de autodefesa.

Ao longo dos anos, aos trancos e barrancos, sobrevivi, muitas vezes por pouco, pelo uso eficaz de armas tais como punhos, pés, joelhos, cotovelos, um bastão de beisebol, uma pá, uma faca, uma cobra de borracha, uma cobra de verdade, três vasos de porcelana caros e antigos, uns 378.500 litros de alcatrão derretido, um balde, uma chave de roda, uma doninha vesga e furiosa, um esfregão, uma frigideira, uma torradeira, manteiga, uma mangueira de incêndio e uma enorme salsicha.

Por mais imprudente que seja essa estratégia no meu caso, prefiro contar com meu juízo a confiar num arsenal. Infelizmente, naquele momento, no descampado, minha intuição tinha secado a tal ponto que dela eu não conseguiria espremer ideia nenhuma, exceto talvez a de fazer bolas de neve.

Como duvidava que meus perseguidores desconhecidos com seu uivo sinistro fossem meninos de 10 anos fazendo peraltices, desisti da ideia de me defender com as tais bolas. Puxei o capuz para cima da cabeça semicongelada e fechei novamente o velcro no queixo.

Aqueles gritos eram propositais, mas, apesar de muito diferentes de outros arroubos caóticos da tempestade, talvez fossem apenas o ruído do vento, afinal.

Quando minha intuição falha, recorro ao autoengano.

Tomei a direção do colégio novamente e de imediato detectei, invadindo minha visão periférica, um movimento à minha esquerda.

Ao me voltar para encarar a ameaça, percebi uma coisa branca e rápida, visível apenas porque era angulosa e eriçada, em contraste com o vagalhão ondulante e o rodopio da neve caindo e levantando mais poeira de gelo. Como um duende num sonho, do jeito que apareceu foi embora, recolhendo-se declive abaixo, deixando a vaga impressão de espinhos afiados e pontas rígidas, de algo brilhante e translúcido.

O lamento parou. O gemido, o silvo e o assobio do vento soavam quase acolhedores sem a companhia daquele choro sedento.

Filmes não oferecem muita sabedoria e têm pouco a ver com a vida real, mas me lembrei daqueles velhos enredos de aventura nos quais exploradores suarentos com seus capacetes de selva ficavam em polvorosa ao ouvirem tambores incessantes. A interrupção abrupta da bateria nunca significava o alívio esperado, no entanto, porque muitas vezes o silêncio indicava ataque iminente.

Suspeito que, nesse caso, Hollywood tenha acertado.

Sentindo que estava prestes a ser alvo de algo pior e mais estranho que um dardo envenenado na garganta ou uma flechada no olho, deixei de lado minha indecisão e corri para o colégio.

Alguma coisa surgiu em meio à tempestade, à frente e à direita, sob o véu de neve, que sugeria a forma dos galhos nus e congelados de uma árvore surrada pelo vento. Não era uma árvore. Não havia árvore nenhuma no pasto que levava do mosteiro ao colégio.

O que eu tinha vislumbrado, em vez disso, era um detalhe fugidio de uma misteriosa presença mais viva que madeira, que não se move conforme manda o vento, mas por vontade feroz e própria.

Tendo revelado apenas o suficiente de si para se transformar num enigma ainda mais profundo do que já era, a coisa se deixou envolver por um manto de neve e desapareceu. Não havia ido embora ainda, continuava a me acompanhar fora do meu campo de visão, como um leão perseguindo uma gazela que tivesse se distanciado do rebanho.

Intuitivamente percebido, mas igualmente invisível, a sombra de outro predador cresceu às minhas costas. Estava convencido de que seria atacado por trás e de que minha cabeça seria arrancada como a argola que se puxa para abrir uma lata de Coca-Cola.

Não quero um enterro luxuoso. Ficaria envergonhado de receber homenagens e coroas de flores sobre meu caixão. Por outro lado, não queria que minha morte resultasse simplesmente no arroto de alguma fera depois de ter saciado sua sede com meus preciosos fluidos corporais.

Enquanto atravessava o descampado, lutando contra a corrente, o coração batendo, a brancura envolvente da nevasca bloqueava minha visão. A fluorescência da neve machucava meus olhos, e os flocos em queda pareciam acender e apagar.

Com a visibilidade ainda mais reduzida, alguma coisa cruzou meu caminho, talvez 10 metros à frente, da direita para a esquerda, seu tamanho, sua forma e sua natureza imprecisos, mas não só isso, também distorcidos; certamente distorcidos, porque aquela coisa lépida e ligeira, a julgar por sua parte brilhante que eu brevemente havia vislumbrado, parecia ser uma estrutura óssea revestida de gelo. Algo com uma arquitetura biológica impossível como aquela deveria se mover, se é que fosse capaz, num andar trôpego e instável, mas exibia, ao contrário, um tipo maligno de graciosidade, um deslizar vistoso em movimento ondulante, passando, indo embora.

Ganhara ímpeto e estava perto do colégio agora, de modo que não parei ou me virei, apenas passei por cima dos rastros do que quer que fosse que passara à minha frente. Não parei para examinar as pegadas. O fato de *haver* pegadas provava que aquilo não fora alucinação minha.

Nenhum uivo desta vez, apenas a quietude de um ataque iminente, o sentimento de uma sombra crescente às minhas costas, prestes a atacar, e na minha mente pululavam palavras como *horda, exército, legião, enxame*.

A neve tinha se espalhado pela escada da frente do colégio. As pegadas dos policiais que estiveram à procura do pobre do irmão Timothy já haviam sido apagadas pelo vento.

Escalei os degraus, escancarei a porta, querendo entrar o mais rápido possível, a um passo de estar seguro. Adentrei a recepção e fechei a porta, recostando-me a ela.

No momento em que me vi livre do vento, daquele brilho de fazer doer os olhos, imerso num ambiente quentinho, minha fuga pareceu um sonho do qual eu havia despertado, e as feras da nevasca, apenas fantasias de um pesadelo particularmente vívido. E então alguma coisa arranhou a porta pelo lado de fora.

QUINZE

Se o visitante fosse uma pessoa, teria batido. Se tivesse sido apenas o vento, sopraria e forçaria a porta até fazê-la ranger.

Aquele barulho era o som de ossos contra madeira, ou de alguma coisa parecida com ossos. Dava até para imaginar um esqueleto ressuscitado e estupidamente persistente na tarefa de arranhar a porta.

Confesso que, em todas as minhas experiências bizarras, nunca tinha encontrado um esqueleto reanimado antes. Mas, num mundo em que o McDonald's agora vende salada com molho de baixo teor calórico, não duvido de mais nada.

A recepção estava deserta. De todo modo, se o pessoal do atendimento estivesse por ali, seriam apenas uma ou duas freiras.

Caso aquela coisa que eu vislumbrara na tempestade tivesse força o bastante para arrancar a porta de suas dobradiças, eu ia preferir contar com mais do que a ajuda que uma simples freira era capaz de me oferecer. Precisava de alguém mais forte até que a irmã Angela e seu olhar de florzinhas azuis.

A maçaneta sacudiu, sacudiu, girou.

Duvidando que, sozinho, conseguiria resistir àquele visitante indesejado, agarrei o trinco.

A cena de um filme antigo se projeta na minha cabeça: um homem de pé, as costas pressionadas contra uma grande porta de carvalho, pensando estar a salvo das forças sobrenaturais do lado de fora.

O filme era sobre os males da energia nuclear, sobre como a mínima exposição à radiação, da noite para o dia, transforma criaturas comuns em monstros gigantescos. Como se sabe, no mundo real, essa história teve um impacto devastador sobre os preços das propriedades em comunidades infestadas desse tipo de monstro nas proximidades de todas as plantas nucleares do país.

Enfim, o cara está de pé, as costas pressionadas contra a porta, sentindo-se a salvo, quando um ferrão gigante, curvado como um chifre de rinoceronte, fura o carvalho e arrebenta o peito do sujeito, fazendo seu coração explodir.

Os monstros daquele filme eram apenas um pouco mais convincentes que os atores, que mais pareciam fantoches, mas a cena do ferrão ficou na minha cabeça.

Então me afastei da porta. Vi a maçaneta se mexer. Deslizei para mais longe.

Já vi filmes em que um idiota, ao colocar a cara para fora de uma janela a fim de espreitar o terreno, leva um tiro ou é agarrado por uma criatura que não precisa de armas para quebrar a vidraça e arrastá-lo gritando pela noite. Mesmo assim fui até a janela ao lado da porta.

Se eu conduzisse minha vida segundo a sabedoria dos filmes, arriscaria uma encenação com cara de louco, como fazem os melhores atores da nação.

Além disso, aquela não era uma cena noturna. Passava-se de manhã, e a neve estava caindo, então provavelmente o pior que poderia acontecer, se a vida imitasse a arte, seria alguém irromper no recinto cantando "White Christmas" ou coisa parecida.

Uma fina crosta de gelo tinha se cristalizado do lado de fora do vidro. Percebi algo se movendo lá fora, não mais do que uma mancha branca, algo sem forma, pálido, mas com um tremendo potencial.

Encostei o nariz no vidro frio, tentando avistar algo, até ficar vesgo.

À minha esquerda, a maçaneta parou de chacoalhar.

Prendi a respiração por um instante para evitar embaçar a janela a cada vez que soltava o ar.

O visitante à porta se aproximou e esbarrou contra o vidro, como se espiasse lá dentro.

Estremeci, mas não recuei. A curiosidade me paralisava.

O vidro opaco ainda mantinha oculto o visitante, mesmo bem próximo. Apesar do gelo que o obscurecia, se aquilo que estava diante de mim fosse um rosto, eu deveria ter visto, pelo menos, as cavidades dos olhos e algo que se parecesse com uma boca, mas não.

Não conseguia entender o que estava *vendo*. Novamente, a impressão era de que se tratava de ossos, mas não os ossos de um animal familiar. Mais longos e maiores que dedos, alinhavam-se como teclas de piano, embora não na linha reta de um teclado, mas serpenteando, fazendo curvas por outras linhas ondulantes de ossos. Pareciam acoplar-se por uma variedade de juntas e encaixes que, pude observar apesar do véu de gelo, eram de um design extraordinário.

Aquela espécie de colagem macabra, que preenchia toda a janela, do topo ao parapeito, dobrou-se abruptamente. Com um leve clique, como se milhares de dados tivessem caído sobre a superfície de feltro da mesa de um cassino, todas as peças mudaram de posição, feito fragmentos de um caleidoscópio, formando um novo desenho, mais surpreendente que o anterior.

Eu me inclinei para trás, afastando-me da janela apenas o suficiente para poder apreciar por completo aquele mosaico elaborado, que tinha tanto uma beleza fria, quanto algo assustador.

As articulações que ligavam as fileiras organizadas de ossos, se é que se tratava mesmo de um esqueleto, e não dos membros de um inseto cobertos por uma fina membrana, permitiam, era evidente, uma rotação de 360 graus e em mais de um plano de movimento.

Com o mesmo som de dados sobre feltro, o caleidoscópio voltou a se alterar, produzindo outro desenho tão misterioso e estranhamente belo quanto o anterior, embora agora um pouco mais ameaçador.

Eu tinha a nítida sensação de que as articulações entre os ossos permitiam uma espécie de rotação universal em inúmeros planos, senão infinitos, o que era não apenas biologicamente impossível, mas *mecanicamente* impossível.

Talvez para me humilhar, o espetáculo se repetiu mais uma vez.

Pois é, estou acostumado com pessoas mortas: mortos trágicos e mortos bobos, mortos que permanecem aqui por ódio e mortos ainda presos a este mundo por amor, mas, apesar de serem diferentes uns dos outros, todos têm algo em comum: não conseguem aceitar a verdade de sua nova posição na hierarquia vertical da ordem sagrada, não conseguem sair desse lugar nem para a glória nem para a direção de um vazio eterno.

E estou acostumado também com bodachs, sejam eles o que forem. Cheguei a mais de uma teoria sobre eles, mas não tenho um único fato para sustentar qualquer dessas teses.

Fantasmas e bodachs: isso é tudo. Não enxergo fadas ou elfos, nem gremlins ou duendes, nem dríades ou ninfas, nem gnomos, vampiros ou lobisomens. E já faz bastante tempo que não espero mais o Papai Noel na véspera de Natal, pois, quando tinha 5 anos, minha mãe me disse que ele era um tarado que ia cortar fora o meu pipi com uma tesoura e que, se eu não parasse de falar no assunto, certamente o velhinho me colocaria em sua lista e viria atrás de mim.

O Natal nunca mais foi a mesma coisa depois disso, mas pelo menos ainda tenho o meu pipi.

Apesar de minha experiência com presenças sobrenaturais se limitar aos mortos e aos bodachs, aquela coisa que fazia pressão contra a janela parecia mais sobrenatural do que real. Eu não fazia ideia do que poderia ser, mas tinha quase certeza de que palavras como *diabo* ou *demônio* se aplicavam melhor àquilo do que a palavra *anjo*.

Fosse o que fosse, uma coisa feita de ossos ou um ectoplasma, tinha algo a ver com a ameaça de violência que pairava sobre as freiras e as crianças. Não precisava ser Sherlock Holmes para descobrir isso.

Aparentemente, cada vez que os ossos mudavam de posição, derretiam o gelo, cujos pedaços iam se soltando do vidro, de modo que o último mosaico aparecera mais claramente que aqueles que o precederam, com as extremidades dos ossos mais acentuadas e os detalhes das articulações um pouco mais definidos.

Tentando entender melhor o que era aquela aparição, me inclinei para perto da janela novamente a fim de examinar os detalhes perturbadores daquela osteografia sobrenatural.

Jamais algo de outro mundo me causou algum dano. Todas as minhas feridas e perdas foram perpetradas pelas mãos de seres humanos, alguns dos quais usando chapéus estilo Manda-Chuva, mas a maioria vestida de outra maneira.

Nenhum dos muitos elementos do mosaico ósseo tremia, mas eu tinha a impressão de que a estrutura se comprimia, tensa.

Embora minha respiração atingisse diretamente a janela, a superfície não embaçava, provavelmente porque minhas exalações eram superficiais e expelidas com pouca força.

Porém, me ocorreu a ideia perturbadora de que respirava sem exalar calor, meu hálito era frio demais para chegar a embaçar o vidro, e de que eu inalava escuridão com o ar, mas não a exalava de volta, um pensamento estranho, mesmo para mim.

Tirei as luvas, enfiei-as no bolso da jaqueta e pousei levemente uma das mãos sobre o vidro frio.

Novamente os ossos estalaram, aqueceram o ar, pareceram quase que se embaralhar como um monte de cartas, voltando a se reorganizar.

Lascas de gelo de fato se soltavam da parte externa da janela.

O novo desenho formado pelo esqueleto deve então ter feito surgir uma imagem primitiva do mal que falou direto ao meu inconsciente, pois eu não via mais beleza nenhuma na coisa. Ao contrário, sentia como se algo com uma cauda fina e irrequieta percorresse toda a extensão da minha espinha dorsal.

Minha curiosidade tinha amadurecido num fascínio menos saudável, e esse fascínio, virado algo mais sombrio. Eu me perguntava se estaria encantado, hipnotizado de alguma forma, mas percebi que não poderia estar sob efeito de alguma magia, já que era capaz de considerar essa possibilidade, embora *alguma coisa*, mesmo que não um encantamento, tivesse me afetado, pois me vi contemplando a ideia de voltar aos degraus da entrada para examinar o tal visitante sem o gelo e o vidro.

Um barulho de madeira se quebrando veio de algumas das ripas que formavam a esquadria da janela e, através da pintura branca que a envernizava, vi uma cabeça surgir; o buraco aberto formou um desenho curvado ao longo de uma das ripas verticais e quebrou em duas partes uma das horizontais.

Sob a mão que eu ainda mantinha pressionada contra vidro, a janela rachou.

O *estrondo* me assustou, quebrou o encanto. Recolhi a mão e recuei três passos da janela.

Nenhum caco se soltou. A janela quebrada permaneceu presa à esquadria.

A coisa feita de ossos ou ectoplasma se exercitou mais uma vez, invocando mais um desenho, não menos ameaçador, como se buscasse um novo arranjo de seus elementos para poder aplicar mais pressão contra a janela.

Embora ficasse mudando de um mosaico maligno a outro, o efeito era, ainda assim, elegante, tão econômico quanto o movimento de uma máquina eficiente.

A palavra *máquina* ressoou na minha mente e pareceu importante, reveladora, embora eu soubesse que aquilo não poderia ser uma máquina. Se este mundo não era capaz de produzir uma estrutura biológica como aquela, de cujas proezas eu agora era uma testemunha amedrontada, e não era capaz mesmo; então, quase que certamente também, os seres humanos não possuiriam conhecimento suficiente para projetar e construir uma máquina com tal destreza fenomenal.

A coisa nascida da nevasca mudou de forma novamente. Aquela mais nova maravilha caleidoscópica feita de ossos mostrava que, assim como não há dois flocos de neve iguais, também não haveria duas manifestações suas que reproduzissem um mesmo padrão.

Esperava agora ver não apenas o vidro se quebrar, todas as oito divisões iluminadas da esquadria de uma só vez, mas também que todas as ripas arrebentassem em lascas e que a própria moldura da janela fosse arrancada da parede, levando pedaços de argamassa com ela, e a coisa então pulasse pela abertura para dentro do colégio sob uma cascata de escombros.

Desejei ter comigo meus milhares de litros de alcatrão derretido, uma doninha furiosa e vesga ou, pelo menos, uma torradeira.

Subitamente, a aparição se transmutou, mas *para longe* da janela, e cessou de se apresentar na forma de novos desenhos ósseos malevolentes. Pensei que pudesse estar tomando impulso para se lançar através da janela, mas o ataque não aconteceu. A cria da tempestade virou outra vez apenas um borrão pálido, uma trêmula ameaça potencial divisada através do vidro fosco.

Um momento depois, pareceu voltar à tempestade. Nenhum movimento mais lançava sua sombra sobre a janela, e as oito divisões da esquadria ficaram inanimadas feito oito telas de TV mostrando canais fora do ar.

Um dos quadrados de vidro ficou rachado.

Acho que descobri, naquele momento, como um coelho sente o coração batendo no peito, uma coisa viva pulando ali dentro, quando o coiote, olhos nos olhos, afasta a pele dos lábios para exibir os dentes manchados de muitos anos de sangue.

Não houve lamento na tempestade. Apenas o vento batendo raivosamente contra a janela e assobiando pelo buraco da fechadura da porta.

Mesmo para quem está acostumado a encontros com o sobrenatural, o rescaldo de um evento tão improvável por vezes inclui sentimentos de espanto e dúvida em doses iguais. Um medo que faz a gente se encolher pela perspectiva de novas experiências idênticas compete com uma compulsão por ver mais do mesmo e por *compreender*.

Eu me vi compelido a destravar e abrir a porta, mas segurei o impulso, não levantei um pé, não levantei uma mão, simplesmente permaneci no mesmo lugar com os braços em torno do meu corpo, como se abraçasse a mim mesmo, e respirei fundo algumas vezes, trêmulo, antes que a irmã Clare Marie chegasse por ali e educadamente insistisse para eu descalçar minhas botas de esqui.

DEZESSEIS

Olhando através da janela, tentando entender o que eu tinha visto e, intimamente, agradecendo por ainda estar com a roupa de baixo limpa, não tinha me dado conta de que a irmã Clare Marie adentrara a recepção. Ela me contornou pelas costas, aparecendo entre mim e a janela, branca e silenciosa como uma lua em órbita.

Vestindo hábito, o rosto de um rosa suave, o nariz de botão levemente arrebitado, ela não precisaria mais do que um par de orelhas de pelúcia para passar por um coelho, pronta para ir a uma festa à fantasia.

— Menino — disse ela —, parece que viu um fantasma.

— Sim, irmã.

— Você está bem?

— Não, irmã.

Remexendo o nariz como se tivesse detectado algum cheiro que a assustasse, ela falou:

— Menino?

Não sei por que ela me chama de *menino*. Nunca a ouvi se dirigir a ninguém mais dessa maneira, nem mesmo às crianças do colégio.

Como a irmã Clare Marie era uma pessoa doce e gentil, não quis alarmá-la, especialmente depois que a ameaça havia passado, pelo menos por enquanto, e ainda porque, sendo uma freira, ela não teria à mão as granadas de que eu precisava para me aventurar novamente na tempestade.

— É a neve, só isso — eu disse.

— A neve?

— Vento, frio e neve. Sou um rapaz do deserto, irmã. Não estou acostumado a esse tipo de clima. Está terrível lá fora.

— O clima não está terrível — ela me garantiu, com um sorriso. — Está glorioso. O mundo é belo e glorioso. A humanidade pode ser terrível e afastar-se do que é bom. Mas o clima é uma benção.

— Está certo — falei.

Vendo que não tinha me convencido, ela prosseguiu:

— As nevascas vestem a terra com um hábito limpo, o relâmpago e o trovão são música de festa, o vento leva embora tudo o que é velho, e até as inundações deixam tudo mais verde. Para o frio, há o calor. Para a seca, a chuva. Para o vento, a calmaria. Para a noite, o dia, que pode parecer a você que nada tem a ver com clima, mas tem. Desfrute o clima, menino, e você vai entender o *equilíbrio* do mundo.

Tenho 21 anos, sofri as agruras de ter um pai indiferente e uma mãe hostil, tive um pedaço do meu coração arrancado pela faca afiada da perda, matei em legítima defesa e para proteger pessoas inocentes e deixei para trás todos os amigos de que tanto gostava em Pico Mundo. Acredito que tudo isso sirva para mostrar que sou uma página sobre a qual o passado tem deixado inscrições para que todos possam ler. No entanto, a irmã Clare Marie por alguma razão me chama, e só a mim, de *menino*, o que às vezes me faz pensar que ela possui alguma sabedoria que eu não tenho, mas na maior parte do tempo suspeito que significa apenas que ela é tão ingênua quanto doce, e que definitivamente não me conhece.

— Abrace o clima — disse ela —, mas, por favor, não deixe poças no chão.

Aquilo parecia uma advertência mais adequada a Boo do que a mim. Foi então que me dei conta de que minhas botas estavam cobertas de neve, que derretia sobre a pedra do assoalho.

— Ah. Desculpe, irmã.

Tirei o casaco e ela o pendurou, descalcei as botas e ela as apanhou para colocá-las no tapete de borracha aos pés do cabide em que tinha colocado a jaqueta.

Enquanto ela se encarregava das botas, puxei a parte de baixo do suéter até a cabeça para enxugar meu cabelo encharcado e meu rosto úmido.

Ouvi a porta abrindo e o grito do vento.

Em pânico, tirei a blusa da cabeça e vi a irmã Clare Marie parada na soleira da porta, agora parecendo menos um coelho e mais o arranjo de velas de um navio singrando os estreitos do Ártico, batendo vigorosamente um pé das minhas botas contra o outro, de modo que a neve grudada nelas caísse do lado de fora.

Lá fora, parecia que a nevasca não queria muito ser abraçada, não aquela tempestade das tempestades. Parecia, isso sim, querer derrubar o colégio e o mosteiro e, junto, a floresta. Acabar com tudo na face da Terra que se atrevesse a continuar de pé, e enterrar tudo, dando cabo da civilização e da humanidade de uma vez por todas.

Quando cheguei até a irmã, e antes que pudesse gritar mais alto que o vento para que tivesse cuidado, ela entrou.

Não deu tempo de surgir, no meio daquela tempestade, nem um demônio nem um vendedor chato. Antes que isso acontecesse, fechei a porta e passei-lhe a tranca outra vez.

Enquanto a irmã Clare Marie recolocava as botas sobre o tapete de borracha, falei:

— Espere, vou pegar um esfregão. Não abra a porta, vou pegar um esfregão para limpar isso.

Minha voz vacilava, como se algum dia eu tivesse sofrido um grande trauma usando um esfregão e precisasse de coragem para pegar num novamente.

A freira não pareceu notar a tibieza da minha voz. Com um sorriso radiante, ela disse:

— Você não vai fazer nada. É um hóspede aqui. Se te deixasse fazer meu trabalho, ficaria envergonhada diante do Senhor.

Indiquei a poça de lama no chão e disse:

— Mas fui eu que fiz a lambança.

— Não é lambança nenhuma, menino.

— Para mim parece uma lambança.

— É o clima! E isto é trabalho meu. Além disso, a madre superiora quer ver você. Ela telefonou para o mosteiro e disseram que tinham visto você sair e que talvez estivesse vindo para cá, e aí está você. A madre está no gabinete dela.

Assisti enquanto ela ia buscar um esfregão num armário que ficava próximo da porta da frente.

Ao voltar e ver que eu ainda estava ali, ela disse:

— Vamos, xô, vá ver o que a madre superiora quer.

— A senhora não vai abrir a porta para torcer o esfregão lá fora, nos degraus, vai, irmã?

— Ah, acho que não vou precisar torcer. É apenas uma pequena poça de clima que entrou.

— A senhora também não vai abrir a porta só para render glórias à nevasca, vai? — perguntei.

— Está um dia fantástico, não está?

— Fantástico — falei, sem entusiasmo.

— Se já tiver terminado meus afazeres antes da Novena e do rosário, talvez dedique algum tempo para apreciar o clima.

Novena era a oração do meio da tarde, às 16h20, ou seja, a irmã ainda tinha umas seis horas e meia de ocupação pela frente.

— Ótimo. Um pouco antes da Novena é uma boa hora para apreciar a tempestade. Muito melhor que agora.

Ela disse:

— Talvez eu prepare uma xícara de chocolate quente e sente num canto acolhedor da cozinha para render glórias à nevasca da janela.

— Mas não muito perto da janela — eu disse.

Ela franziu a testa rosada.

— E por que não, menino?

— Corrente de ar. A senhora não vai querer tomar uma.

— Não tem nada de errado com uma boa corrente de ar! — ela me garantiu, animada. — Algumas são frias, outras são quentes, mas é apenas ar em movimento, circulando, e por isso é saudável de se respirar.

Deixei-a limpando o pequeno charco de clima.

Se uma coisa horrível adentrasse a janela que tivera o vidro quebrado, a irmã Clare Marie, empunhando o esfregão como uma clava, provavelmente adotaria os movimentos e a atitude certos para tirar o melhor proveito da fera.

DEZESSETE

No caminho para o gabinete da madre superiora, passei pela ampla sala de recreação, onde uma dúzia de freiras supervisionava as brincadeiras das crianças.

Algumas delas sofrem de graves deficiências físicas combinadas com retardo mental leve. Gostam de jogos de tabuleiro ou de cartas, de bonecas e soldados de brinquedo. Decoram tortinhas e ajudam a fazer chocolate, e também apreciam artes e artesanato. Gostam que leiam histórias para elas e querem aprender a ler, e a maioria de fato aprende.

As outras têm deficiências físicas leves ou graves, porém maior retardo mental que as do primeiro grupo. Algumas, como Justine, do quarto 32, não parecem estar muito presentes, embora a maioria tenha uma vida interior que se manifesta abertamente quando menos se espera.

As internas de nível intermediário, não tão ausentes quanto Justine, mas não tão ativas quanto as que querem aprender a ler, gostam de trabalhar com argila, juntar contas num fio para fazer as próprias joias, brincar com bichos de pelúcia e executar pequenas tarefas para ajudar as irmãs. Também apreciam ouvir histórias; mesmo que sejam histórias simples, sua magia continua tendo grande atração sobre elas.

Mas, independentemente do tipo de limitação que apresentam, todas gostam de carinho. A um toque, um abraço, um beijo na bochecha ou qualquer indicação de que você as valoriza, as respeita, acredita nelas, as meninas ficam radiantes.

Mais tarde naquele mesmo dia, em uma das duas salas de reabilitação, elas farão fisioterapia para ganhar força e melhorar a agilidade. As que apresentam dificuldades de comunicação terão sessões de fonoaudiologia. Para algumas, as sessões de reabilitação se resumem, na verdade, a instruções sobre como realizar tarefas, durante as quais aprendem a se trocar sozinhas, ver as horas, dar troco ou gerenciar pequenas quantias.

Em casos excepcionais, alguma interna consegue sair do São Bartolomeu e, com o auxílio de cães ou de ajudantes, evolui para uma independência assistida ao completar 18 anos. Como, no entanto, muitas das crianças sofrem de deficiências graves, o mundo nunca vai acolhê-las de fato, e o colégio acaba sendo sua casa para a vida toda.

Há menos residentes adultos do que se poderia imaginar. Aquelas crianças sofreram golpes terríveis, a maioria ainda no ventre de suas mães, outras foram vítimas de violência antes dos 3 anos. São frágeis. Para elas, 20 anos já é longevidade.

Pode-se pensar que assistir a seus esforços nos vários tipos de reabilitação seja triste, já que quase sempre estão destinadas a morrer jovens. Mas não há tristeza ali. A emoção proporcionada por seus pequenos triunfos pode ser tão grande quanto para uma pessoa normal que deseja vencer uma maratona. Elas experimentam momentos de puro prazer e satisfação, e têm esperança. Seus espíritos não ficam aprisionados. No mês que passei entre elas, jamais ouvi uma daquelas crianças se queixar.

Como a ciência médica tem avançado, instituições como o São Bartolomeu cada vez menos recebem crianças afetadas por paralisia cerebral grave, toxoplasmose ou anormalidades cromossômicas mais conhecidas. Hoje em dia, os leitos são ocupados por filhos e filhas de mulheres que não abriram mão de cocaína, ecstasy ou alucinógenos durante nove tediosos meses e, fazendo isso, brincaram com o diabo. Em outros casos, as internas foram violentamente espancadas, tiveram seus crânios rachados, provocando danos cerebrais, por pais bêbados ou pelos namorados drogados de suas mães.

Com tal demanda por novas celas e buracos sem luz para abrigar essa gente, o inferno deve estar passando por um boom de reformas.

Alguns dirão que sou crítico demais. Obrigado. Fico orgulhoso disso. Não tenho pena de quem destrói a vida de uma criança.

Há médicos que defendem que crianças com esses tipos de problemas devem ser mortas ao nascer, com uma injeção letal, ou que devem ser deixadas a morrer mais tarde, recusando-se a tratar infecções que as acometam ou permitindo que doenças simples se tornem fatais.

Mais celas. Mais buracos sem luz.

Talvez minha falta de compaixão por esses abusadores de crianças, e outros defeitos meus, signifiquem que não vou reencontrar a Stormy do Outro Lado, e essa fúria me consome, em vez de me purificar. Mas pelo menos, se eu também acabar por cair nessa escuridão onde não ter TV a cabo é o menor dos inconvenientes, vou me dar o prazer de encontrar você, que espancou uma criança. Saberei exatamente o que fazer contigo, e terei a eternidade toda para isso.

Na sala de recreação, naquela manhã de neve, talvez tendo já um encontro marcado com o inferno em algum momento nas próximas horas, as crianças riam, conversavam e se entregavam ao faz de conta.

No piano, a um canto, estava um menino de 10 anos chamado Walter, um dos bebês vítimas do crack, da metanfetamina, do álcool e de sabe Deus mais o quê. Ele não falava e raramente nos olhava nos olhos. Não conseguia se vestir. Depois de ouvir uma melodia apenas uma vez, podia reproduzi-la nota a nota, perfeitamente, com ênfase e sutileza. Embora tivesse perdido tantas outras coisas, esse talento sobrevivera nele.

Tocava de forma suave e bela, levado pela música. Acho que era Mozart. Sou ignorante demais nesse assunto para ter certeza.

Enquanto Walter tocava sua música, e as crianças brincavam e riam, bodachs rastejavam pela sala. Os três da noite anterior agora eram sete.

DEZOITO

Irmã Angela, a madre superiora, gerenciava o convento e a escola a partir de um pequeno escritório ao lado da enfermaria. A mesa, as duas cadeiras para visitantes e os armários de arquivo eram simples, mas acolhedores.

Na parede atrás de sua mesa havia um crucifixo e, nas outras, três cartazes: George Washington; Harper Lee, autora de *O sol é para todos*; e Flannery O'Connor, que escreveu "Um homem bom é difícil de encontrar" e muitos outros contos.

A madre admirava aquelas pessoas por diversas razões, mas especialmente por uma qualidade que todas tinham em comum, mas não contava o que era a ninguém. Queria que a gente refletisse sobre o mistério e chegasse a uma conclusão própria. À porta do gabinete, falei:

— Desculpe pelos meus pés, madre.

Ela levantou os olhos de uma ficha que estava conferindo.

— Se estão com chulé, não é tanto assim a ponto de eu ter pressentido sua chegada.

— Não é isso, irmã. Desculpe por estar de meias. A irmã Clare Marie ficou com as minhas botas.

— Tenho certeza que ela vai devolver, Oddie. A irmã até hoje não nos criou problemas por roubo de sapatos. Entre, sente-se.

Eu me acomodei numa das cadeiras em frente à escrivaninha dela e, apontando para os cartazes, disse:

— São todos sulistas.

— Os sulistas têm muitas qualidades. Charme e civilidade estão entre elas, e um senso trágico também, mas não é por isso que esses rostos em particular são inspiradores para mim.

— Fama — falei.

— Agora você está sendo bobo de propósito — disse ela.

— Não, senhora, de propósito, não.

— Se o que eu admirasse nesses três fosse fama, então poderia muito bem ter colocado cartazes de Al Capone, Bart Simpson e Tupac Shakur.

— Causaria certa impressão — respondi.

Inclinando-se para a frente e baixando a voz, ela disse:

— O que aconteceu ao nosso caro irmão Timothy?

— Boa coisa não foi. Isso é certo. Nada de bom.

— De uma coisa podemos ter certeza: ele não deu uma escapada até Reno. Seu desaparecimento deve estar relacionado com aquilo sobre o que falávamos ontem à noite. O evento que os bodachs vieram testemunhar.

— Sim, senhora, seja lá o que for esse evento. Acabei de ver sete deles na sala de recreação.

— Sete. — Suas feições suaves e maternais se contraíram numa expressão resoluta, de aço. — Estamos à beira do desastre?

— Não com sete. Quando vejo trinta, quarenta, então sei que estamos no limite. Ainda há tempo, mas o relógio está correndo.

— Falei com o abade Bernard sobre a conversa que tivemos ontem à noite. E agora, com o desaparecimento do irmão Timothy, estamos pensando em transferir as crianças.

— Transferir as crianças? Transferi-las para onde?

— Poderíamos levá-las para a cidade.

— Dezesseis quilômetros com esse clima?

— Temos duas caminhonetes de cabine estendida e suporte para cadeira de rodas tinindo na garagem. Elas têm rodas grandes, com correntes, para aderir melhor ao terreno. E todas são equipadas com um arado. Podemos ir abrindo caminho.

Transferir as crianças não era uma boa ideia, mas eu certamente queria ver freiras em caminhonetes gigantes abrindo caminho em meio a uma nevasca.

— Podemos colocar entre oito e dez crianças em cada carro — continuou ela. — Talvez seja preciso quatro viagens para transferir metade das irmãs e todas as crianças, mas, se começarmos agora, terminaremos em poucas horas, antes do anoitecer.

A irmã Angela é uma pessoa pragmática. Gosta de estar em movimento, física e intelectualmente, sempre concebendo e implementando projetos, realizando coisas.

Seu espírito empreendedor é cativante. Ali, naquele momento, parecia uma avó despachada de George S. Patton, responsável pelos genes que transformaram o homem num grande general.

Lamentei ter que estragar seus planos depois que ela, evidentemente, já vinha pensando neles há algum tempo.

— Irmã, não sabemos com certeza se a violência, quando acontecer, acontecerá aqui no colégio.

Ela pareceu intrigada.

— Mas já começou. O irmão Timothy, que Deus o tenha.

— Estamos supondo que começou com o irmão Tim, mas não temos um cadáver.

Ela estremeceu à menção da palavra *cadáver*.

— Não encontraram corpo nenhum — remendei —, então não sabemos ao certo o que aconteceu. Tudo o que sabemos é que os bodachs foram atraídos até as crianças.

— E elas estão aqui no colégio.

— Mas e se senhora transferi-las para a cidade, para um hospital, uma escola, uma igreja, e quando as acomodarmos lá, os bodachs reaparecerem, porque é lá que a violência vai acontecer, e não aqui no São Bartolomeu.

Ela era tão boa analista estratégica e tática quanto a suposta avó de Patton.

— E então estaríamos fazendo exatamente o que querem as forças do mal quando pensávamos frustrar seu intento.

— Sim, madre. É possível.

Ela me encarou tão atentamente que fiquei convencido de que podia sentir seu olhar de florzinhas azuis folheando o conteúdo do meu cérebro como se eu levasse entre as orelhas uma gaveta de arquivo.

— Sinto muito por você, Oddie — murmurou.

Dei de ombros.

Ela disse:

— Você sabe o suficiente para, moralmente, ser obrigado a agir... mas não o bastante para ter exatamente certeza do que fazer.

— Na crise, as respostas aparecem — eu disse.

— Mas só no último instante, não antes?

— É, madre. Antes, não.

— Então, quando chega o momento, a crise é sempre um mergulho no caos.

— Bem, madre, seja lá o que for, nunca é alguma coisa que eu não possa me lembrar.

Sua mão direita tocou a cruz que levava no peito, enquanto o olhar percorria os cartazes nas paredes.

Depois de um momento, falei:

— Vim até aqui para ficar perto das crianças, para circular pelos corredores, pelos quartos, para ver se consigo sentir melhor o que está para acontecer. Se for possível.

— Sim. Claro que sim.

Levantei da cadeira.

— Irmã Angela, tem uma coisa que gostaria que a senhora fizesse, mas prefiro que não me pergunte por quê.

— O que é?

— Certifique-se de que todas as portas e janelas estejam trancadas. E instrua as irmãs a não irem lá fora.

Preferi não lhe contar sobre a criatura que tinha visto na tempestade. Para começar, porque naquele dia, no gabinete dela, eu não era capaz de encontrar palavras para descrever aquela aparição. Além disso, quando os nervos estão muito fragilizados, a gente desanda a pensar, e eu precisava da irmã bem alerta para o perigo, mas sem estar em contínuo estado de alarme.

Mais importante, não queria que ela ficasse inquieta por ter como aliado alguém que não era apenas um chapeiro de lanchonete, e não apenas um chapeiro com sexto sentido, mas um chapeiro com sexto sentido e *totalmente maluco*.

— Está certo — disse ela. — Vamos conferir bem as trancas, e não há motivo para sair com uma tempestade dessas, de qualquer modo.

— Será que a senhora pode ligar para o abade Bernard e pedir que ele faça a mesma coisa? Durante o restante da

Liturgia das Horas, os irmãos não devem ir à igreja passando pelo grande claustro. Diga a eles para usarem a porta interna que liga o mosteiro à igreja.

Em tais circunstâncias solenes, a irmã Angela tinha sido alijada de seu instrumento mais eficaz de interrogatório: aquele adorável sorriso, que se sustentava acompanhado de um silêncio paciente e intimidante.

A tempestade chamou sua atenção. Sinistras como cinzas, nuvens de neve embaçavam a janela.

Ela olhou para mim novamente.

— O que tem lá fora, Oddie?

— Não sei ainda — respondi, o que era verdade, já que não era capaz de dar nome ao que tinha visto. — Mas veio para nos fazer mal.

DEZENOVE

USANDO UMA COLEIRA IMAGINÁRIA, DEIXEI QUE MINHA IN-
tuição me levasse para passear e fui conduzido por um caminho
tortuoso pelos quartos e corredores do andar térreo do colégio
e, dali, a um lance de escadas e ao segundo andar, onde a decoração de Natal não foi capaz de me alegrar.

Quando parei em frente à porta aberta do quarto 32, achei ter
me enganado. Não era minha intuição, afinal, me orientando,
e sim um desejo inconsciente de repetir a experiência da noite
anterior, quando achei que tivesse visto Stormy falar comigo por
meio de uma Annamarie adormecida e de uma Justine muda.

Naquela hora, por mais que tivesse desejado o contato, eu
o rejeitei. Achei que era a coisa mais correta a fazer.

Stormy está no meu passado, e será meu futuro só depois
de eu ter passado por este mundo, quando o tempo acabar e a
eternidade começar. O que me é exigido agora é paciência e per-
severança. O único caminho de volta é o que está diante de mim.

Disse a mim mesmo para dar meia-volta, circular um pouco
mais pelo segundo andar. Em vez disso, cruzei o batente e parei
justamente dentro do quarto.

Afogada pelo pai aos 4 anos, dada como morta mas ainda viva 8 anos depois, a menina bonita e radiante estava sentada na cama, de olhos fechados, recostada a confortáveis almofadas.

As mãos estavam pousadas sobre seu colo, ambas com a palma virada para cima, como se Justine esperasse receber um presente.

Os ruídos do vento soavam abafados, mas eram múltiplos: cantando, rosnando, silvando contra a única janela do quarto.

A coleção de gatinhos de pelúcia me observava das prateleiras perto da cama de Annamarie.

Nem ela nem sua cadeira de rodas se encontravam ali. Eu a tinha visto na sala de recreação, onde, competindo com o riso das outras crianças, o quieto Walter, que não era capaz de se vestir sozinho, tocava piano clássico.

O ar parecia pesado, como a atmosfera que se instala entre o primeiro espocar do relâmpago e o ribombar do trovão, como a chuva já formada lá no alto mas que ainda não chegara à terra, grossos pingos caindo aos milhões, comprimindo o ar abaixo deles, um último aviso de sua aproximação molhada.

Fiquei à espera, meio tonto.

Lá fora, a neve seguia seu curso frenético ao longo do dia e, embora obviamente o vento ainda açoitasse a manhã, seu ruído se desvanecera lentamente, um véu de silêncio baixara sobre o quarto.

Justine abriu os olhos. Embora acostumada a olhar através de tudo no mundo, sem se fixar em nada, desta vez seu olhar encontrou o meu.

Senti um perfume familiar. Pêssego.

Quando trabalhava como chapeiro em Pico Mundo, antes de as coisas se complicarem, eu lavava meu cabelo com um xampu que tinha cheiro de pêssego, que a Stormy havia me dado. Era ótimo para tirar o cheiro de bacon, hambúrguer e cebola frita que se impregnava aos meus cachos depois de um longo turno de trabalho.

De início, desconfiado do xampu de pêssego, cheguei a sugerir que aquele cheiro de bacon, hambúrguer e cebola frita devia ser atraente, devia dar água na boca, e que a maioria das pessoas tinha reações quase eróticas ao aroma de comida frita.

Stormy rebateu:

— Ouça, garoto da chapa, você não é tão atraente quanto o Ronald McDonald, mas é bonito o suficiente para ser comido *sem precisar* cheirar como um sanduíche.

Como qualquer outro rapaz com os hormônios à flor da pele teria feito, passei a usar o xampu de pêssego todos os dias.

A fragrância que agora sentia no quarto 32 não era da fruta, e sim, mais precisamente, daquele xampu de pêssego, que eu não havia trazido comigo para o São Bartolomeu.

Aquilo estava errado. Eu sabia que deveria ir embora, mas o cheiro de xampu de pêssego me imobilizava.

O passado não pode ser redimido. O que foi e o que *poderia* ter sido nos trazem, ambos, ao presente.

Para saber o que é o sofrimento, temos que percorrer o rio do tempo, porque a tristeza vive no presente e promete estar conosco no futuro e até o fim. Somente o tempo vence o tempo e seus fardos. Não há sofrimento antes ou depois do tempo, o que deveria ser consolo suficiente.

No entanto, eu estava lá, à espera, e cheio de esperança. Uma esperança errada.

Stormy estava morta e não pertencia mais a este mundo, e Justine sofrera danos cerebrais profundos por ter sido privada de oxigênio por tanto tempo e agora não podia falar. A menina, porém, tentava se comunicar, mas não por ela mesma, e sim em nome de outra pessoa que não tinha voz deste lado da sepultura.

Os ruídos emitidos por Justine não eram palavras, e sim emaranhados de som que refletiam o estado avariado e encarcerado de seu cérebro, e que lugubremente lembravam a desesperada luta de alguém que se afoga procurando ar debaixo d'água, ruídos encharcados de miséria, feito bolhas, insuportavelmente tristes de se ouvir.

Um angustiado *não* me escapou, e a menina imediatamente parou de tentar falar.

As feições geralmente inexpressivas de Justine se contraíram num olhar de frustração e ela desviou os olhos de mim, olhou para a esquerda, para a direita, e finalmente para o lado da janela.

Ela sofria de uma paralisia parcial que a tomava como um todo, apesar de seu lado esquerdo ter sido mais afetado que o direito. Com algum esforço, levantou o braço que funcionava melhor. Sua mão fina se moveu na minha direção, como que implorando para eu me aproximar, mas, em seguida, apontou para a janela.

Vi apenas o triste dia encoberto e a neve caindo.

Seus olhos cruzaram com os meus, mais focados do que eu jamais os vira, translúcidos como sempre, mas também com uma ânsia expressa naquelas profundezas azuis como nunca antes eu vislumbrara, nem mesmo quando, naquele mesmo quarto na noite anterior, tinha ouvido Annamarie falar dormindo: *Me conta, vai.*

Seu olhar intenso se desviou para a janela, voltou para mim, foi mais uma vez à janela, para a qual ela ainda apontava. Sua mão tremia com o esforço para controlá-la.

Entrei mais alguns passos no quarto 32.

A única janela do quarto dava para o claustro lá embaixo, onde os irmãos costumavam se reunir diariamente quando o lugar ainda era parte da abadia. O pátio estava deserto. Não havia ninguém escondido entre as colunas, pelo menos no pedaço da colunata que se via dali.

Do outro lado do pátio, com sua fachada de pedra suavizada por véus de neve, erguia-se outra ala do mosteiro. No segundo andar, algumas janelas brilhavam, suavemente iluminadas por lamparinas na escuridão branca da tempestade, embora a maioria das crianças estivesse na parte de baixo àquela hora.

A janela exatamente em frente àquela através da qual eu olhava cintilava mais que as outras. Quanto mais eu olhava para aquele ponto, mais a luz chamava minha atenção, como se fosse um sinal de alguém em apuros.

Uma figura apareceu na janela, uma silhueta iluminada em negro, com traços característicos dos bodachs, embora não fosse um deles.

Justine tinha baixado o braço de volta à cama.

Seu olhar continuava a me pedir alguma coisa.

— Está tudo bem — murmurei, me afastando da janela —, está tudo bem. — Mas não disse mais nada.

Não ousei continuar, porque ansiava por pronunciar um nome que estava na ponta da língua.

A menina fechou os olhos. Seus lábios se abriram, e ela passou a respirar como se, exausta, tivesse caído no sono.

Fui até a porta aberta do quarto, mas não saí.

Pouco a pouco, aquele estranho silêncio deixou o quarto e o vento soprou contra a janela de novo, murmurando, como se praguejasse numa língua brutal.

Se houvesse compreendido corretamente o que tinha acontecido, daria alguma direção à minha busca para descobrir o significado de todos aqueles bodachs reunidos. A hora do ataque se aproximava, talvez não fosse iminente, mas ainda assim estava cada vez mais próxima, e o dever me chamava em outro lugar.

Porém, permaneci no quarto 32 até que o perfume de xampu de pêssego se dissipasse, até não poder mais detectar nenhum vestígio dele, até que certas lembranças relaxassem seu domínio sobre mim.

VINTE

O QUARTO 14 FICAVA EXATAMENTE DO LADO OPOSTO AO quarto 32, no corredor norte, atravessando o pátio. Uma única placa havia sido colocada à porta, onde se lia um nome: Jacob.

Uma luminária de canto, ao lado de uma poltrona, uma lâmpada de cabeceira e outra fluorescente, no teto, compensavam aquele dia tão sombrio, cuja luz mal conseguia ultrapassar o peitoril da janela.

Como o quarto 14 continha apenas uma cama de solteiro, o espaço dava para acomodar uma mesa de carvalho quadrada, à qual Jacob se sentava.

Eu já o tinha visto algumas vezes, mas não o conhecia.

— Posso entrar?

Jacob não disse sim, tampouco disse não. Decidi tomar seu silêncio como um convite e sentei de frente para ele na mesa.

Era é um dos poucos adultos internos no colégio. Tinha seus 20 e poucos anos.

Eu não sabia o nome da deficiência com que ele havia nascido, mas era evidente que envolvia alguma anomalia genética.

Com cerca de 1,50m de altura, a cabeça ligeiramente pequena em relação ao corpo, testa proeminente e orelhas curtas, feições de uma leveza pesada, ele exibia algumas das características da síndrome de Down.

Porém, o espaço acima do nariz que fica entre os olhos não era achatado, o que é característico em portadores de Down, e também seus olhos não eram marcados, com os vincos que dão a essas pessoas certa aparência asiática.

Mais revelador, ele não tinha o sorriso fácil ou a disposição alegre e gentil que é quase universal entre as pessoas com síndrome de Down. Ele não olhou para mim, e sua expressão permaneceu austera.

A cabeça era disforme como jamais seria num portador da síndrome. Os ossos acumulavam um volume maior do lado esquerdo do crânio. Seus traços não eram simétricos, mas sutilmente desequilibrados, um olho ligeiramente mais para baixo que o outro, o maxilar mais proeminente à esquerda do que à direita, a têmpora esquerda convexa e a direita, mais côncava que o normal.

Atarracado, ombros pesados e pescoço grosso, ele estava debruçado sobre a mesa, concentrado na tarefa que tinha à sua frente. A língua, que parecia ser mais espessa que uma língua normal, mas que não chegava a ser profusa, naquele momento se encontrava suavemente pressionada entre os dentes do rapaz.

Na mesa havia dois blocos grandes de folhas para desenho. O primeiro, à direita de Jacob, estava fechado. O segundo, sustentado por uma prancheta inclinada.

Ele desenhava no segundo bloco. Ordenados sobre um estojo aberto, uma gama de diferentes lápis oferecia pontas de diversas espessuras e graus de maciez.

O projeto em andamento era o impressionante retrato de uma linda mulher. Que estava quase acabado. Mostrada num perfil em três quartos, ela espiava por sobre o ombro esquerdo do artista.

Foi impossível não pensar no corcunda de Notre-Dame: Quasímodo, sua esperança trágica, seu amor não correspondido.

— Você é muito talentoso — eu disse, e era verdade.

Ele não respondeu.

Embora suas mãos fossem pequenas e largas, os dedos grossos manejavam o lápis com destreza e uma precisão admirável.

— Meu nome é Odd Thomas.

Ele recolheu a língua para dentro da boca, enfiou-a numa das bochechas e apertou os lábios.

— Estou hospedado no mosteiro.

Olhando ao redor, no quarto, vi que a dúzia de desenhos emoldurados, todos a lápis, decorando as paredes, era da mesma mulher. Aqui, ela sorria; ali, dava risada; na maioria das vezes, aparecia contemplativa, serena.

Num desenho especialmente atraente, seu rosto fora retratado de frente, os olhos brilhantes, as bochechas enfeitadas com lágrimas que pareciam joias. Suas feições não haviam sido distorcidas de modo melodramático; em vez disso, podia-se ver que, embora sofresse, a mulher esforçava-se, e com sucesso, para esconder o tamanho da sua dor.

Tal estado emocional complexo, tão sutilmente reproduzido, sugeria que meu elogio ao talento de Jacob fora insuficiente. A emoção da mulher era palpável.

A condição do coração do artista, enquanto criava aquele retrato, também era evidente, e de alguma forma estava impregnada no trabalho. Ao desenhar, Jacob vivera um tormento.

— Quem é ela? — perguntei.

— Você sai boiando quando escurece?

Ele apresentava apenas uma leve dificuldade de fala. A língua grossa, aparentemente, não era fissurada como a de quem tem síndrome de Down.

— Não tenho certeza se entendi o que você quer dizer, Jacob.

Tímido demais para olhar para mim, ele continuou a desenhar e, depois de um silêncio, disse:

— Vi o mar em alguns dias, mas não naquele dia.

— Que dia, Jacob?

— O dia em que eles foram e o sino tocou.

Embora já sentisse o ritmo de sua conversa, e soubesse que ritmo era um sinal de sentido, não conseguia entrar na batida.

Ele estava disposto a levar aquela cadência sozinho.

— Jacob tem medo de boiar errado quando escurecer.

Ele escolheu um novo lápis de seu estojo.

— Jacob precisa boiar quando tocar o sino.

Enquanto fazia uma pausa em seu trabalho e estudava o retrato inacabado, suas feições trágicas ganharam a beleza de um olhar de intenso afeto.

— Nunca vi onde o sino toca, e o oceano se move, e se move, e onde o sino toca é que é pra ir pra um algum lugar novo.

A tristeza tomou seu rosto, mas o olhar de afeto não se recolheu.

Durante algum tempo, ele mastigou o lábio inferior parecendo preocupado.

Quando voltou a trabalhar com o lápis novo, disse:

— E a escuridão virá com a escuridão.

— O que você quer dizer com isso, Jacob: a escuridão virá com a escuridão?

Ele olhou para a janela do quarto coberta de neve.

— Quando faltar luz de novo, a escuridão virá também. Talvez. Talvez a escuridão venha também.

— Quando faltar luz de novo: você quer dizer hoje à noite?

Jacob confirmou com a cabeça.

— Talvez hoje à noite.

— E a outra escuridão que virá com a noite... quer dizer a morte, Jacob?

Ele enfiou a língua entre os dentes novamente. Depois de rolar o lápis entre os dedos para encontrar a pegada correta, voltou a trabalhar no retrato.

Eu me perguntei se não teria sido muito direto ao usar a palavra *morte*. Talvez ele se expressasse daquela forma não porque essa era a única maneira como sua mente funcionava, mas porque falar sobre certos assuntos de forma muito direta o perturbasse.

Depois de um momento, Jacob disse:

— Ele quer que eu morra.

VINTE E UM

COM O GRAFITE, ELE ACRESCENTOU CERTO AMOR AOS OLHOS da mulher.

Como alguém que não tinha talento algum, exceto para a magia da grelha e da chapa, eu assistia respeitosamente enquanto Jacob recriava a figura de memória, tornava real no papel o que estava em sua mente e que, evidentemente, se perdera para ele, não fosse pela graça de sua arte.

Depois de lhe dar tempo para continuar e não obter uma palavra, falei:

— Quem quer que você morra, Jacob?

— O Nuncafoi.

— Me ajude a entender.

— O Nuncafoi veio me ver uma vez, e o Jacob estava todo escuro, e o Nuncafoi disse: "Deixa ele morrer."

— Ele veio até aqui neste quarto?

Jacob balançou a cabeça.

— Muito tempo atrás o Nuncafoi veio, antes do oceano e do sino e de sair boiando.

— Por que você o chama assim?

— É o nome dele.

— Ele deve ter outro nome.

— Não. Ele é o Nuncafoi, e não nos importamos.

— Nunca ouvi falar de alguém chamado Nuncafoi antes.

Jacob disse:

— Nunca ouvi falar de alguém chamado Odd Thomas antes.

— Tudo bem. Tá certo.

Com um estilete, Jacob apontou o lápis.

Vendo-o fazer isso, desejei poder afiar meu cérebro lento. Se pelo menos conseguisse entender alguma coisa do esquema de metáforas simples pelo qual ele se comunicava, talvez fosse capaz de decifrar o código oculto em sua conversa.

Tinha feito alguns progressos ao descobrir que, quando ele dissera "a escuridão virá com a escuridão", queria dizer que a morte viria naquela noite ou numa noite em breve.

Apesar de a habilidade para o desenho torná-lo um sábio, seu talento especial se limitava a isso. Jacob não era vidente. Sua advertência sobre morte iminente não era um pressentimento.

Ele tinha visto alguma coisa, ouvido alguma coisa, ele *sabia* de alguma coisa que eu não tinha visto, não tinha ouvido e não sabia. Sua convicção de que a morte estava por perto era baseada em provas concretas, e não em uma percepção sobrenatural.

Depois que a madeira do lápis havia sido aparada, ele largou o estilete e usou uma lixa para afiar a ponta do grafite.

Meditando sobre o enigma que era Jacob, eu olhava para a neve caindo mais grossa e mais rapidamente do que nunca diante da janela, tão espessa que talvez desse para se afogar lá fora, ao tentar respirar, os pulmões enchendo-se de neve.

— Jacob é burro — disse ele —, mas não é estúpido.

Quando recobrei a atenção e me voltei da janela, descobri que ele estava olhando para mim pela primeira vez.

— Esse deve ser outro Jacob — falei. — Não vejo nenhum burro aqui.

De imediato ele passou a olhar para o lápis, colocando de lado a lixa. Com uma voz diferente, mais musical, disse:

— Burro como um pato atropelado por um caminhão.

— Um burro não desenha como Michelangelo.

— Burro como uma vaca atropelada por um arado.

— Você está repetindo alguma coisa que ouviu por aí, não é?

— Burro como um vira-lata enfiando o nariz no rabo.

— Chega — eu disse, baixinho. — Tudo bem? Chega.

— Tem muito mais.

— Não quero ouvir. Me magoa escutar isso.

Ele pareceu surpreso.

— Magoa por quê?

— Porque eu gosto de você, Jake. Acho que você é especial.

Ele ficou em silêncio. Suas mãos tremiam, e o lápis tamborilava na mesa. Olhou para mim, com uma comovente vulnerabilidade nos olhos. Tímido, desviou o olhar.

— Quem foi que disse essas coisas pra você? — perguntei.

— Você sabe. As crianças.

— As crianças daqui do São Bartolomeu?

— Não. As crianças de antes do oceano e do sino e de sair boiando.

Neste mundo em que muitos estão dispostos a ver somente a luz que é visível, e nunca a Luz Que Não se Vê, temos uma escuridão de todos os dias, que é a noite, e nos deparamos com outra escuridão, de tempos em tempos, que é a morte, a morte daqueles que amamos, mas a terceira e mais constante escuridão que nos acompanha diariamente, em todas as horas de cada dia, é a escuridão da mente, a mesquinhez, a maldade e o ódio que temos dentro de nós, e pelos quais acabamos por pagar com juros generosos.

— Antes do oceano e do sino e de sair boiando — repetiu Jacob.

— Essas crianças estavam só com inveja. Jake, veja, você é capaz de fazer uma coisa melhor do que qualquer uma delas faria.

— Jacob não.

— É, você.

Ele parecia desconfiado:

— O que eu poderia fazer melhor?

— Desenhar. De todas as coisas que eles podiam fazer e você não podia, não havia uma em que eles fossem tão bons quanto você é no desenho. Então, eles ficaram com inveja e te chamaram de nomes e zombaram de você para se sentirem melhor.

Ele olhou para suas mãos até o tremor parar, até que o lápis ficasse firme, e então continuou trabalhando no retrato.

Sua resistência não era a resistência de um burro mas a de um cordeiro, que se lembra de ter sido magoado, mas não consegue sentir raiva e amargura capazes de fragilizar o coração.

— Não é estúpido — falou ele. — Jacob sabe o que viu.

Esperei, e então disse:

— O que você viu, Jake?

— Eles.

— Quem?

— Não tenho medo deles.

— De quem?

— Deles e do Nuncafoi. Não tenho medo deles. Jacob só tem medo de boiar errado quando a escuridão vem. Nunca vi onde o sino toca, não estava lá quando o sino tocou, e o oceano se move, sempre se move, e onde o sino toca é que é pra ir pra um algum lugar novo.

Círculo completo. Na verdade, me senti como se tivesse dado voltas num carrossel por muito tempo.

Meu relógio de pulso marcava 10:16.

Estava disposto a girar um pouco mais, na esperança de entender melhor, e não apenas ficar tonto.

Às vezes, vem uma luz quando a gente menos espera: como aquela vez em que eu e um sorridente quiroprático japonês, que também era especialista em ervas, fomos pendurados lado a lado, amarrados com cordas em ganchos numa câmara frigorífica.

Uns caras rabugentos e sem nenhum respeito pela medicina alternativa ou pela vida humana pretendiam voltar ao frigorífico para nos torturar a fim de obter informações. E eles não procuravam a mais eficaz fórmula à base de ervas para curar pé de atleta ou qualquer coisa assim. Queriam arrancar de nós informações sobre o paradeiro de uma grande soma de dinheiro.

Nossa situação se tornava mais horrenda pelo fato de que os caras rabugentos estavam enganados; não tínhamos as informações que eles queriam. Depois de horas nos torturando, tudo que seus esforços poderiam render era a diversão de nos ouvir gritar, o que provavelmente estaria bom para eles, caso pudessem ter também à mão uma caixa de cerveja e uns salgadinhos.

O quiroprático falava, talvez, umas 47 palavras de inglês, e eu, apenas umas duas em japonês, as quais consegui lembrar sob pressão. Apesar de estarmos altamente empenhados em escapar antes que nossos captores voltassem com uma coleção de alicates, um maçarico, cassetetes elétricos, um CD do Village People cantando Wagner e outros instrumentos diabólicos, eu não achava que nossa conspiração tinha grandes chances de êxito, uma vez que minhas duas palavras conhecidas em japonês eram sushi e saquê.

Durante meia hora, nossa relação consistiu na minha fala atabalhoada e frustrada combinada à paciência inabalável dele. Para minha surpresa, com uma série de engenhosas expressões faciais, oito palavras que incluíram *espaguete*, *linguini*, *Houdini* e *ardiloso*, ele conseguiu me fazer entender que, além de quiroprático e especialista em ervas, era contorcionista e, quando jovem, tinha usado seus truques numa boate.

Não tinha mais a mesma agilidade da juventude, mas, com a minha colaboração, conseguiu usar várias partes do meu corpo como apoio para se esgueirar para trás e para cima no gancho do qual estávamos suspensos e, mordendo um nó, se soltar, e em seguida a mim.

Nós nos falamos durante um tempo. De vez em quando ele me manda fotos de Tóquio, a maioria dos filhos. E eu lhe mando caixas de tâmaras secas da Califórnia cobertas com chocolate, que ele adora.

Agora, sentado à mesa de Jacob, pensava que, se conseguisse ter a metade da paciência do sorridente contorcionista/especialista em ervas/quiroprático, e se mantivesse em mente que, para o meu amigo japonês, devo ter parecido tão impenetrável quanto Jacob agora me parecia, talvez em algum tempo pudesse não apenas decifrar o significado da conversa dele, mas também fazê-lo revelar aquela coisa que parecia saber, o detalhe vital, que me ajudaria a entender que tipo de terror estava a caminho do São Bartolomeu.

Infelizmente, Jacob não estava mais falando. Logo que me sentara àquela mesa, ele fora lacônico. Agora era lacônico elevado à vigésima potência de dez. Não existia nada para ele além de seus desenhos.

Tentei mais truques de conversação do que um logorreico solitário tentaria num bar de paquera. Algumas pessoas apreciam escutar a si próprias falando, mas gosto de me ouvir em silêncio. Depois de cinco minutos, já havia esgotado minha tolerância ao som da minha própria voz.

Apesar de Jacob viver neste instante de tempo que é a ponte entre passado e futuro, tinha ancorado sua mente em algum dia antes do oceano e do sino e de sair boiando, seja lá o que isso signifique.

Em vez de perder tempo dando murro em ponta de faca, levantei e disse:

— Volto à tarde, Jacob.

Se estava ansioso pelo prazer da minha companhia, ele conseguiu disfarçar muito bem a satisfação de ouvir isso.

Dei mais uma examinada nos retratos expostos nas paredes e falei:

— Era sua mãe, não era?

Nem mesmo essa pergunta provocou alguma reação nele. Cuidadosamente, Jacob a restituía à vida com o poder de seus lápis.

VINTE E DOIS

No canto noroeste do segundo andar, a irmã Miriam estava de plantão no posto de vigília das enfermeiras.

Se a irmã Miriam comprimisse o lábio inferior com dois dedos e o puxasse para baixo, revelando a superfície interna cor-de-rosa, a gente conseguiria ver uma tatuagem em tinta azul com os dizeres *Deo gratias*, que em latim significa "Graças a Deus".

Não que seja uma declaração de comprometimento exigida das freiras. Se fosse, o mundo provavelmente teria bem menos religiosas do que hoje.

Muito antes de sequer considerar a possibilidade de viver num convento, a irmã Miriam trabalhou como assistente social em Los Angeles, como funcionária do governo federal. Trabalhava com meninas adolescentes de famílias desfavorecidas, esforçando-se para resgatá-las da vida em gangues e de outros horrores.

A maior parte dessa história, fiquei sabendo pela irmã Angela, a madre superiora, pois a irmã Miriam não só não anuncia os próprios feitos como não tem por que fazê-lo.

Para motivar uma garota chamada Jalissa, uma adolescente inteligente de 14 anos e com grande potencial, mas que perdera o rumo e começara a andar com gangues e estava prestes a fazer uma tatuagem para marcar seu pertencimento a um dos grupos, Miriam disse: *Menina, o que preciso fazer pra você perceber que está trocando uma vida promissora por outra sem nenhuma perspectiva? Falo sério com você, mas não adianta. Choro por você, você ri. Será que tenho que sangrar por você pra ter sua atenção?*

Ela, então, propôs um acordo: se Jalissa prometesse ficar longe, por trinta dias, dos amigos que faziam parte da gangue ou que circulavam com esse bando, e se não fizesse a tatuagem que pretendia fazer no dia seguinte, Miriam retribuiria tatuando o interior dos próprios lábios com o que ela chamou de "um símbolo da *minha* gangue".

Um grupo de 12 meninas, incluindo Jalissa, se reuniu para assistir, tremendo e se contorcendo conforme o tatuador trabalhava.

Miriam recusou anestesia local. Ela havia escolhido o tecido interno dos lábios porque era de dar medo e impressionaria as meninas. Sangrou. As lágrimas corriam, mas ela não emitiu sequer um gemido de dor.

Tal nível de comprometimento e as formas inventivas como ela o expressava fizeram de Miriam uma conselheira eficaz. Hoje, anos depois, Jalissa é formada em duas faculdades e trabalha como executiva na indústria hoteleira.

Miriam salvou muitas outras meninas de uma vida de crime, miséria e depravação. Era de se esperar que um dia sua vida virasse um filme com a Halle Berry no papel principal.

Em vez disso, o pai de um adolescente se queixou do elemento espiritual na estratégia de aconselhamento dela. Por ser funcionária pública, ela acabou processada por uma organização de advogados ativistas com base no argumento da separação entre Igreja e Estado. Queriam que ela eliminasse as referências espirituais de seu trabalho e insistiam para que o *Deo gratias* em seu lábio fosse apagado ou substituído por outra tatuagem. Acreditavam que, na privacidade das sessões de aconselhamento, ela mostraria o lábio e, assim, estaria corrompendo um número incontável de jovens.

Você poderia pensar que um caso desses deve ter provocado risos no tribunal, mas estaria tão enganado quanto a ideia do filme estrelado por Halle Berry. O juiz tomou partido dos ativistas.

Normalmente, funcionários do governo não são facilmente enquadrados. Os sindicatos da categoria costumam lutar ferozmente para salvar o emprego de um colega alcoólatra que aparece no trabalho apenas três dias por semana e passa um terço do expediente num dos cubículos do banheiro, bebericando ou vomitando.

Miriam tinha se tornado um fardo para o sindicato e só recebeu apoio simbólico. Mais tarde, ela aceitou um acordo de demissão modesto.

Por alguns anos a partir dali, circulou por empregos menos gratificantes, até ouvir o chamado para a vida que levava agora.

De pé atrás do balcão do posto de vigília das enfermeiras, analisando as folhas de um inventário, ela levantou os olhos assim que me aproximei e disse:

— Bem, aí vem o jovem Sr. Thomas envolto em sua costumeira aura de mistério.

Ao contrário da irmã Angela, do abade Bernard e do irmão Knuckles, ela não sabia do meu dom especial. Porém, a chave mestra a que tive direito e meus demais privilégios a intrigavam, e ela parecia intuir algo sobre minha verdadeira natureza.

— Acho que a senhora confunde meu estado permanente de frustração com um ar de mistério, irmã Miriam.

Se algum dia chegassem mesmo a fazer um filme sobre ela, os produtores dariam mais verossimilhança à personagem escalando Queen Latifah para dar vida à freira, em vez de Halle Berry. A irmã Miriam tem o tamanho de Latifah e o mesmo porte de um membro da realeza, e talvez até mais carisma que a atriz.

Ela sempre me examina com um olhar amistoso, porém muito atento, como quem sabe que eu supostamente tento esconder alguma coisa, mesmo não sendo nada terrivelmente ruim.

— Thomas é um nome inglês — disse ela —, mas deve haver sangue irlandês em sua família pela lábia que você tem, suave como manteiga colocada para derreter sobre um *muffin*.

— Acho que não tenho sangue irlandês. Mas, se a senhora conhecesse minha família, concordaria que meu sangue é dos mais *estranhos*.

— Você não está olhando para uma freira com cara de surpresa, está, querido?

— Não, irmã. A senhora não me parece surpresa. Posso fazer umas perguntas sobre o Jacob, do quarto 14?

— A mulher que ele desenha é a mãe dele.

De vez em quando, a irmã Miriam parece, ela mesma, um pouco maluca.

— A mãe dele. Foi o que imaginei. Quando ela morreu?

— Faz 12 anos, de câncer, quando ele tinha 13 anos. Ele era muito ligado à mãe. Ela parece ter sido uma pessoa muito dedicada e amorosa.

— E o pai?

Uma inquietação tomou conta de seu rosto, enrugando-o feito uma ameixa seca.

— Acho que nunca foi muito presente. A mãe nunca se casou. Antes de morrer, providenciou para que Jacob ficasse sob os cuidados de outra unidade da Igreja. Quando abrimos esta aqui, ele foi transferido para cá.

— Conversamos por um tempo, mas não é fácil entender o que ele diz.

Agora, sim, o que eu vi *era* um olhar de surpresa emoldurado pela toca do hábito.

— Jacob falou com você querido?

— Isso não é comum? — perguntei.

— Ele não fala com a maioria das pessoas. É muito tímido. Tenho conseguido tirá-lo um pouco do casulo...

Ela se inclinou sobre o balcão, buscando meus olhos, como se tivesse visto um segredo nadando como peixe dentro deles e quisesse fisgá-lo.

— Eu não deveria estar surpresa com o fato de ele ter falado com você. Nem um pouco, aliás. Você tem alguma coisa que faz as pessoas se abrirem, não é mesmo, querido?

— Talvez seja porque sou um bom ouvinte — falei.

— Não — retrucou ela. — Não, não é isso. Não que você não seja um bom ouvinte. Você é um ouvinte excepcional, querido.

— Obrigado, irmã.

— Você já viu um tordo no gramado, com a cabeça inclinada, ouvindo as minhocas se moverem em silêncio sob a relva? Se você estivesse competindo com o tordo, querido, seria sempre o primeiro a pegar a minhoca.

— Que imagem. Preciso experimentar isso um dia de primavera desses. Enfim, a conversa dele é meio enigmática. Não parava de falar sobre o dia em que ele não tinha permissão para ir para o oceano, mas, abre aspas, eles foram e o sino tocou, fecha aspas.

— "Nunca vi onde o sino toca" — recitou a irmã Miriam — "e o oceano se move, e onde o sino toca é para conduzir a algum lugar novo."

— A senhora sabe o que isso significa? — perguntei.

— As cinzas da mãe dele foram jogadas no mar. Na hora, um sino foi tocado, e contaram isso ao Jacob.

Ouvi na minha memória a voz dele: *Jacob tem medo de boiar errado quando escurecer.*

— Ah — comentei, me sentindo um pouco Sherlock, afinal.

— Ele está preocupado por não saber o lugar onde as cinzas foram espalhadas e, como o mar está sempre em movimento, tem medo de não conseguir encontrar a mãe quando morrer.

— Pobre rapaz. Já disse pra ele mil vezes que ela está no céu, e que eles ficarão juntos novamente um dia, mas a imagem mental que ele tem dela, flutuando no mar, é muito forte para ser dissipada.

Eu queria voltar ao quarto 14 e abraçá-lo. A gente não pode consertar as coisas com um abraço, tampouco torná-las piores por isso.

— Quem é o Nuncafoi? — perguntei. — Ele tem medo do Nuncafoi.

A irmã Miriam franziu a testa.

— Nunca o ouvi mencionar essa palavra. Nuncafoi?

— O Jacob diz que ele estava todo escuro...

— Todo escuro?

— Não sei o que ele quer dizer. Contou que estava todo escuro, e que o Nuncafoi veio e disse: "Deixe ele morrer." E que isso foi há muito tempo, "antes do mar e dos sinos e de sair boiando".

— Antes de a mãe dele morrer — ela interpretou.

— Sim. Isso mesmo. Mas ele ainda tem medo do Nuncafoi.

Ela me lançou aquele olhar atento novamente, como se pudesse chegar até minha aura de mistério e estourá-la feito um balão.

— Por que você está tão interessado no Jacob, querido?

Não podia contar a ela que a menina que perdi, minha Stormy, entrara em contato comigo a partir do Outro Lado e me dissera, por meio de Justine, outra doce menina perdida, que Jacob tinha informações sobre a origem do mal que estava prestes a chegar ao colégio, talvez antes do amanhecer.

Bem, eu até podia ter lhe contado, acho, mas não queria arriscar que ela puxasse meu lábio inferior para baixo na expectativa de encontrar, tatuada na parte interna, a palavra *lunático*.

Na sequência, falei:

— A arte dele. Os quadros na parede. Imaginei mesmo que poderia ser a mãe dele nos desenhos. São tão cheios de amor. Eu me pergunto como é amar tanto assim a própria mãe.

— Que coisa estranha de se dizer.

— E não é mesmo?

— Você não ama sua mãe, querido?

— Acho que assim. Um tipo duro, pontiagudo, espinhoso de amor que, mais do que qualquer coisa, talvez seja de dar pena.

Eu estava encostado no balcão, e ela tomou uma das minhas mãos nas suas, apertando-a suavemente.

— Também sou uma boa ouvinte, querido. Quer sentar para conversar um pouco?

Balancei a cabeça.

— Ela não me ama. Na verdade, não ama ninguém, não acredita no amor. Tem medo das obrigações que vêm com ele. Tudo o que precisa é dela mesma, de admirar-se no espelho. E esse é o fim da história, não tenho mais nada pra falar sobre esse assunto.

A verdade é que minha mãe é um parque de diversões que dá muitos sustos, um espírito tão torturado e de uma tal complexidade psicológica que a irmã Miriam e eu poderíamos ter conversado sobre ela sem parar até o equinócio de primavera.

Mas, com a manhã quase no fim e sete bodachs na sala de recreação, com esqueletos vivos correndo pela tempestade, com a Morte abrindo a portinhola da rampa de neve e me convidando para uma corrida de trenó, não tinha tempo para posar de vítima e contar a lamentável história da minha triste infância. Nem tempo nem vontade.

— Bem, estou sempre por aqui — disse a irmã Miriam.

— Pense em mim como uma Oprah que fez voto de pobreza. Sempre que quiser abrir seu coração, estarei aqui, e você nem precisa controlar a emoção nos intervalos comerciais.

Sorri.

— A senhora é um orgulho para as freiras.

— E você — respondeu ela — continua parado aí, envolto em sua aura de mistério.

Quando me virei para deixar o posto de vigília das enfermeiras, um movimento no final do corredor me chamou a atenção. Uma figura encapuzada estava parada em frente à porta que dava para as escadas, de onde aparentemente assistira minha conversa com a irmã Miriam. Consciente de que tinha sido visto, recuou, deixando a porta bater.

O capuz escondia-lhe o rosto, ou pelo menos foi nisso que tentei acreditar. Embora estivesse tentado a pensar que o observador era o irmão Leopold, o noviço desconfiado com cara queimada do sol de Iowa, tinha certeza de que a túnica que vira era preta, e não cinza.

Corri até o final do corredor, subi as escadas e prendi a respiração. Nenhum som.

Mesmo sabendo que o terceiro andar do convento era território proibido para mim e para todos os demais, exceto para as irmãs, subi até o patamar da escada e espiei o último lance de escadas. Estava deserto.

Nenhuma ameaça iminente apareceu, mas meu coração estava acelerado. Minha boca tinha ficado seca. A parte de trás do meu pescoço suava frio.

Eu ainda tentava acreditar na ideia de que o capuz escondera mesmo um rosto, mas não conseguia.

Descendo dois degraus de cada vez, desejando não estar só de meias, que escorregavam sobre o chão de pedra, desci até o térreo. Abri a porta da escada, olhei lá fora e não vi ninguém.

Segui para o porão, hesitei, abri a porta ao pé da escada e parei no batente, tentando ouvir alguma coisa.

Um longo corredor percorria toda a extensão da antiga abadia. Um segundo corredor cruzava o primeiro no meio do caminho, mas, de onde eu estava, não conseguia ver o que se passava nele. Ali embaixo ficavam a Catacumba dos Kit Kats, a garagem, a casa de força, as salas de máquinas e os depósitos. Eu precisaria de muito tempo para vasculhar todos esses espaços.

Independentemente de quanto tempo e com quanto empenho procurasse, duvidava que encontraria algum monge à espreita. E se chegasse mesmo a encontrar o fantasma, provavelmente desejaria não ter ido à procura dele.

No momento em que tinha visto a figura de pé, à porta, na saída para as escadas, uma luz de teto caía diretamente sobre ela. O capuz, nas túnicas dos monges, não é tão fechado quanto o das capas medievais. O tecido não fica suspenso na testa o suficiente para lançar uma sombra de dissimulação e esconder a identidade do portador do traje, especialmente se houver uma luz diretamente sobre ele.

A figura na escada não tinha um rosto. E pior que isso. A luz que lhe caía sobre a túnica não tinha onde se refletir: tudo que havia ali era um terrível vazio negro.

VINTE E TRÊS

MINHA REAÇÃO IMEDIATA AO FATO DE TER VISTO A PRÓPRIA Morte foi sair em busca de algo para comer.

Tinha ficado sem café da manhã. Se a Morte me levasse antes que eu pudesse saborear alguma coisa no almoço, eu ficaria muito, muito irritado.

Além disso, não conseguia trabalhar direito de estômago vazio. Meus pensamentos ficavam nebulosos provavelmente por causa da baixa taxa de açúcar no sangue.

Se eu tivesse feito o desjejum, talvez as coisas que Jacob dizia pudessem fazer mais sentido para mim.

A cozinha do convento era grande, em escala profissional. No entanto, era um espaço acolhedor, muito provavelmente porque estava sempre tomada de aromas de dar água na boca.

Quando entrei, o ar estava impregnado de canela, açúcar mascavo, costeletas de porco assadas com pedaços de maçãs cortadas e uma série de outros cheiros deliciosos que fizeram meus joelhos fraquejarem.

As oito irmãs responsáveis pela culinária, todas com rostos brilhantes e sorridentes, algumas com marcas de farinha na bochecha, outras com as mangas da túnica dobradas uma ou duas vezes, todas vestindo aventais azuis sobre os hábitos, se ocupavam de várias tarefas. Duas delas estavam cantando, e suas vozes alegres davam vida a uma encantadora melodia.

Eu me senti como se tivesse entrado num filme antigo em que Julie Andrews, interpretando uma freira, de repente fosse irromper na sala cantando para um ratinho bonitinho empoleirado nas costas da própria mão.

Quando perguntei à irmã Regina Marie se eu podia fazer um sanduíche, ela insistiu em prepará-lo para mim. Empunhando uma faca com destreza e prazer quase improváveis para uma freira, cortou dois pedaços de pão de uma broa fofa, esculpiu uma pilha de finas fatias da carne de um assado frio, lambuzou um pedaço do pão com mostarda, e o outro com maionese. Então juntou carne, queijo suíço, alface, tomate, azeitonas picadas e o pão, formando uma maravilha meio bamba, que aplainou com uma mão. Depois dividiu-a ao meio e a colocou num prato, acrescentando picles, e me serviu no tempo que levei para lavar as mãos numa vasilha d'água.

Na cozinha, havia vários bancos perto da bancada, onde a gente pode se acomodar para tomar uma xícara de café ou comer alguma coisa. Procurava um lugar quando me deparei com Rodion Romanovich.

O russo com jeito de urso trabalhava num dos balcões, sobre o qual havia dez tortas espalhadas dentro de formas. Ele as estava confeitando.

Perto dele, sobre o balcão de granito, estava o livro sobre venenos e envenenadores famosos da História. Notei um marcador inserido aproximadamente na altura da página 50.

Quando ele me viu, fez cara feia, mas indicou um banquinho perto dele.

Como sou uma companhia amável e avessa a qualquer desfeita, considero falta de educação recusar um convite, mesmo se tratando de um possível homicida russo curioso demais sobre o porquê da minha hospedagem na abadia.

— Como vai seu processo de revitalização espiritual? — perguntou Romanovich.

— Devagar mas andando.

— Já que não temos cactos por aqui, na Sierra, em que você pretende atirar, Sr. Thomas?

— Nem todos os chapeiros de lanchonete precisam dar tiros pra meditar, senhor. — Dei uma mordida no sanduíche. Estava delicioso. — Alguns preferem quebrar coisas.

Com sua atenção voltada à aplicação dos confeitos à primeira das dez tortas, ele disse:

— Da minha parte, acho que cozinhar acalma a mente e permite a contemplação.

— Então o senhor faz as tortas, não apenas as confeita?

— Exato. Esta é minha melhor receita... Laranja com amêndoas e cobertura de chocolate amargo.

— Parece delicioso. E até hoje quantas pessoas o senhor já matou com a receita?

— Perdi a conta faz tempo, Sr. Thomas. Mas todas morreram felizes.

A irmã Regina Marie trouxe um copo de Coca-Cola para mim, eu agradeci, e ela disse que tinha acrescentado duas gotas de baunilha ao refrigerante porque sabia que eu o preferia assim.

Quando a irmã saiu, Romanovich disse:

— Todo mundo gosta de você.

— Não, na verdade não, senhor. Elas são freiras. Precisam tratar bem a todos.

As sobrancelhas de Romanovich pareciam ter um mecanismo hidráulico que lhes permitia recolherem-se ainda mais sobre seus olhos fundos quando ele ficava de mau humor.

— Normalmente desconfio das pessoas de quem todo mundo gosta.

— Além de ser uma figura imponente — falei —, o senhor é surpreendentemente solene para um Hoosier.

— Sou russo de nascença. Às vezes tendemos a ser um pouco solenes.

— Sempre esqueço que o senhor é russo. O senhor praticamente já perdeu o sotaque, daria para passar por jamaicano.

— Isso pode até te surpreender, mas nunca fui confundido com um.

Ele terminou de confeitar a primeira torta, colocou-a de lado e puxou outra forma.

Falei:

— O senhor sabe o que é um Hoosier, não sabe?

— Hoosier é um nativo ou habitante do Estado de Indiana.

— Aposto que a definição do dicionário é exatamente essa, palavra por palavra.

Ele não disse nada. Apenas continuou a confeitar.

— Como o senhor é um nativo da Rússia e atualmente não é um habitante de Indiana, no momento não é realmente um Hoosier.

— Sou um Hoosier expatriado, Sr. Thomas. Quando, a seu tempo, eu retornar a Indianápolis, novamente serei um Hoosier total e completo.

— Uma vez um Hoosier, sempre um Hoosier.

— Exato.

O picles estava fresquinho. Eu me perguntava se Romanovich não tinha acrescentado algumas gotas de qualquer coisa letal ao vidro da conserva. Bem, tarde demais. Dei outra mordida.

— Indianápolis — eu disse — tem um amplo sistema de bibliotecas públicas.

— Sim, é verdade.

— E também oito faculdades e universidades com bibliotecas particulares.

Sem tirar os olhos da torta, ele disse:

— O senhor está só de meias, Sr. Thomas.

— É para poder espionar melhor os outros. Com todas aquelas bibliotecas, deve haver muitas vagas para bibliotecários em Indianápolis.

— A concorrência na nossa área é pesada, não há dúvida. Se usasse botas de borracha com zíper e entrasse pela sala dos fundos do convento, ao lado da cozinha, você faria menos lambança para as irmãs.

— Fiquei envergonhado pela bagunça que fiz, senhor. Infelizmente não tive a ideia de trazer para cá um par de botas de borracha com zíper.

— Que estranho. Você me dá a impressão de ser um jovem que está sempre preparado para qualquer coisa.

— Na verdade, não, senhor. Normalmente vou dando um jeito quando as coisas acontecem. Então, em qual daquelas muitas bibliotecas em Indianápolis o senhor trabalha?

— Na Biblioteca do Estado de Indiana, em frente ao Capitólio, na North Senate Avenue, número 140. A biblioteca tem mais de 34 mil volumes sobre Indiana ou de autoria de escritores locais. A biblioteca e o departamento de genealogia funcionam de segunda a sexta-feira, das 8h às 16h30, e das 8h30 às 16h aos sábados. Fecham no domingo, assim como em feriados nacionais e estaduais. Tours podem ser agendados.

— Precisamente correto, senhor.

— Claro.

— O terceiro sábado de maio — eu disse —, no Condado de Shelby Fairgrounds, é o momento mais emocionante do ano em Indianápolis. O senhor não acha?

— Não, não concordo. O terceiro sábado de maio é quando acontece o Festival de Saltérios Blue River. Se você acha que salteristas locais e do resto do país dando concertos e workshops é emocionante, em vez de algo meramente charmoso, então é um jovem ainda mais peculiar do que eu pensava que fosse.

Fiquei quieto por um tempo e terminei meu sanduíche. Enquanto eu lambia os dedos, Rodion Romanovich disse:

— Você sabe o que é um saltério, não sabe, Sr. Thomas?

— Um saltério — respondi — é uma cítara trapezoidal, cujas cordas de metal são golpeadas por um martelo leve.

Ele pareceu estar se divertindo, apesar da expressão sombria.

— Apostaria que a definição é exatamente esta, palavra por palavra, no dicionário.

Não falei nada, apenas continuei lambendo meus dedos.

— Sr. Thomas, você sabia que, num experimento com um observador humano, as partículas subatômicas se comportam de forma diferente de como se comportariam se o processo não fosse observado, e que por isso os resultados são examinados apenas depois do experimento?

— Claro. Todo mundo sabe disso.

Ele levantou uma das sobrancelhas peludas.

— Todo mundo, você diz. Bem, então percebe o que isso significa.

Eu disse:

— Ao menos no nível subatômico, o homem é capaz, em parte, de dar forma à realidade.

Romanovich me lançou um olhar que eu teria gostado de capturar numa foto.

Falei:

— Mas o que isso tem a ver com tortas?

— A teoria quântica nos diz, Sr. Thomas, que cada ponto no universo está intimamente ligado a todos os outros pontos, independentemente da distância aparente. De alguma maneira misteriosa, qualquer ponto em um planeta de uma galáxia distante está tão perto de mim quanto você está agora.

— Não se ofenda, mas na verdade não me sinto muito próximo do senhor.

— Isso significa que informações ou objetos, ou mesmo pessoas, deveriam ser capazes de se mover instantaneamente daqui a Nova York, ou mesmo daqui àquele planeta numa outra galáxia.

— E que tal daqui a Indianápolis?

— Também.

— Uau.

— Mas nós ainda não compreendemos a estrutura quântica da realidade o suficiente para realizar esse tipo de milagre.

— A maioria de nós não consegue nem programar um videocassete, então provavelmente temos um longo caminho a percorrer nessa história de ir daqui para outra galáxia.

Ele terminou de confeitar a segunda torta.

— A teoria quântica nos dá motivos para acreditar que, num nível estrutural profundo, todos os pontos do universo são, de algum modo inefável, o *mesmo* ponto. Você está com o canto da boca sujo de maionese.

Achei o resto de molho com o dedo e lambi o dedo.

— Obrigado, senhor.

— A interconexão de todos os pontos do universo é tão completa que, se um bando enorme de pássaros levanta voo a partir de um pântano na Espanha, o deslocamento de ar causado por suas asas contribuirá para mudanças climáticas em Los Angeles. E, sim, Sr. Thomas, em Indianápolis também.

Com um suspiro, eu disse:

— Ainda não consegui entender o que isso tem a ver com torta.

— Nem eu — disse Romanovich. — Não tem a ver com torta, e sim comigo e com você.

Fiquei intrigado com aquela afirmação. Quando olhei aqueles olhos profundamente inescrutáveis, senti como se eles estivessem me levando para o nível subatômico.

Preocupado que ainda houvesse algo no outro canto da minha boca, passei o dedo, mas não encontrei nem maionese nem mostarda.

— Bem — falei —, aqui estou, perplexo de novo.

— Foi Deus quem te trouxe aqui, Sr. Thomas?

Dei de ombros.

— Ele não me impediu de vir.

— Acredito que foi Deus quem me trouxe aqui — disse Romanovich. — É de profundo interesse para mim saber se foi ou não Ele quem te trouxe.

— Tenho certeza de que não foi Satanás que me trouxe aqui — assegurei a ele. — O cara que me deu carona é um velho amigo, e não tem chifres.

Saltei do banquinho, passei pelas formas com as tortas e apanhei o livro que ele havia pegado da biblioteca.

— Este aqui não é sobre venenos e envenenadores famosos — falei.

O verdadeiro título do livro não me tranquilizou: *A lâmina assassina — a função de adagas, punhais e estiletes nas mortes de reis e clérigos.*

— Tenho um interesse abrangente pela História — disse Romanovich.

A cor da capa daquele volume parecia ser idêntica à do livro que ele carregava antes, na biblioteca. Eu não tinha nenhuma dúvida de que era o mesmo exemplar.

— Quer um pedaço de torta? — perguntou ele.

Colocando o livro de volta no lugar, eu disse:

— Talvez mais tarde.

— Pode ser que não sobre nada depois. Todo mundo adora minha torta de laranja com amêndoas.

— Tenho alergia a amêndoas — respondi, e lembrei a mim mesmo que precisava relatar à irmã Angela a grande mentira que acabara de contar, para provar que, embora ela não acreditasse, eu era capaz de me transformar num mentiroso desprezível a qualquer momento.

Levei copo e prato vazios até a pia e comecei a lavá-los.

A irmã Regina Marie apareceu como se saída de uma lâmpada mágica.

— Deixa que eu lavo, Oddie.

Enquanto ela atacava o prato com esponja e sabão, falei:

— Então o Sr. Romanovich assou algumas boas tortas para a sobremesa do almoço.

— Do jantar — disse ela. — Cheiram tão bem que me parecem uma tentação perigosa.

— Ele não me dá a impressão de ser o tipo de pessoa que tem como passatempo a culinária.

— Talvez ele não dê essa impressão — concordou ela —, mas ele adora fazer tortas. E é muito talentoso.

— Quer dizer que a senhora já experimentou as sobremesas dele?

— Muitas vezes. Você também.

— Acho que não.

— Aquela torta de limão com cobertura de coco da semana passada. Era obra do Sr. Romanovich. E na semana anterior, o bolo de fubá com amêndoas e pistache.

— Ah — falei.

— E certamente você se lembra do bolo de banana e limão com cobertura feita de limonada.

Assenti.

— Certamente. Sim, eu me lembro. Delicioso.

Um súbito e forte toque de sinos balançou a velha abadia, como se Rodion Romanovich tivesse combinado para que aquela performance estridente viesse zombar de mim por ser tão ingênuo.

Os sinos chamavam para uma grande variedade de atividades no mosteiro novo, mas raramente ali, e nunca àquela hora.

Com uma careta, a irmã Regina Marie olhou para o teto, depois na direção da igreja do convento e da torre dos sinos.

— Ah, meu Deus. Você acha que é o irmão Constantine que voltou?

Irmão Constantine, o monge morto, o infame suicida que, teimoso, permanece neste mundo.

— Com licença, irmã — eu disse. Saí da cozinha correndo, já catando no bolso da calça minha chave mestra.

VINTE E QUATRO

MESMO DEPOIS DA CONSTRUÇÃO DO NOVO MOSTEIRO, A IGREJA da antiga abadia não fora desativada. Duas vezes por dia, um padre descia até lá para rezar a missa: metade das irmãs participava do primeiro culto, a outra metade, do segundo.

O falecido irmão Constantine costumava assombrar quase que exclusivamente a nova abadia e sua igreja, mas tinha feito duas aparições memoráveis, sem o toque dos sinos, no colégio. Enforcara-se na torre dos sinos da parte nova e, quando antes, naquele dia, seu espírito irrequieto fizera soar algumas badaladas, o clamor saíra daquela mesma construção.

Atendendo minha própria advertência à irmã Angela, não saí na tempestade, e, em vez disso, segui por um corredor do piso térreo até a antiga ala do noviciado e entrei na sacristia pela porta de trás.

Se já pareciam tocar alto antes, os sinos agora faziam ainda mais barulho quando adentrei a igreja pela sacristia. O teto abobadado reverberava não com um ressoar celebratório, não como uma comemoração de Natal, não com o toque alegre que acompanha um casamento. Era um tumulto raivoso de castanholas de bronze, um pandemônio de blém-bléns.

À luz tenebrosa que penetrava pelos vitrais, desci depois de ter cruzado a área do coro e passado pela portinhola do altar. Então disparei pelo corredor central da nave, deslizando um pouco sobre minhas meias.

Minha pressa não significava que estivesse ansioso pelo prazer de outro encontro com o espírito do irmão Constantine. Algo tão divertido quanto uma bela dor de garganta.

Como aquela manifestação barulhenta ocorria ali, e não mais na torre onde ele havia se matado, poderia de alguma forma estar relacionada à violência que espreitava as crianças do Colégio São Bartolomeu. Até ali, não conseguira descobrir quase nada sobre o iminente evento, e esperava que o irmão Constantine pudesse me dar alguma pista.

No nártex da igreja, acendi a luz, virei à direita e cheguei à porta que dava para a torre, mantida trancada para evitar que alguma das crianças que não apresentavam deficiência física pudesse escapar da vigilância e vir se aventurar por ali. Se chegasse ao topo da escada, estaria correndo risco tanto de cair do campanário quanto escada abaixo.

Enquanto virava a chave na fechadura, adverti a mim mesmo de que era tão suscetível a uma queda fatal quanto a suposta criança fujona. Não me importava de morrer — e reencontrar Stormy, fosse no Céu ou na grande aventura desconhecida a que ela chamava de "campo de batalha" —, não até que a ameaça às crianças tivesse sido identificada e vencida.

Se fracassasse desta vez, se algumas vítimas fossem poupadas mas outras morressem, como aconteceu no tiroteio no shopping, eu não teria nenhum outro lugar para fugir que prometesse mais solidão e paz do que um monastério nas montanhas. E já deu para perceber o tipo de enrascada que *essa* promessa acabara por se transformar.

A escadaria em espiral da torre não era aquecida. Eu sentia o frio do antiderrapante de borracha nos degraus sob meus pés só de meias, mas ali não escorregava.

A confusão dos sinos fazia as paredes ressoarem como a pele de um tambor respondendo a toques de trovão. Enquanto subia, eu deslizava minha mão ao longo da parede curva, o reboco vibrando sob a palma.

Quando cheguei ao topo da escada, meus dentes também vibravam discretamente como 32 diapasões. Os pelos do nariz faziam cócegas e meus ouvidos doíam. Podia sentir o estrondo dos sinos em meus ossos.

Era o tipo de experiência auditiva que um metaleiro procurava a vida toda: muros de bronze de som ensurdecedor desabando em avalanches.

Entrei no campanário, onde o ar era congelante.

Diante de mim, o que havia não era um carrilhão de três de sinos como o do mosteiro novo. Aquela torre era bem maior, aquele campanário era mais espaçoso que o da construção situada morro acima. Em décadas anteriores, os monges sentiam claramente um prazer exuberante na atividade de tocar sinos, pois haviam construído um carrilhão de dois níveis e cinco sinos, que, além de tudo, eram enormes.

Não havia necessidade nem de cordas, nem de manivelas para balançar aqueles mastodontes de bronze. O irmão Constantine os montava como se fosse um caubói de rodeio, saltando de um para o outro em meio a uma manada de touros galopantes.

Seu espírito inquieto, animado por frustração e fúria, tinha se tornado um poltergeist enraivecido. Entidade imaterial, não tinha nenhum peso ou força de alavanca com que mover os pesados sinos, mas a partir dele pulsavam ondas concêntricas de potência, invisíveis para outras pessoas, assim como o próprio monge morto, embora ambos visíveis para mim.

À medida que tais pulsações atravessavam o campanário, aquelas formas suspensas de bronze oscilavam selvagemente. Os imensos badalos soavam mais violentos do que seus fabricantes haviam previsto ou imaginado ser possível.

Eu não conseguia sentir as ondas de energia enquanto me atravessavam. Um demônio não pode causar danos a uma pessoa viva, seja por contato direto ou por suas emanações.

Mas se algum dos sinos chegasse a se soltar e caísse sobre mim, eu certamente seria esmagado.

O irmão Constantine tinha sido uma pessoa gentil em vida, de modo que dificilmente teria se transformado num demônio depois de morto. Se me machucasse intencionalmente, seria lançado num desespero ainda mais profundo que aquele que já suportava.

Mas, com todo o remorso que ele pudesse sentir, eu continuaria esmagado.

Para a frente e para trás sobre o carrilhão, para cima e para baixo e de novo para cima nos dois níveis de sinos, o monge morto não parava. Mesmo que ele não seja uma aparição demoníaca, não acho que estaria sendo injusto se usar a palavra *demente* para descrevê-lo.

Qualquer espírito que aqui permanece é irracional, tendo perdido o rumo na hierarquia da ordem sagrada. Um poltergeist é irracional *e* revoltado.

Cautelosamente, circulei pela plataforma que rodeava os sinos. Eles balançavam em arcos mais amplos que o habitual, intrometendo-se no caminho e obrigando-me a ficar no limite daquele espaço.

Colunas apoiadas sobre a mureta exterior, à altura da cintura, sustentavam o teto inclinado. Por entre essas colunas, num dia claro, avistam-se a abadia nova, o sobe e desce da Sierra, uma vastidão de floresta intocada.

A nevasca encobrira o mosteiro e a floresta. Somente os telhados de ardósia e os pátios de paralelepípedos da antiga abadia, imediatamente abaixo, estavam visíveis.

A tempestade gritava como antes, mas seu som estava encoberto pelo estrondo dos sinos num crescendo. Pequenos redemoinhos de neve perseguiam uns aos outros pelo campanário, e para fora dele novamente.

Enquanto eu circulava lentamente, o irmão Constantine percebeu minha chegada. Como um duende de túnica e capuz, saltava de um sino a outro, com a atenção fixa em mim.

Os olhos pareciam grotescamente arregalados, não como tinham sido em vida, mas porque a corda que estrangulou o monge os havia deixado daquele jeito quando se agarrou ao seu pescoço e fez sua traqueia ceder.

Parei de costas para uma das colunas e abri os braços, as palmas das mãos voltadas para cima, como se perguntando: *Para quê isso, irmão? O que o senhor ganha com isso?*

Embora entendesse o que eu queria dizer, ele não iria admitir a ineficácia de sua fúria. Desviou os olhos de mim e se atirou ainda mais freneticamente sobre os sinos.

Enfiei as mãos nos bolsos e bocejei, assumindo uma expressão entediada. Quando ele olhou para mim novamente, bocejei com exagero e balancei a cabeça como um ator que interpreta para o pessoal das fileiras do fundo, expressando naquela tristeza minha decepção com ele.

Ali estava a prova de que, mesmo na hora de maior desespero, quando os ossos são roídos por um frio de dentes afiados e os nervos estão fragilizados pelo temor do que a próxima volta do relógio poderá trazer, a vida mantém um toque cômico. O estrondo dos sinos me reduzia a um mímico.

Aquela investida acabou por ser o derradeiro ataque de fúria do irmão Constantine. As ondas concêntricas de energia pararam de se irradiar dele e, de imediato, os sinos balançaram menos violentamente, o alcance de seu movimento rapidamente diminuindo.

Embora minhas meias fossem grossas e feitas para a prática de esportes de inverno, o frio congelante do chão de pedra as atravessava. Meus dentes batiam enquanto eu tentava continuar minha cena de tédio.

Logo os badalos batiam suavemente contra o bronze, produzindo notas claras e delicadas e melodiosas que faziam a música tema essencial para um estado de ânimo melancólico.

A gritaria do vento não retornou àquele galope uivante porque meus ouvidos ainda se recuperavam com a memória recente da cacofonia dos sinos.

Feito um daqueles mestres de lutas marciais de *O tigre e o dragão* que conseguiam saltar graciosamente sobre os telhados e, em seguida, aterrissar em um balé aéreo, o irmão Constantine deslizou, descendo pelos sinos, e pousou perto de mim na plataforma do campanário.

Decidira abandonar a careta dos olhos esbugalhados. Seu rosto agora era como foi em vida, embora talvez nunca tivesse sido tão triste.

Quando estava prestes a falar com ele, me dei conta de um movimento do outro lado do campanário, uma presença escura vislumbrada entre as curvas de bronze agora silenciadas, silhuetas contra a luz rala do dia coberto pela neve.

O irmão Constantine seguiu meu olhar e pareceu identificar o recém-chegado com o pouco que era possível ver dele. Embora nada mais fosse capaz de afetá-lo neste mundo, o monge morto se encolheu, como que em pânico.

Eu tinha me afastado da porta que dava para a escada e, como a figura dera a volta nos sinos, ficou entre mim e a única saída do campanário.

À medida que minha surdez temporária arrefecia e a gritaria do vento aumentava, como um coro de vozes furiosas, a figura emergiu de trás dos sinos. Ali estava o monge de hábito preto que eu tinha visto junto à porta aberta, quando me despedia da irmã Miriam no posto de vigília das enfermeiras, pouco mais de vinte minutos antes.

Estava mais perto dele agora do que da primeira vez, mas ainda assim só conseguia ver um negrume dentro do capuz, nem a mais leve sugestão de um rosto. O vento fazia esvoaçar sua túnica, mas não se revelavam os pés e, nas extremidades das mangas, não havia mãos para serem vistas.

Tendo a oportunidade de mais do que um vislumbre da figura naquele momento, percebi que aquela túnica era mais longa do que as dos demais irmãos, e que arrastava no chão. O tecido não era tão ordinário como aquele de que os hábitos dos monges eram feitos; tinha o brilho da seda.

Ele usava um colar de dentes humanos amarrados como se fossem pérolas, com três dedos, apenas ossos esbranquiçados, pendentes no meio.

Em vez de um cinto de tecido na cintura, que amarrasse a túnica e o escapulário, usava uma corda entrelaçada com o que parecia ser cabelo humano, limpo e brilhante.

Ele se voltou para mim. Embora não estivesse disposto a ceder território, dei um passo para trás quando ele se aproximou, relutante em fazer contato tanto quanto meu companheiro morto, o irmão Constantine.

VINTE E CINCO

SE NÃO ESTIVESSE SENTINDO NAS SOLAS DOS PÉS AS PICADAS do frio, afiado como agulhas, se não estivesse sentindo uma espécie de dormência que queimava e começava a fazer doer meus dedos, eu poderia ter pensado que ainda nem tinha acordado naquela madrugada e avistado, da janela congelada do meu quarto de hóspede, as luzes vermelhas e azuis dos carros de polícia, e que ainda dormia e sonhava.

Os grandes lóbulos pendulares de bronze, aos quais um Freud delirante teria atribuído o mais baixo dos significados simbólicos, e o teto em abóbada, feito uma ogiva, do campanário, que também era cheio de significados não apenas por causa do nome, mas por suas curvas e sombras, tendo ao redor apenas o branco virginal da tempestade gelada, formavam a paisagem perfeita para um sonho.

Aquela figura minimalista da Morte, vestindo túnica e capuz, nem caindo de podre, nem se contorcendo cheia de vermes, como seria nos quadrinhos e em filmes baratos, mas, ao contrário, limpa como um vento polar noturno, era tão real quanto O Ceifeiro de *O sétimo selo*, de Bergman. Ao mesmo tempo, tinha as características do ameaçador fantasma de um pesadelo, amorfo e irreconhecível, mais percebido pelo canto do olho do que propriamente visto.

A Morte levantou o braço direito e, de sua manga, saiu uma mão muito pálida, mas com bastante carne, e não a mão de um esqueleto. Embora o vazio permanecesse dentro do capuz, aquela mão veio na minha direção e me apontou o dedo.

Agora me fazia lembrar de *Um conto de Natal*, de Charles Dickens. Ali estava o último dos três espíritos a visitar o mestre avaro da casa de contabilidade, o espírito agourento e silencioso que Scrooge batizara de O Fantasma da Véspera de Natal. E o fantasma era isso, e ao mesmo tempo coisa pior, pois, para onde quer que o futuro nos conduza, ele nos leva à morte, ao fim que está presente desde o início, para mim e para você.

Da manga esquerda da Morte, outra mão pálida apareceu, esta segurava uma corda na ponta da qual se formava um laço. O espírito, ou o que quer que fosse aquilo, alternava a corda da mão esquerda para a direita, e continuava a tirar uma extensão improvável de corda de dentro da túnica.

Quando surgiu a ponta solta da corda, o visitante a passou por sobre uma barra que, acionada por uma manivela na parte de baixo da torre, fazia disparar o carrilhão de cinco sinos. Então atou um nó de forca com tanta facilidade que não parecia somente ser fruto da habilidade de um experiente carrasco, mas o truque de mãos de excelente mágico.

Tudo tinha um jeito de kabuki, aquela forma altamente estilizada do teatro japonês. Os cenários surreais, os trajes elaborados, as máscaras ousadas, as perucas, as emoções extravagantes e os gestos extremamente melodramáticos dos atores provavelmente tornam o teatro japonês tão risível quanto a marca registrada americana que é a luta greco-romana profissional. No entanto, por algum efeito misterioso para o público conhecedor, o kabuki é de um realismo comparável ao de uma navalha rasgando um polegar.

No silêncio dos sinos, com a tempestade parecendo rugir sua aprovação àquela performance, a Morte apontou para mim, e eu sabia que aquela forca estava sendo preparada para o meu pescoço.

Espíritos não podem machucar os vivos. Este é o nosso mundo, não o deles.

A Morte não é, na verdade, uma figura que anda por aí fantasiada, coletando almas.

Ambas as coisas eram verdade, o que significava que aquele temível Ceifador não podia me fazer nenhum mal.

Porém, como minha imaginação é rica, ao contrário da minha conta bancária, eu já era capaz de imaginar as fibras daquela corda grossa roçando minha garganta, espremendo meu pomo de adão até que ele virasse suco.

Tomando coragem no fato de já estar mesmo morto, o irmão Constantine deu um passo à frente, como se chamasse a atenção da Morte para que eu tivesse uma chance de correr para as escadas.

O monge pulou para os sinos novamente, mas já não conseguia reunir toda a fúria necessária para produzir um fenômeno psicocinético. Parecia apavorado por mim. Torceu as mãos, e de sua boca escancarada partiu um grito silencioso.

Minha confiança de que nenhum espírito poderia me machucar fora abalada pela convicção do irmão Constantine de que eu estava em apuros.

Embora o Ceifeiro fosse uma figura menos elaborada que o caleidoscópio de ossos que tinha me perseguido em meio à tempestade, senti uma similaridade porque ambos eram teatrais, artificiais e autoconscientes de uma forma que os mortos que permanecem neste mundo nunca são. Mesmo um poltergeist no auge de sua ira não *projeta* seus ataques para o máximo efeito sobre os vivos, não tem a intenção de assustar ninguém; quer apenas resolver sua frustração, seu ódio de si mesmo, sua raiva por ter ficado preso numa espécie de purgatório entre dois mundos.

As transformações impressionantes da fera de ossos que me aparecera antes, na janela, me cheiravam a vaidade: *Contemplai minha maravilha, temei e tremei.* O Ceifeiro se movimentava como uma bailarina num palco, de maneira ostensiva, na expectativa de aplausos.

A vaidade é uma fraqueza estritamente humana. Nenhum animal é capaz de vaidade. As pessoas às vezes dizem que os gatos são vaidosos, mas, na verdade, eles são arrogantes. Confiam em sua superioridade e não imploram por admiração, como fazem os homens e as mulheres vãos.

Os mortos que aqui ficam, embora possam ter sido vaidosos em vida, são privados de tal sentimento com a descoberta de sua mortalidade.

E então aquele Ceifador faz um gesto zombeteiro como quem me chama, e eu, de tão intimidado por sua aparência assustadora e por sua grandeza, talvez devesse colocar a corda no meu próprio pescoço e poupá-lo do serviço de acabar comigo.

A percepção de que aquelas duas aparições tinham em comum uma vaidade mais do que humana, algo estranho a tudo que é verdadeiramente de outro mundo, foi significativa. Mas eu não sabia *por quê*.

Em resposta ao gesto que me chamava, afastei-me do visitante e ele voou na minha direção com súbita ferocidade.

Antes que eu pudesse levantar um braço para bloqueá-lo, ele colocou a mão direita na minha garganta e, exibindo força inumana, me levantou do chão com uma das mãos.

O braço do Ceifador era tão estranhamente longo que eu não conseguia contra-atacar ou encontrar por onde agarrar a negridão que preenchia perfeitamente seu capuz. Estava limitado a, cravando as unhas na mão que se apoderara de mim, tentar abrir-lhe os dedos.

Embora aquela mão parecesse de carne, e se flexionasse feito carne, eu não conseguia verter sangue dela. Minhas unhas arranhavam aquela pele pálida, produzindo o mesmo som de um quadro-negro arranhado daquela maneira.

Ele me jogou contra uma das colunas e a parte de trás da minha cabeça se chocou contra a pedra. Por um momento, a nevasca pareceu adentrar meu crânio e um turbilhão branco por trás dos meus olhos me lançou a um inverno eterno.

Quando tentava chutar meu agressor, provocava apenas ondas suaves com o pé na túnica preta, sem maiores efeitos, e o corpo dele, se é que existia algum sob as dobras de seda, parecia não ter mais solidez do que areia ou do que a poça movediça na qual mastodontes jurássicos encontraram seu fim.

Ofeguei, tentando respirar novamente, e consegui. Ele agarrava meu pescoço, mas não me sufocava, talvez para garantir que, quando encontrassem meu corpo e o içassem de volta ao campanário, as únicas marcas no pescoço e embaixo do queixo fossem aquelas deixadas pelo tranco letal da corda.

Ao mesmo tempo em que agora me afastava da coluna, ergueu a mão esquerda e jogou o laço, que flutuou na minha direção como um anel escuro de fumaça. Girei a cabeça. A corda caiu sobre o meu rosto e voltou para a mão dele.

Quando finalmente conseguisse passar o laço em volta do meu pescoço e apertá-lo, ele me jogaria da torre, fazendo com que eu tocasse os sinos anunciando minha própria morte.

Parei de arranhar sua mão, que se mantinha firmemente grudada ao meu pescoço, e apanhei o laço da corda enquanto ele tentava mais uma vez ajustar em mim aquela horrível gravata.

Lutando para me livrar do laço, olhando fixamente para baixo em direção ao vazio dentro do capuz, me ouvi grunhir:

— Conheço você, não conheço?

A pergunta, que saiu por intuição, pareceu mágica, um encantamento. Algo começou a se formar no vazio onde deveria haver um rosto.

Ele vacilou na luta pela corda.

Encorajado, repeti com mais certeza:

— Conheço você.

Dentro do capuz, os contornos básicos de um rosto começaram a tomar forma, como plástico preto derretido moldando-se a uma forma.

O rosto não exibia detalhes suficientes para que eu pudesse reconhecê-lo, exibi apenas um brilho escuro, como o tênue reflexo que um rosto talvez tivesse quando vislumbrado nas ondulações das águas negras de uma lagoa numa noite sem lua.

— Mãe do céu!, sei quem você é — falei, embora a intuição ainda não me revelasse um nome.

Nessa terceira vez em que insisti em repetir aquilo, o rosto preto brilhante diante de mim ganhou maior dimensão, como se minhas palavras tivessem gerado na figura certa culpa e uma compulsão irresistível por mostrar sua identidade.

O Ceifeiro esquivou a cabeça, me atirou de lado e, em seguida, jogou fora a corda da forca, que caiu por cima de mim quando desabei sobre a plataforma do campanário.

Num redemoinho de seda preta, ele saltou sobre o parapeito entre duas colunas, hesitou e, então, se atirou na nevasca.

Pulei no chão assim que ele despencou e me debrucei na amurada.

Sua túnica se abriu como se fossem asas e ele flutuou ao longo da torre, pousou com elegância no telhado da igreja e de repente se lançou em direção ao telhado inferior da abadia.

Embora tenha me parecido ser algo diferente de um espírito, algo mais *não* natural do que sobrenatural, ele se desmaterializou tão completamente quanto faria qualquer fantasma, mas de uma forma que eu nunca tinha visto antes.

No voo, ele pareceu começar a se desfazer como um disco de argila atingido por um tiro de espingarda. Um milhão de flocos de neve e um milhão de fragmentos do Ceifeiro entrelaçando-se num padrão simétrico de branco e preto, uma imagem caleidoscópica em pleno ar, à qual o vento preservou por um instante apenas, dissolvendo-a em seguida.

VINTE E SEIS

Na recepção do piso térreo, sentado na borda de um sofá, calço novamente minhas botas de esqui, que já estavam secas.

Meus pés ainda estavam duros de frio. Tudo o que eu queria naquele momento era afundar numa poltrona, apoiar os pés sobre um banquinho, me aquecer envolto numa manta, ler um bom romance, beliscar uns biscoitos e ainda ter minha fada madrinha me servindo xícara após xícara de chocolate quente.

Se eu tivesse uma fada madrinha, ela se pareceria com Angela Lansbury, a atriz de *Assassinato por escrito*. Ela me amaria incondicionalmente, me traria qualquer coisa que meu coração desejasse e me colocaria na cama toda noite com um beijo na testa, porque seria preparada por um programa de treinamento da Disneylândia e teria feito o juramento das fadas madrinhas em presença do cadáver criogenicamente preservado do próprio Walt Disney.

Fiquei de pé, já com minhas botas, e mexi meus dedos meio entorpecidos.

Com ou sem monstro de ossos, eu teria que sair outra vez na nevasca, não imediatamente, mas em breve.

Fossem quais fossem as forças que atormentavam São Bartolomeu, eu nunca havia encontrado nada parecido, nunca vira tais aparições e não tinha esperança de que viesse a entender suas intenções em tempo de evitar o desastre. Se não quisesse falhar em identificar a ameaça antes que ela conseguisse se abater sobre nós, precisava de corações valentes e mãos fortes para me ajudar a proteger as crianças, e sabia onde encontrá-los.

Graciosa, majestosa, seus passos abafados pelo hábito branco esvoaçante, a irmã Angela chegou como se fosse o avatar de uma deusa da neve que descia de um palácio celestial para avaliar a eficácia do encanto em forma de tempestade que lançara sobre a Sierra.

— A irmã Clare Marie disse que você precisava falar comigo, Oddie.

O irmão Constantine viera na minha cola e agora se juntava a nós. A madre superiora, é claro, não podia vê-lo.

— George Washington era famoso por suas dentaduras ruins — falei —, mas não sei nada sobre as condições dentárias de Flannery O'Connor e Harper Lee.

— Nem eu — respondeu ela. — E, antes que você pergunte, não tem nada a ver com o corte de cabelo deles também.

— O irmão Constantine não se suicidou — contei a ela. — Ele foi assassinado.

Os olhos dela se arregalaram.

— Jamais tinha escutado uma notícia tão gloriosa seguida de uma tão terrível na mesma sentença.

— Ele não vai embora não porque tenha medo de seu julgamento no outro mundo, mas porque se preocupa com seus irmãos do mosteiro.

Perscrutando a sala, ela disse:

— Ele está aqui conosco agora?

— Bem ao meu lado. — Indiquei onde o monge morto estava.

— Querido irmão Constantine. — A voz dela vacilou, meio sentimental. — Temos orado todos os dias por você. Sentimos sua falta todos os dias.

Lágrimas brilharam nos olhos do espírito.

Falei:

— Ele temia seguir adiante, enquanto seus irmãos acreditassem que tinha se matado.

— Claro que sim. Sua preocupação é que seu suposto suicídio possa fazer seus irmãos colocarem em dúvida o próprio compromisso com uma vida de fé.

— Sim. Mas acho que se preocupa também porque não sabem que há um assassino entre eles.

A irmã Angela é rápida no gatilho, tem uma mente esperta, mas suas várias décadas de serviços tranquilos nos ambientes pacíficos de um convento ou outro não ajudaram a desenvolver suas habilidades.

— Claro, você deve estar se referindo a algum invasor que esteve aqui naquela noite, como esses que a gente vê no noticiário o tempo todo, e o irmão Constantine teve o azar de cruzar seu caminho.

— Se for esse o caso, então o cara voltou para pegar o irmão Timothy, e agora mesmo, na torre, tentou me matar.

Alarmada, ela colocou a mão no meu braço.

— Oddie, você está bem?

— Ainda não estou morto — eu disse —, mas tem a torta depois do jantar.

— Torta?

— Desculpe. Estou apenas sendo eu mesmo.

— Quem tentou matar você?

Respondi apenas:

— Não vi o rosto dele... Usava uma máscara. E eu estou convencido de que é alguém que conheço, e não um estranho.

Ela olhou para onde sabia que estava o monge morto.

— E o irmão Constantine não pode identificá-lo?

— Não acho que ele tenha visto o rosto de seu assassino, tampouco. Enfim, a senhora ficaria surpresa em saber que a ajuda que recebo dos mortos que permanecem por aqui é muito pequena. Querem que eu faça justiça por eles, querem muito, mas acho que são obrigados a se submeter a alguma espécie de regra que os proíbe de afetar o curso das coisas neste mundo, ao qual já não pertencem mais.

— E você ainda não tem nenhuma ideia? — perguntou ela.

— Nada. Soube que o irmão Constantine às vezes sofria de insônia e, quando não conseguia dormir, subia no campanário do mosteiro novo para estudar as estrelas.

— Sim. Foi o que o abade Bernard me disse na época.

— Suspeito que, enquanto perambulava pela noite, viu alguma coisa que não deveria ter visto, algo para o qual não poderia haver testemunhas.

Ela fez uma careta.

— Até parece que nossa abadia é um lugar sórdido.

— Não foi minha intenção sugerir qualquer coisa desse tipo. Estou morando aqui há sete meses e sei o quanto os irmãos são devotos e dignos. Não acho que o irmão Constantine tenha testemunhado nada de abominável. O que acho é que era alguma coisa... extraordinária.

— E mais recentemente o irmão Timothy também viu essa mesma coisa para a qual não deveriam haver testemunhas?

— Temo que sim.

Ela avaliou a informação por um momento e, em seguida, tirou a conclusão mais lógica.

— Então você mesmo acabou de ser testemunha dessa coisa extraordinária?

— Sim.

— Que vem a ser... o quê?

— Prefiro não dizer até realmente *entender* o que vi.

— Seja lá o que for que você viu, é por isso que precisávamos nos certificar de que todas as portas e janelas estivessem trancadas?

— Sim, senhora. E é um dos motivos pelos quais agora vamos tomar medidas adicionais para proteger as crianças.

— Vamos fazer tudo o que precisar ser feito. O que você tem em mente?

— Uma fortaleza — falei. — Nos defenderemos numa fortaleza

VINTE E SETE

GEORGE WASHINGTON, HARPER LEE E FLANNERY O'CONNOR sorriam para mim, como se zombassem da minha incapacidade para resolver o enigma sobre o que tinham em comum.

A irmã Angela sentou-se à sua mesa, olhando para mim por sobre a armação de um par de óculos com lentes bifocais que deslizara para a ponta do seu nariz. Ela segurava uma caneta sobre um caderno encapado em amarelo.

O irmão Constantine não havia nos acompanhado até ali. Talvez tivesse finalmente deixado este mundo, ou não.

Andando de um lado para o outro, eu disse:

— Acho que os irmãos, em sua maioria, são pacifistas apenas na medida em que a razão permite. A maioria lutaria para salvar uma vida inocente.

— Deus pede resistência ao mal — disse ela.

— Sim, senhora. Mas vontade de lutar não é o bastante. Quero poder contar com aqueles que saibam *como* lutar. O irmão Knuckles é o primeiro da lista.

— O irmão Salvatore — ela me corrigiu.

— Sim, senhora. O irmão Knuckles vai saber o que fazer quando a mer... — Minha voz falhou e meu rosto ficou vermelho.

— Você poderia ter concluído a frase, Oddie. As palavras "cair no ventilador" não teriam me ofendido.

— Desculpe, irmã.

— Sou uma freira, não uma ingênua.

— Sim, senhora.

— E quem mais, além do irmão Salvatore?

— O irmão Victor passou 26 anos no Corpo de Fuzileiros Navais.

— Acho que está com 70 anos.

— Sim, irmã, mas ele *foi* um fuzileiro naval.

— Não há amigos melhores, ou inimigos piores — ela citou o lema dos fuzileiros.

— *Sempre Fiéis.* Com certeza é disso que precisamos.

Ela disse:

— O irmão Gregory foi do Exército.

O enfermeiro nunca mencionara o serviço militar.

— A senhora tem certeza? — perguntei. — Pensei que ele era formado em enfermagem.

— E é. Mas foi soldado por muitos anos, e esteve sempre em ação.

Médicos, no campo de batalha, são muitas vezes tão corajosos quanto seus companheiros que carregam armas.

— Com certeza. Queremos o irmão Gregory — falei.

— E o irmão Quentin?

— Ele não era policial, irmã?

— Acredito que sim.

— Ponha na lista.

— De quantos você acha que precisa? — perguntou ela.

— De uns 14, 16.

— Temos quatro.

Continuei a andar para lá e para cá, em silêncio. Parei à janela. Recomecei a andar.

— O irmão Fletcher — sugeri.

Essa escolha a surpreendeu.

— O diretor musical?

— Sim, senhora.

— Em sua vida secular, ele era músico.

— É uma profissão difícil, irmã.

Ela pensou um pouco. E então falou:

— Às vezes ele realmente mostra atitude.

— Saxofonistas tendem a ser assim — falei. — Conheço um saxofonista que arrancou uma guitarra das mãos de outro músico e atirou cinco vezes no instrumento. Era uma Fender muito legal.

— E por que faria uma coisa dessas? — perguntou ela.

— Estava irritado com umas mudanças erradas nos acordes.

Uma expressão de reprovação fez as sobrancelhas dela franzirem.

— Quando as coisas por aqui estiverem tranquilas, talvez esse seu amigo saxofonista queria passar um tempo conosco na abadia. Sou treinada para dar conselhos sobre técnicas de resolução de conflitos.

— Bem, irmã, atirar na guitarra *foi* uma forma de resolver o conflito.

Ela olhou para Flannery O'Connor e, depois de um momento, moveu a cabeça como se concordasse com algo que a escritora havia dito.

— OK, Oddie. Você acha que o irmão Fletcher é capaz de dar suas pancadas?

— Sim, senhora, pelas crianças, acho que sim.

— Então temos cinco.

Sentei numa das duas cadeiras para visitantes.

— Cinco — repetiu ela.

— Sim, senhora.

Olhei para o meu relógio de pulso. Olhamos um para o outro. Depois de um tempinho de silêncio, ela mudou de assunto:

— Se isso é uma guerra, com que eles vão lutar?

— Para começar, com tacos de beisebol.

Os irmãos formavam três equipes a cada ano. Nas tardes de verão, durante as horas de lazer, os times se enfrentavam em esquema de rodízio.

— Eles têm mesmo muitos de tacos de beisebol — disse ela.

— Pena que monges não gostem de caçar veados.

— Pena — concordou ela.

— São os irmãos que cortam toda a lenha para as lareiras. Eles têm machados lá.

Ela estremeceu à menção de tamanha violência.

— Talvez devêssemos nos concentrar mais em construir nossa fortaleza.

— Nessa parte, eles são de primeira linha — concordei.

A maioria das comunidades monásticas acredita que o trabalho contemplativo constitui importante gesto de veneração. Alguns monges fabricam excelentes vinhos para pagar as despesas de suas abadias. Outros fazem queijo ou chocolate, ou bolinhos e pãezinhos. Outros ainda criam e vendem belos espécimes de cães de raça.

Os irmãos do São Bartolomeu faziam móveis artesanais sofisticados. Como uma fração dos juros obtidos a partir da doação estabelecida por Heineman pagaria para sempre as despesas de funcionamento do mosteiro, os monges não vendiam as cadeiras, as mesas e os aparadores fabricados ali. Doavam tudo a uma organização especializada em mobiliar casas pobres.

Com suas poderosas ferramentas, estoques de madeira e habilidade para a coisa, seriam capazes de tornar as portas e janelas mais seguras.

Tamborilando a caneta sobre a lista de nomes na mesa, a irmã Angela me lembrou:

— Cinco.

— Irmã, acho que devemos fazer o seguinte: a senhora liga para o abade, fala com ele e depois conversamos com o irmão Knuckles.

— Irmão Salvatore.

— Sim, senhora. A senhora explica ao irmão Knuckles do que precisamos aqui: ficarmos protegidos numa fortaleza; e deixa então que ele consulte os outros quatro que escolhemos. Eles conhecem os outros irmãos mais do que nós. Vão saber dizer quais são os melhores candidatos.

— Assim está bem. Gostaria de poder dizer a eles de quem estamos nos defendendo.

— Eu gostaria também, irmã.

Todos os veículos que serviam aos irmãos e irmãs ficavam estacionados no porão da escola.

Falei:

— Diga ao Knuckles...

— Salvatore.

— ... que vou numa das caminhonetes do colégio até lá para trazê-los para cá, e diga...

— Você me contou que tem gente hostil lá fora em algum lugar.

Nunca havia mencionado *gente*. Tinha dito *eles*.

— Hostil. Sim, senhora.

— Não é perigoso ir até a abadia?

— Mais perigo correm as crianças, se não tivermos algum reforço por aqui para enfrentar seja lá o que estiver a caminho.

— Entendo. Mas acho que você precisará fazer duas viagens, se quiser trazer todos esses irmãos, seus tacos de beisebol e suas ferramentas.Vou dirigir uma das caminhonetes, você dirige a outra, e fazemos tudo numa viagem só.

— Irmã, nada me daria mais prazer do que um rali na neve com a senhora: pneus reforçados, motores envenenados, tiro de largada; mas quero que seja Rodion Romanovich o piloto da outra caminhonete.

— Ele está aqui?

— Na cozinha, com glacê até os cotovelos.

— Pensei que você desconfiasse dele.

— Se ele é um Hoosier, sou um entusiasta radical do saltério. Se a questão é defender o colégio, não acho que seja uma boa ideia que o Sr. Romanovich permaneça dentro da fortaleza. Vou pedir a ele que dirija um dos veículos até a nova abadia. Quando a senhora falar com o irmão Knuck...alvatore...

— Knuckalvatore? Não conheço nenhum irmão Knuckalvatore.

Até conhecer a irmã Angela, eu não imaginava que freiras e sarcasmo poderiam dar uma mistura tão efervescente.

— Quando a senhora falar com o irmão Salvatore, diga a ele que o Sr. Romanovich vai ficar no mosteiro novo, e que ele, Salvatore, deve dirigir a caminhonete de volta para cá.

— Imagino que o Sr. Romanovich não saberá que sua viagem é só de ida.

— Não, senhora. Vou mentir pra ele. Isso a senhora pode deixar comigo. Ao contrário do que a senhora pensa, sou um mentiroso extraordinário e magistral.

— Se tocasse saxofone, você seria ameaça em dobro.

VINTE E OITO

À MEDIDA QUE A HORA DO ALMOÇO SE APROXIMAVA, O PESSOAL da cozinha não só ia ficando mais ocupado, como também mais animado. Agora, não apenas duas, e sim quatro das freiras cantavam enquanto trabalhavam, e em inglês, não mais em espanhol.

Todas as dez tortas tinham sido confeitadas com a cobertura de chocolate. Pareciam traiçoeiramente deliciosas.

Tendo terminado pouco antes de misturar numa tigela grande o creme brilhante de laranja, Rodian Romanovich usava um saco com um funil para, espremendo a mistura, decorar a primeira de suas tortas de laranja com amêndoas.

Quando apareci ao seu lado, ele não levantou os olhos, mas disse:

— Aí está você, Sr. Thomas. E com suas botas de esqui nos pés.

— Chegava tão quieto só de meias que já estava dando susto nas irmãs.

— Estava por aí praticando seu saltério?

— Aquilo foi apenas uma fase. Hoje estou mais interessado em saxofone. O senhor alguma vez visitou o túmulo de John Dillinger?

— Como você deve saber, evidentemente, ele está enterrado no Cemitério Crown Hill, na minha amada Indianápolis. Já vi o túmulo do bandido lá, mas minha principal razão para visitar o cemitério foi prestar minha homenagem ao escritor Booth Tarkington.

— Booth Tarkington ganhou o Prêmio Nobel — falei.

— Não, Sr. Thomas. Booth Tarkington ganhou o Prêmio Pulitzer.

— O senhor deve saber, imagino, sendo um bibliotecário da Biblioteca do Estado de Indiana na North Senate Avenue, número 140, com seus 34 mil volumes sobre Indiana ou de autoria de escritores locais.

— *Mais* de 34 mil volumes. Temos muito orgulho do número e não gostamos quando o arredondam para baixo. Talvez, nessa mesma época, no ano que vem, possamos ter chegado aos *35* mil volumes sobre Indiana ou de autoria de escritores locais.

— Uau. Isso vai ser motivo para uma grande festa.

— Muito provavelmente farei várias tortas para o evento.

A firmeza com que aplicava o glacê e a consistência dos detalhes no desenho eram impressionantes.

Se não tivesse aquele ar de quem trapaceia igual ao camaleão sobre um galho de árvore, disfarçado de casca, à espera de inocentes borboletas, até poderia duvidar de seu potencial para a vilania.

— Sendo um Hoosier, o senhor deve ter muita experiência em dirigir na neve.

— Sim. Tenho uma experiência considerável com neve, tanto na minha terra adotiva, Indiana, quanto na minha terra natal, a Rússia.

— Temos duas caminhonetes equipadas com arados na garagem. E precisamos dirigir até a abadia e trazer de volta alguns dos irmãos.

— Está me pedindo para dirigir um desses veículos, Sr. Thomas?

— Sim, senhor, se pudesse fazer isso, ficaria muito agradecido. Vai me poupar de ter de fazer duas viagens.

— E com que propósito os irmãos estão vindo ao colégio?

— Com o propósito — eu disse — de ajudar as irmãs com as crianças no caso de haver uma queda de energia por causa da nevasca.

Ele desenhou uma rosa perfeita em miniatura, finalizando um dos cantos da torta.

— Mas o colégio não tem um gerador de emergência?

— Sim, senhor, claro que tem. Mas não mantém o mesmo nível de energia. A iluminação terá que ser reduzida. Vão precisar desligar o aquecimento em algumas áreas, usar as lareiras. A irmã Angela quer estar preparada para o caso de o próprio gerador falhar, também.

— O sistema principal e o gerador de emergência alguma vez já falharam ao mesmo tempo?

— Não sei, senhor. Acho que não. Mas, pelo que já vi aqui, freiras são obcecadas com planejamentos detalhados.

— Ah, não tenho dúvida, Sr. Thomas, de que se fossem freiras a projetar e operar a usina nuclear de Chernobyl, não teríamos sofrido um desastre radioativo.

Aquele era um desvio de rota interessante.

— O senhor é de Chernobyl?

— Por acaso tenho três olhos e dois narizes?

— Não que eu possa ver, mas como o senhor está com muita roupa...

— Se algum dia chegarmos a tomar sol na mesma praia, você tem permissão para olhar melhor, Sr. Thomas. Posso terminar de confeitar essas tortas, ou precisamos sair correndo feito dois loucos para o mosteiro?

Knuckles e os outros precisarão de pelo menos 45 minutos para reunir tudo o que desejam trazer e se preparar para partir.

Eu disse:

— Termine as tortas, senhor. Elas parecem fantásticas. Que tal nos encontrarmos na garagem às 12h45?

— Pode contar com a minha ajuda. Vou ter terminado as tortas até lá.

— Obrigado, senhor. — Fiz menção de sair, e então me voltei para ele novamente. — Sabia que Cole Porter era um Hoosier?

— Sim. E também James Dean, David Letterman, Kurt Vonnegut e Wendell Willkie.

— Cole Porter foi, talvez, o maior compositor americano do século, senhor.

— Concordo.

— "Night and Day", "Anything Goes", "In the Still of the Night", "I Get a Kick Out of You", "You're the Top". Ele compôs o hino do Estado de Indiana, também.

Romanovich disse:

— A música se chama "On the banks of the Wabash, far away", e, se Cole Porter o ouvisse dando o crédito a ele por esse hino, sem dúvida cavaria para sair da sepultura, viria atrás de você e planejaria uma terrível vingança.

— Ah, então acho que estava mal informado.

Ele desviou a atenção da torta por tempo suficiente para me lançar um olhar irônico tão pesado que era capaz de trazer abaixo uma pena num vento forte.

— Duvido que alguma vez você tenha estado mal informado, Sr. Thomas.

— O senhor se engana. Sou o primeiro a admitir que não sei nada sobre nada, eu sou apenas obcecado por todas as coisas que dizem respeito a Indiana.

— Aproximadamente a que horas desta manhã essa Hoosiermania tomou conta de você?

Cara, ele era bom nisso.

— Não foi esta manhã, senhor — menti. — É uma coisa que sempre andou comigo, desde que me lembro.

— Talvez você tenha sido um Hoosier numa vida pregressa.

— Talvez eu tenha sido o James Dean.

— Tenho certeza de que não foi o James Dean.

— Por que o senhor diz isso?

— Aquele desejo intenso por adoração e certa tendência à grosseria, típicos do Sr. Dean, não poderiam ter sido expurgados tão inteiramente apenas de uma encarnação à seguinte.

Refleti sobre aquela afirmação.

— Senhor, não tenho nada contra o falecido Sr. Dean, mas não vejo outra maneira de interpretar o que senhor acaba de dizer a não ser como um elogio.

Carrancudo, Rodion Romanovich disse:

— Você elogiou a decoração das minhas tortas, não foi? Bem, agora estamos quites.

VINTE E NOVE

CARREGANDO MEU CASACO, QUE EU FUI BUSCAR NO CABIDE da recepção, desci até o porão, agradecido que não houvesse ali catacumbas de verdade cheias de cadáveres bolorentos. Com a sorte que tenho, um deles acabaria sendo o de Cole Porter.

Aqueles irmãos que desejam ser enterrados nos limites do mosteiro são sepultados num terreno sombreado no perímetro da floresta, um pequeno cemitério muito sossegado. Os espíritos daqueles que lá descansam já partiram todos deste mundo.

Passei longas e agradáveis horas no meio daquelas lápides, na companhia de Boo. Ele gosta de observar os esquilos e coelhos, enquanto afago seu pescoço e coço suas orelhas. Às vezes, salta e corre atrás dos bichinhos, que não se assustam com ele. Mesmo no tempo em que tinha dentes afiados, Boo nunca foi um matador.

Como se meus pensamentos o chamassem, encontrei o cachorro esperando por mim quando saí do corredor leste-oeste para o que ligava o sul ao norte do complexo.

— Ei, garoto, o que você está fazendo por aqui?

Abanando o rabo, ele se aproximou, deitou e rolou de costas, as quatro patas no ar.

Ao receber um convite desses, só aqueles que têm o coração de pedra ou alguém muito inutilmente ocupado é capaz de recusar. Tudo o que o bicho quer é um pouco de carinho, ao passo que lhe oferece tudo, o que é simbolizado pela postura totalmente indefesa da barriga exposta.

Cães nos convidam não só a partilhar da sua alegria, mas também a viver o momento, quando não estamos indo a lugar nenhum e o encanto do passado e do futuro não pode nos distrair, quando uma libertação da vontade prática e uma trégua da atividade incessante e corriqueira nos permitem reconhecer a verdade da nossa existência, a realidade do nosso mundo e os nossos desígnios, se assim ousarmos.

Cocei a barriga de Boo por apenas dois minutos e, em seguida, voltei à minha atividade incessante e corriqueira, não porque tarefas urgentes me esperavam, mas porque, como um sábio certa vez escreveu, "a humanidade não suporta tanta realidade", e sou demasiado humano.

A grande garagem dava a sensação de estar num bunker, concreto acima, abaixo e por todos os lados. As luminárias fluorescentes no teto emitiam uma luz forte, mas ficavam muito espaçadas umas das outras para conseguir dissipar toda a penumbra.

Sete veículos ficavam estacionados ali: quatro sedãs compactos, uma caminhonete novinha e dois utilitários, tipo caminhonete estendida, equipados com enormes pneus com correntes para andar na neve.

Uma rampa levava até uma porta de correr, para além da qual o vento uivava lá fora.

Fixada a uma parede, havia uma caixa de chaves. Dentro, 14 molhos, dois para cada veículo, pendurados em sete pinos. Acima de cada pino, uma etiqueta indicava a placa do veículo; outra em cada molho de chaves mostrava o mesmo número.

Nenhum perigo de acontecer uma Chernobyl ali.

Enfiei minha jaqueta, me acomodei ao volante de um dos utilitários, liguei o motor e deixei-o funcionando apenas o tempo suficiente para descobrir como subir e baixar o arado com comandos simples.

Quando saí da caminhonete, Boo estava lá. Ele olhou para cima, levantou a cabeça, as orelhas eretas, e parecia querer dizer: *O que há com o seu nariz, cara? Não está sentindo o cheiro de encrenca?*

Ele saiu trotando, olhou para trás, viu que eu o estava seguindo e me conduziu para fora da garagem, em direção à ala noroeste mais uma vez.

Boo não era a Lassie, e eu não esperava encontrar pela frente nenhuma moleza tipo o Timmy caído num poço ou o Timmy preso num celeiro em chamas.

O cão parou em frente a uma porta fechada, no mesmo ponto do corredor onde antes me oferecera a oportunidade de coçar sua barriga.

Talvez me incentivasse a fazer uma pausa ali para dar à minha famosa intuição uma chance de funcionar. Porém, eu tinha sido tomado por uma compulsão, querendo chegar à garagem. Minha mente se ocupava com pensamentos que só diziam respeito ao percurso que faríamos na neve, sendo capaz de fazer uma breve pausa, mas sem conseguir ver ou sentir.

Sentia alguma coisa agora, de verdade. Um puxão sutil, mas persistente, como se eu fosse um pescador, e minha linha estivesse mergulhada lá no fundo, com alguma coisa fisgada na outra ponta.

Boo entrou na sala suspeita. Depois de hesitar, eu o segui, deixando a porta aberta atrás de mim, pois em situações como aquela, nas quais sou levado por meu magnetismo psíquico, não consigo ter certeza se sou o pescador ou o peixe com a isca na boca.

Estávamos na sala das caldeiras, tomada pelo assobio das chamas acesas e pelo estrondo das bombas d'água. Quatro grandes caldeiras de alta eficiência esquentavam a água que circulava incessantemente através das tubulações nas paredes do edifício até as dezenas de unidades de aquecimento nos vários cômodos.

Ali também estavam os resfriadores para supergelar a água que circulava pelo colégio e pelo convento, provendo ar fresco quando um cômodo ficava muito quente.

Três das paredes exibiam sofisticados sensores, capazes de disparar alarmes nos cantos mais distantes da grande construção *ao mesmo tempo* em que desativavam a entrada de gás que alimentava as caldeiras, caso detectassem o menor vestígio de um vazamento de propano no ambiente. O que supostamente era uma garantia contra explosões.

Garantia. A toda prova. O invencível *Titanic*. O inquebrantável *Hindenburg*. Tempos de paz.

Nós, seres humanos, não apenas não suportamos realidade em demasia, como também *fugimos* dela até que alguém nos force a encarar o fogo e sentir seu calor em nossos rostos.

Nenhum dos três sensores indicava a presença das malévolas moléculas do propano.

Restava a mim confiar naqueles mecanismos, pois o gás é inodoro e incolor. Se fosse confiar nos meus sentidos, não perceberia o problema até sentir falta de oxigênio ou tudo ter ido pelos ares

Cada uma das caixinhas dos sensores estava trancada e mostrava um selo de metal com a data da última inspeção pela empresa responsável pelo funcionamento do sistema. Examinei cada tranca e cada lacre mas não encontrei indícios de adulteração.

Boo tinha ido até o canto da sala mais distante da porta. Eu me senti atraído para lá também.

Enquanto circula pelo edifício, a água super-resfriada absorve calor. Ela então viaja até um enorme reservatório subterrâneo perto do bosque, a leste, onde uma torre de resfriamento converte o calor indesejado em vapor e o lança ao ar para ser dissipado; depois, a água retorna para os resfriadores naquela sala para ser desaquecida novamente. Quatro tubos de PVC com 20 centímetros de diâmetro desapareciam através da parede, perto do teto e do canto ao qual Boo e eu tínhamos sido atraídos.

Boo farejou um painel de aço inoxidável de pouco mais de 1 metro quadrado, fixado a uns 15 centímetros do chão, enquanto eu me ajoelhava diante dele.

Ao lado do painel havia um interruptor. Tentei acioná-lo, mas nada aconteceu, a não ser que eu tivesse acendido a luz de algum lugar além da parede.

O painel fora fixado à parede de concreto com quatro parafusos. Num gancho ao lado, estava pendurada uma chave com a qual era possível desatarraxá-los.

Após retirar os parafusos, coloquei o painel de lado e espiei dentro do buraco onde Boo já havia entrado. Assim que o traseiro e o rabo encolhido do cachorrão branco passaram, vi um túnel iluminado.

Sem medo de peidos de cachorro, mas temeroso sobre o que mais pudesse haver adiante, rastejei através da abertura.

Uma vez vencidos alguns centímetros de profundidade na parede, consegui ficar de pé. Diante de mim, havia uma passagem retangular com uns 2 metros de altura por 1,5 de largura.

Os quatro tubos de PVC seguiam suspensos lado a lado no teto, agrupados na metade esquerda do túnel. Pequenas luzes posicionadas no centro mostravam os tubos continuando eternamente, como que se encolhendo conforme a distância aumentava.

Pelo chão, à esquerda, corriam canos de cobre separados, alguns de aço e dutos flexíveis. Provavelmente continham água, propano e fios elétricos.

Aqui e ali, formas brancas calcificadas manchavam as paredes, mas o lugar não era úmido. Tinha cheiro de concreto e cal.

Exceto pelo leve barulho de água fluindo através dos tubos sobre a minha cabeça, a passagem estava silenciosa.

Consultei meu relógio de pulso. Dentro de 34 minutos precisaria estar de volta à garagem para encontrar o Hoosier dos Hoosiers.

Determinado, Boo trotava adiante, e eu o segui sem nenhum propósito muito claro.

Prossegui, o mais silenciosamente que podia com minhas botas de esqui, e, como minha jaqueta térmica, acolchoada e berrante, fazia barulho quando mexia os braços, eu a tirei e a deixei para trás. Boo não emitia qualquer ruído.

Um menino e seu cão são os melhores companheiros, celebrados em canções, livros e filmes. Quando o menino está tomado de uma compulsão psíquica, no entanto, e quando o cão é destemido, a chance de tudo acabar bem é a mesma que a de que um filme de gângsteres do Scorsese tenha um final água com açúcar, com luzinhas e querubins alegres em cantoria.

TRINTA

Não gosto de passagens subterrâneas. Uma vez morri num lugar assim. Pelo menos eu tenho certeza disso, e de que permaneci morto por um tempo e cheguei a assombrar alguns dos meus amigos, embora eles não soubessem que eu estava ali num estado fantasma.

Se não morri, algo mais estranho que a morte aconteceu comigo. Escrevi sobre a experiência no meu segundo manuscrito, mas escrever não me ajudou a entender o que se passou.

Em intervalos de 12 ou 15 metros, havia sensores de ar fixados à parede à minha direita. Mas não identifiquei sinais de terem sido violados.

Se aquela passagem levava à torre de resfriamento, conforme eu supunha, então teria cerca de 120 metros de comprimento.

Duas vezes pensei ter ouvido alguma coisa atrás de mim. Quando olhei para trás, não havia nada.

Na terceira vez, me recusei a ceder ao impulso de olhar. Medos irracionais se alimentam deles mesmos e crescem. A gente deve ignorá-los.

O truque é ser capaz de diferenciar o medo irracional daquele que realmente tem razão de ser. Quando se silencia um medo justificável e se segue adiante, destemido e determinado, é aí que o Papai Noel desce pela chaminé e, no fim, acaba por acrescentar mais um pipi à sua coleção.

Boo e eu havíamos avançado uns 60 metros quando uma nova passagem se abriu à direita. Esse corredor seguia morro acima e fazia uma curva para fora do campo de visão.

Quatro outros tubos de PVC apareciam suspensos do teto da passagem que interceptava aquela em que estávamos. Dobravam a esquina do nosso corredor e acompanhavam a primeira série de tubos em direção à torre de resfriamento.

Essa segunda passagem provavelmente se originava no mosteiro novo.

Em vez de trazer os irmãos até o colégio nos dois utilitários, arriscando um ataque do que quer que estivesse à espreita na nevasca, poderíamos trazê-los por aquela rota mais fácil.

Eu precisava explorar aquela nova passagem, mas não imediatamente.

Boo seguira na direção da torre. Embora o cão não representasse grande ajuda caso eu fosse atacado pela coisa rastejante às minhas costas, eu me sentia melhor junto dele, e fiquei na sua cola.

Na minha cabeça, a criatura atrás de mim tinha três pescoços, mas apenas duas cabeças. O corpo era humano, mas as cabeças eram de coiotes. E o bicho queria acoplar minha cabeça ao terceiro pescoço, o do meio.

Você pode estar se perguntando de onde viria um medo bizarro e irracional como esse. Afinal, como você sabe, sou engraçado, e não grotesco.

Um amigo de Pico Mundo, um índio Panamint já na casa dos 50 anos chamado Tommy Cloudwalker, me contou sobre um encontro que teve com uma criatura de três cabeças.

Tommy tinha ido caminhar e acampar no Mojave na época em que o sol manchado de prata do inverno, a Velha Mulher Pele-Vermelha, cede lugar ao sol dourado da primavera, a Jovem Noiva, mas antes que o sol do verão, platinado e ardente, a Esposa Feia, com sua língua afiada, se abata sobre o deserto de forma tão cruel que a areia chegue a verter, como suor, escorpiões e besouros em desespero à procura de um refúgio melhor e de um pouco de água.

Talvez os nomes dados por Tommy às etapas sazonais do sol tenham sido baseados nas lendas de sua tribo. Ou talvez ele simplesmente os invente. Não tenho certeza se Tommy é autêntico, ou um completo mestre da fantasia.

No meio da testa dele há uma imagem estilizada de um falcão de 5 centímetros de largura por 2,5 centímetros de altura. Tommy diz que se trata de uma marca de nascença.

O tatuador Truck Boheen, um ex-motoqueiro de uma perna só que vive num trailer enferrujado na periferia de Pico Mundo, diz que foi ele quem fez o falcão na testa do Tommy vinte anos atrás, por 50 dólares.

A razão aponta que a versão de Truck é verdadeira. O problema é que ele também afirma que os últimos cinco presidentes dos Estados Unidos estiveram secretamente em seu trailer, na calada da noite, para fazer tatuagens. Um ou dois, eu até acreditaria, mas não cinco.

Enfim, Tommy estava no Mojave numa noite de primavera, o céu fazia piscar os Sábios Olhos dos Antepassados, ou seja, as estrelas, se os cientistas estiverem corretos, quando a criatura com três cabeças apareceu do outro lado da fogueira.

A cabeça humana não disse uma palavra, mas as laterais, as de coiote, falavam inglês. Discutiam se a cabeça do Tommy era mais interessante que aquela que já ocupava o pescoço do meio.

Coiote Um gostava da cabeça do Tommy, especialmente de seu nariz esnobe. Coiote Dois bramia insultos, dizendo que Tommy era "mais italiano do que índio".

Sendo uma espécie de xamã, Tommy reconheceu a criatura como uma manifestação de tipo raro de um Trickster, um espírito bastante conhecido no folclore de várias tribos indígenas. Como oferenda, ele apresentou três cigarros de seja lá o que estivesse fumando, que foram prontamente aceitos.

As três cabeças fumaram em silêncio, em solene satisfação. Depois de atirar as guimbas na fogueira, a criatura se foi, deixando a Tommy com sua cabeça.

Duas palavras talvez explicassem a história do Tommy: *alucinação* causada por *peiote*.

No dia seguinte, porém, depois de retomar sua caminhada, Tommy se deparou com o cadáver decapitado de outro andarilho. A carteira de motorista do rapaz o identificava como Curtis Hobart.

Ali perto, havia uma cabeça decepada, que era a mesma que ocupava o pescoço do meio, entre as cabeças de coiote, da criatura da noite anterior. E não se parecia em nada com o Curtis Hobart da carteira de motorista.

Usando um telefone por satélite, Tommy chamou o xerife. Tremulando como miragens no deserto, as autoridades chegaram por via terrestre e também em um helicóptero.

Mais tarde, o médico-legista declarou que a cabeça não pertencia àquele corpo. A cabeça de Curtis Hobart nunca foi localizada, e nenhum corpo que correspondesse à cabeça descartada e abandonada na areia perto do cadáver de Hobart jamais foi encontrado.

Enquanto corria atrás de Boo, ao longo do corredor em direção à torre de resfriamento, não conseguia entender por que a história do Tommy me veio à memória do nada. Não parecia ter a ver com a situação que eu estava vivendo.

Adiante, tudo ficaria mais claro. Mesmo que às vezes eu seja burro como um pato atropelado por um caminhão, meu subconsciente faz hora extra para salvar minha pele.

Boo entrou na torre de resfriamento e, depois de destravar a porta corta fogo com minha chave mestra, eu o segui para dentro da sala iluminada por luzes fluorescentes.

Estávamos na parte inferior da estrutura. Parecia o cenário daquele filme do James Bond em que ele perseguia um bandido com dentes de aço e usava um chapéu do qual saíam dois canos calibre 12.

Duas torres de 30 metros de altura cada, feitas de chapas de metal, se elevavam acima de nós. Elas eram ligadas por dutos horizontais, aos quais se tinha acesso em diferentes níveis por uma série de plataformas suspensas.

Dentro das torres e talvez em alguns dos dutos menores, alguma coisa girava com um estrondo alto e o que pareciam pancadas, talvez enormes pás de ventilador. O ar que cuspiam ronronava como um gato rabugento e assobiava como vaias.

As paredes eram revestidas com pelo menos quarenta grandes caixas de metal cinza, semelhantes a caixas de disjuntores, exceto que cada uma exibia um grande interruptor ON/OFF e duas luzes de sinalização, uma vermelha e outra verde. Apenas as luzes verdes estavam acesas no momento.

Tudo verde. OK. Era seguro ir em frente. Ótimo.

A máquina proporcionava inúmeras possibilidades a alguém que quisesse se esconder; e o barulho tornava difícil ouvir até o mais desastrado dos agressores antes que ele me atingisse, mas preferi tomar as luzes verdes como um bom presságio.

Se estivesse a bordo do *Titanic*, naquele momento me encontraria de pé no convés, inclinado contra o parapeito, olhando para uma estrela cadente e desejando um filhote de cachorro como presente de Natal, enquanto a banda do navio tocava "Nearer my God to Thee".

Embora muito do que era necessário para mim me tenha sido tirado nesta vida, tenho motivos para continuar sendo otimista. A essa altura, já era para ter perdido uma perna, três dedos, uma nádega, a maior parte dos dentes, um ouvido, o baço, além do senso de humor. Mas escapei por pouco tantas vezes e aqui estou eu.

Boo e meu magnetismo psíquico haviam me levado até ali e, ao adentrar cautelosamente aquele amplo espaço, descobri o que nos atraía.

Entre dois outros conjuntos de caixas de metal cinza, num trecho de parede nua, pendia o corpo do irmão Timothy.

TRINTA E UM

Os pés calçados do irmão Tim pendiam a uns 45 centímetros do chão. A uma altura de cerca de 1,80 metro acima da cabeça dele, 13 peculiares pinos brancos formando um arco de 180 graus haviam sido fixados à parede de concreto. A partir dos pinos desciam faixas de tecido também branco, longos panos com espessura de uns 2,5 centímetros, que mantinham o monge suspenso.

Uma das fitas terminava no cabelo revolto do irmão. Outras duas, no capuz embolado atrás da cabeça, e as demais em pequenos furos nos ombros, nas mangas e nas laterais da túnica.

A maneira como as faixas tinham sido fixadas a ele em cada ponto permanecia um mistério.

Com a cabeça pendendo para a frente, os braços abertos e em ângulo reto em relação ao corpo, estava mais do que claro que a intenção era zombar da crucificação.

Embora sem ferimentos visíveis, o monge parecia estar morto. Famoso por corar a todo momento, ele agora exibia uma brancura intensa mais do que pálida e um tom cinzento debaixo dos olhos. Seus músculos faciais estavam flácidos e não respondiam a emoção nenhuma, apenas à gravidade.

243

Porém, todas as luzes de alerta nas caixas de disjuntores em volta, ou seja lá o que aquilo fosse, continuavam verdes, de modo que, num espírito de otimismo que beirava a insanidade, falei:

— Irmão Timothy. — E fiquei consternado ao ouvir minha voz sussurrante e fina.

A barulheira da máquina encobria a respiração do demônio de três cabeças viciado em cigarros que estava atrás de mim, e eu ainda me recusava a dar meia-volta e confrontá-lo. Medo irracional. Não havia nada às minhas costas. Nem um semideus indígena metade humano, metade coiote, nem minha mãe com sua arma. Chamei novamente um pouco mais alto:

— Irmão Tim?

Embora lisa, sua pele parecia tão seca quanto poeira, granulada como papel, como se a vida não apenas lhe tivesse sido tirada, mas sugada dele até a última gota.

Uma escada em espiral levava às passarelas no andar de cima e à porta na parte superior da torre de resfriamento, que dali se elevava acima do solo. Os policiais provavelmente entraram por aquela porta para revistar o reservatório.

Ou tinham passado batido, ou o monge morto ainda não estava ali quando fizeram suas buscas.

O irmão fora um homem bom e gentil comigo. Não merecia ser deixado ali pendurado daquele jeito. Seu cadáver estava zombando de um Deus ao qual havia devotado toda a sua vida.

Talvez eu consiga cortar as faixas e tirá-lo de lá.

Apertei de leve um dos panos brancos, deslizando o polegar e o dedo indicador para cima e para baixo na fita esticada. Não era uma fita, porém, nem de algodão, nem de qualquer coisa que eu já tivesse visto antes.

Lisa como vidro, seca como talco, porém flexível. E extraordinariamente fria em se tratando de um filamento tão fino;

tão congelante que meus dedos começaram a ficar dormentes apenas com aquela breve inspeção.

Os 13 pinos brancos eram como cunhas, de alguma forma fincadas ao concreto. Parecia obra de um alpinista que fixa seus apoios em fendas com um martelo. No entanto, o concreto não apresentava uma rachadura sequer.

O mais próximo dos 13 despontava da parede a talvez uns 45 centímetros da minha cabeça. Parecia um osso esbranquiçado.

Não conseguia entender como a ponta do pino havia sido fixada à parede. Dava a impressão de ter brotado do concreto, ou estar fundida a ele.

Da mesma forma, não era capaz de imaginar como a faixa de pano tinha sido fixada ao pino. A fita e sua respectiva âncora lá no alto pareciam formar uma coisa só.

Sendo um ladrão de cabeças, o Trickster às minhas costas provavelmente tinha uma faca enorme, talvez um facão, com o qual eu poderia cortar as amarras do irmão Timothy. A criatura não me faria mal se eu explicasse que era amigo de Tommy Cloudwalker. Não tinha cigarros para lhe oferecer, mas chiclete, sim, algumas embalagens de Black Jack.

Quando dei um puxão numa das fitas que mantinham o monge morto pendurado, com a intenção de investigar sua resistência, ela se revelou mais tensionada do que eu esperava, tão esticada quanto uma corda de violino.

As fibras do material produziram uma nota desafinada. Tinha dado apenas um toque, mas, com ele, as outras 12 fitas também vibraram, produzindo o que parecia a música sinistra de um teremim.

Meu couro cabeludo começou a formigar, senti um bafo quente na nuca e um fedor. Sabia que isso era apenas meu medo irracional, uma reação ao horrível estado do irmão Timothy e à tensão perturbadora do som de teremim, mas finalmente me virei e olhei para trás, mortificado por ser tão facilmente tragado pela minha imaginação, me virei corajosamente para o Trickster que se revelaria.

Ele não estava atrás de mim. Nada me esperava ali, exceto Boo, que me olhou com uma expressão desconcertada, me deixando completamente constrangido.

À medida que o som frio das 13 fitas se esvaía, voltei minha atenção ao irmão Timothy e, mirando o rosto do monge, vi quando seus olhos se abriram.

TRINTA E DOIS

MAIS PRECISAMENTE, AS PÁLPEBRAS DO IRMÃO TIMOTHY se levantaram, mas ele não conseguia abrir os olhos porque simplesmente não os tinha mais. Nas órbitas, o que se viam eram figuras caleidoscópicas idênticas, como pequenas formas ósseas. A da órbita esquerda transmutou-se em novas formas; a da direita seguiu o mesmo padrão; em seguida, as duas mudaram em perfeito sincronismo.

Senti que era aconselhável dar um passo para trás.

Sem língua e sem dentes, a boca do monge se escancarava. Na enormidade de seu grito silencioso, uma construção em camadas de formas ósseas, articulada de modo a desafiar qualquer análise ou descrição, flexionava-se e fazia rotações e era impulsionada para a frente e logo voltava a se dobrar para dentro, como se o irmão estivesse tentando engolir uma colônia de aracnídeos e suas duras carapaças, que estavam vivos e relutavam em ser consumidos.

A pele se abria dos cantos da boca até os ouvidos. Sem uma gota sequer de sangue, o lábio superior tinha sido puxado em direção ao couro cabeludo, como a tampa de uma lata de sardinha aberta, e a parte inferior do rosto, descascada para baixo a partir do queixo.

Embora a intenção tivesse sido a de zombar da crucificação de Cristo, o corpo do irmão Timothy parecia também uma crisálida da qual algo não tão encantador quanto uma borboleta se esforçava para sair.

Sob a aparência de um rosto havia aquilo que eu apenas vislumbrara nas órbitas dos olhos, na boca bocejante: a fantasmagoria de formas ósseas ligadas por articulações, por dobradiças, por juntas elipsoidais e do tipo em que a ponta arredondada de um osso se encaixa à cavidade de outro, e ainda outros tipos de articulação para os quais não existiam nomes, e que não eram deste mundo.

Aquela aparição parecia mais uma massa sólida de tecido ósseo tão intimamente combinada que dava a impressão de ter sido muito bem fundida, de modo que os ossos não tivessem espaço para girar ou se flexionar. E, no entanto, *giravam* e se *flexionavam* e giravam mais uma vez, parecendo se mover não apenas em três dimensões, mas em quatro, numa incessante exibição de destreza que ao mesmo tempo surpreendia e espantava.

Imagine que o universo inteiro e tudo o que há no tempo estão juntos em movimento e em perfeito equilíbrio por obra de um maquinário infinito, sua mente observando aquele mecanismo complicado, e então você terá a mesma sensação de incompreensão, temor e terror que tive diante do superesqueleto que se agitava, estalava e se flexionava e rangia, expelindo os restos gosmentos do irmão Tim.

Alguma coisa se mexeu vigorosamente sob a túnica do monge morto.

Se tivesse à mão um saco de pipoca, uma Pepsi e uma cadeira confortável, eu poderia ter ficado lá. Mas a torre de resfriamento era um lugar inóspito, empoeirado e frio, sem esse tipo de mordomia.

Além disso, eu tinha um compromisso com um confeiteiro e bibliotecário Hoosier na garagem do colégio. Tenho horror a chegar tarde a encontros. Acho uma falta de educação.

Um dos pinos se soltou da parede. A fita e sua respectiva cunha se enrolaram na direção da estrutura óssea e caleidoscópica, que as engoliu num piscar de olhos. Outra cunha se soltou e acabou sugada para dentro.

Aquela fera rude, finalmente chegada a sua hora, não precisara ir a Belém para nascer. Lâminas brancas afiadas atravessavam a túnica a partir de dentro, rasgando-a. Não há necessidade de uma Rosemary, não há necessidade de perder anos de vida como um bebê!

Tinha chegado a hora de acender velas pretas e começar os cânticos de louvor, ou dar o fora.

Boo já tinha se mandado. Vazei.

Ao fechar a porta que ligava a torre de resfriamento e a passagem por onde chegara, me atrapalhei com a chave por um momento, até perceber que a tranca só servia para manter intrusos do lado de fora, não dava para trancar ninguém lá dentro.

Os 120 metros até o colégio me pareceram quilômetros sem fim, as luzes no teto se estendendo até Pittsburgh e além.

Boo já estava fora de vista. Talvez tivesse tomado um atalho via outra dimensão até a sala das caldeiras do colégio.

Bom seria se eu pudesse pegar uma carona pendurado no rabo dele.

TRINTA E TRÊS

DEPOIS DE CORRER UNS 30 METROS, OUVI A PORTA DA TORRE de resfriamento se escancarar. O estrondo ecoou como um tiro pelo corredor.

A companhia que Tommy Cloudwalker tivera no Mojave, aquele garoto-propaganda que falava sobre os males do tabagismo, com suas três cabeças, parecia ser mais real que o bicho-papão esquelético que agora cobiçava meus ossos. Mas o medo dessa coisa era um medo *racional*.

O irmão Timothy fora uma pessoa doce, gentil e devotada; e veja o que aconteceu com *ele*. Um sujeito desajeitado, desempregado e malandro como eu, que jamais exerci meu precioso direito de votar, como cidadão americano. Uma pessoa capaz de aceitar um elogio em nome do falecido James Dean, só poderia esperar um destino ainda mais horrível que o do irmão Tim, embora eu não conseguisse imaginar um.

Olhei para trás.

À medida que avançava por áreas de sombra e luz, meu perseguidor se valia de um método de locomoção que eu não conseguia discernir qual era, embora aqueles não fossem passos que ele teria aprendido em aulas de dança. Parecia ter transmutado alguns de seus numerosos ossos em pernas grossas, mas nem todas do mesmo tipo, e elas se moviam independentemente umas das outras, chocando-se e levando a criatura sedenta a cambalear.

Eu continuava correndo, olhando para trás a todo instante, sem parar para uma contemplação pensativa, fazendo anotações das minhas impressões sobre a fera, mas, em retrospecto, acho que fiquei mais assustado ao notar que ele não avançava pelo chão, e sim no ponto de junção entre o teto e a parede do lado direito. Era um alpinista, o que significava que os quartos das crianças, no segundo andar, seriam mais difíceis de proteger do que eu esperava.

Além disso, enquanto avançava, ele, ou seja, toda sua estrutura, parecia girar incessantemente, reproduzindo o movimento de perfuração de uma broca através da madeira. A palavra *máquina* me veio à mente como antes, quando eu tinha observado outra dessas coisas transmutando-se de um novo desenho elaborado em outro, à janela da recepção.

Tropeçando novamente, meu perseguidor perdeu o equilíbrio e desabou no chão. Apoiando-se em ossos na forma de tesouras que o alavancaram e o ergueram, ele seguiu adiante, ainda sedento, mas hesitante.

Talvez estivesse começando a perceber seus limites, como qualquer recém-nascido. Talvez aquele fosse um momento Kodak, os primeiros passos de um bebê.

No momento em que cheguei à interseção com a outra passagem, que evidentemente levava ao mosteiro novo, me senti confiante de que venceria a criatura na corrida, a menos que a curva de desenvolvimento daquele bebê fosse muito acentuada.

Olhando para trás outra vez, vi que o bicho era não apenas desengonçado, mas que também havia se tornado translúcido.

A luz das luminárias no teto não mais percorria seus contornos, parecia atravessá-lo, como se ele fosse feito de um vidro leitoso.

Por um momento, quando vacilou e parou, pensei que o veria se desmaterializar. Não tinha mais nada a ver com uma máquina, parecia um espírito, agora. Em seguida, ele não era mais translúcido, e se tornou sólido novamente, retomando a perseguição.

Um lamento familiar que vinha da interseção entre as duas passagens chamou minha atenção. Longe, morro acima, e com a voz que eu já havia ouvido antes, no meio da tempestade, outra daquela criatura expressava seu desejo sincero de ter um tête-à-tête comigo.

Da distância onde estava, não pude ter certeza de seu tamanho, mas suspeitei que fosse consideravelmente maior que a belezinha recém-saída do casulo. Movia-se com confiança e graça, deslizando sem precisar da neve para isso e alternando as pernas num ritmo impecável, com a rapidez de uma centopeia.

Então fiz uma das coisas que faço de melhor: corri como um desgraçado.

Só que eu tinha apenas duas pernas, em vez de cem, calçava botas de esqui, quando deveria ter nos pés um par de tênis com palmilhas confortáveis e amortecedores. Mas contava com a vantagem do desespero selvagem que me tomava e da energia fornecida pelo soberbo sanduíche de carne feito pela irmã Regina Marie. Já estava quase chegando a salvo à sala das caldeiras, à frente de Satanás e Satanás Júnior, ou o que quer que fossem.

Então, algo se enrolou nos meus pés. Gritei, caí e rolei para cair de pé novamente, de imediato, acertando meu agressor, antes de perceber que se tratava da jaqueta térmica acolchoada que, na ida, eu tinha jogado ali por causa do barulho que fazia com o movimento.

Como se um coro de esqueletos frenéticos atacasse os últimos compassos do número principal daquele show, o clique-claque emitido pelo meu perseguidor se elevou, num crescendo.

Me virei e ele estava *bem ali*.

Agora reunidas, as pernas, não exatamente iguais mas tão horríveis quanto as de um formigão, pararam em tropel. Mesmo de aparência nodosa, com nervuras e eriçada, a parte da frente da aparição se elevava a mais de 3 metros do chão com a elegância de uma serpente.

Ficamos cara a cara, ou assim teria ficado, caso não fosse eu o único de nós dois com um rosto.

Por toda a criatura, elaborados padrões de ossos articulados brotavam, secavam, eram substituídos por novas formas e desenhos, mas desta vez sem cliques e claques, num silêncio mercurial.

A exibição silenciosa pretendia mostrar seu absoluto controle sobre a própria fisiologia, coisa de outro mundo, e me deixar aterrorizado e envergonhado da minha relativa fraqueza. Como na ocasião em que o tinha visto à janela, senti uma vaidade arrogante naquela autoexibição, uma arrogância assustadoramente humana, uma pompa e uma ostentação que excediam a mera vaidade e podia-se dizer que queria se vangloriar.

Dei um passo para trás, depois outro. "Vai te catar, seu babaca horroroso!"

Numa fúria violenta, ele se atirou para cima de mim, gelado e implacável. Incontáveis maxilares e mandíbulas mastigaram, calcanhares de espora entraram rasgando, falanges afiadas como estiletes; a coluna, com vértebras que pareciam ganchos e navalhas era como um chicote cortante que me abriu da garganta ao abdome, e meu coração foi localizado e destruído e, a partir daí, o que eu poderia fazer pelas crianças do Colégio São Bartolomeu se limitava ao poder que pudesse vir a ter como um espírito remanescente neste mundo.

Sim, poderia ter dado tudo errado, mas menti para vocês. A verdade é mais estranha que a mentira, neste caso, embora bem menos traumática.

Tudo em meu relato é verdade até o ponto em que chamei o saco de ossos de feioso e mandei-o ir se catar. Depois de pronunciar essa vulgaridade sincera, dei mesmo um passo para trás, e, em seguida, outro.

Como não tinha nada a perder, pois minha vida já estava condenada, ousei dar as costas à aparição. Me abaixei e, engatinhando, rastejei pela abertura de pouco mais de 1 metro quadrado entre a passagem e a sala das caldeiras.

Esperava que a criatura laçasse meus pés e me puxasse de volta para o seu reino. Quando ileso cheguei à sala das caldeiras, rolei de costas e tratei de me afastar do acesso que dava para o corredor, antecipando-me à invasão daquele apêndice ósseo com garras em busca de alguma coisa.

Não houve lamento do outro lado da parede, mas tampouco o clique-claque que indicaria que ele recuava, embora o estrondo das bombas das caldeiras fosse capaz de abafar o mais alto dos ruídos.

Ouvia meu coração aos pulos, maravilhado por ainda tê-lo. E todos os meus dedos, meus dentes, meu pequeno e precioso baço, e ambas as nádegas.

Considerando a capacidade que o esqueleto ambulante tinha de se manifestar em infinitas formas, eu não via nenhuma razão para que não me seguisse até a sala das caldeiras. Mesmo em sua forma atual, ele não teria problemas para passar pela abertura por onde eu havia saído.

Se a criatura entrasse por ali, eu estaria sem nenhuma arma com a qual combatê-la. Mas, se falhasse, permitiria ao inimigo acesso ao colégio, onde, naquele momento, a maioria das crianças estava no refeitório do térreo, em horário de almoço, e outras, em seus quartos no segundo andar.

Sentindo-me tolo e incapaz, saltei para ficar de pé, peguei um extintor de incêndio do suporte na parede e o apontei, preparado, como se pudesse matar aquele monte de ossos desafiadores com uma névoa de fosfato de amônia, feito aqueles primeiros e péssimos filmes de ficção científica nos quais os heróis descobrem, na última cena, que a fúria aparentemente indestrutível de um monstro pode ser contida por algo tão mundano como sal ou água sanitária, ou spray de cabelo com aroma de lavanda.

Eu nem mesmo sabia se aquela coisa estava viva, no sentido em que pessoas e animais e insetos estão vivos, ou mesmo no sentido em que as plantas também são organismos vivos. Não conseguia explicar como uma colagem tridimensional de ossos, independentemente do quão incrivelmente intrincada parecesse, poderia estar viva quando lhe faltava carne, sangue e órgãos que fossem visíveis. E, se aquilo não estava vivo, também não poderia ser morto.

A explicação sobrenatural me escapava também. Nada na teologia de qualquer das principais religiões previa a existência de uma entidade como aquela, tampouco havia qualquer coisa assim nas tradições folclóricas com as quais eu tinha alguma familiaridade.

Boo apareceu entre as caldeiras e ficou olhando para mim e para minha arma de névoa de fosfato de amônia. Sentou, levantou a cabeça e sorriu. Parecia estar achando graça de mim.

Armado com o extintor de incêndio e, se isso falhasse, apenas com meus chicletes Jack Black, guardei posição por um minuto, dois, três.

Nada surgiu da parede. Não havia nada à espreita no buraco, esperando com um tamborilar dos dedos descarnados, impaciente.

Coloquei o extintor de incêndio de lado.

A uns 3 metros da abertura, me agachei novamente para perscrutar a passagem. Vi o corredor iluminado de concreto se afunilando até a torre de resfriamento, mas nada que me fizesse querer chamar os Caça-Fantasmas.

Boo chegou mais perto da entrada do que eu ousaria, olhou para dentro, então olhou para mim, perplexo.

— Não sei — falei. — Não entendo.

Recoloquei o painel de aço inoxidável no lugar. Enquanto inseria o primeiro parafuso e o apertava com a ferramenta adequada, esperei que algo fosse bater do outro lado, jogar longe o painel e, junto, me lançar para fora da sala das caldeiras. Mas nada aconteceu.

O que impediu a besta óssea de fazer comigo o que fizera ao irmão Timothy eu não sei, mas era certo que viria atrás de mim. Tinha certeza de que meu xingamento — *Vai te catar, seu babaca horroroso!* — não havia sido motivo para o bicho fugir, magoado.

TRINTA E QUATRO

RODION ROMANOVICH CHEGOU À GARAGEM USANDO UM BELO chapéu de pele de urso, um lenço branco de seda no pescoço, um sobretudo preto de couro com golas e colarinho de pele e — o que não era nenhuma surpresa — botas de borracha com zíper que iam até a altura dos joelhos. Parecia vestido para um passeio no trenó puxado por cavalos com o tsar.

Passada a experiência com o esqueleto ambulante, eu estava deitado de costas no chão, olhando para o teto, tentando me acalmar e esperando que minhas pernas parassem de tremer e recuperassem sua firmeza.

O russo parou de pé ao meu lado, olhou para baixo e disse·

— Você é um jovem peculiar, Sr. Thomas.

— Sim, senhor. Estou ciente disso.

— O que está fazendo aí?

— Me recuperando de um grande susto.

— E o que foi que te assustou?

— O súbito reconhecimento da minha mortalidade.

— Você ainda não tinha percebido que é mortal?

— Sim, senhor, tenho consciência disso há algum tempo. Apenas fui, sabe, pego de surpresa pelo senso do desconhecido.

— Que desconhecido, Sr. Thomas?

— O grande desconhecido, senhor. Não sou uma pessoa particularmente suscetível. Pequenas manifestações do desconhecido não me impressionam.

— E como você pode encontrar consolo deitado no chão de uma garagem?

— Essas manchas de umidade no teto são lindas. Me fazem relaxar.

Olhando para o concreto sobre nossas cabeças, ele disse:

— Eu acho feio.

— Não, não. Todas essas variações suaves de cinza, preto e ferrugem, apenas um toque de verde, misturados delicadamente ao conjunto, são todas formas sem forma, nada que pareça definido e rígido como um osso.

— Um osso, você disse?

— Sim, senhor, foi o que eu disse. É um chapéu de pele de urso, senhor?

— Sim. Sei que não é politicamente correto usar peles, mas me recuso a pedir desculpas a quem quer que seja por isso.

— Bom para o senhor. Aposto que quem matou o urso foi o senhor mesmo.

— Você é um ativista da causa animal, Sr. Thomas?

— Não tenho nada contra os animais, mas normalmente não tenho muito tempo para fazer passeatas por eles.

— Então vou confessar que sim, na verdade, matei o urso com o qual este chapéu foi confeccionado e cuja pele agora está na gola e nos punhos deste casaco.

— Não é muita coisa para se aproveitar de um urso inteiro.

— Tenho outros artigos de peles no meu guarda-roupa, Sr. Thomas. Me pergunto como foi que você soube que eu matei o urso.

— Não quero ofender, senhor, mas, além de a pele ser um item frequente de seu vestuário, o senhor pegou para si algo do espírito do urso quando o matou.

De onde eu o via, as muitas linhas da sua carranca pareciam terríveis cicatrizes feitas a golpes de sabre.

— Isso parece misticismo, e não catolicismo.

— Falo metaforicamente, não literalmente, e estou sendo um pouco irônico, senhor.

— Quando eu tinha a sua idade, não podia me dar ao luxo de fazer ironias. Não vai se levantar daí?

— Em um minuto, senhor. Eagle Creek Park, Garfield Park, White River, State Park; Indianápolis tem alguns belos parques, mas eu não sabia que havia ursos por lá.

— Como você deve saber, cacei esse urso quando ainda estava na Rússia e era um rapaz.

— Sempre me esqueço de que o senhor é russo. Uau, os bibliotecários na Rússia são mais durões que os daqui, caçando ursos e tudo mais.

— Todo mundo tinha que ser durão na era soviética. Mas eu não trabalhava como bibliotecário na Rússia.

— Eu mesmo estou mudando de carreira neste momento. O que o senhor fazia lá?

— Era agente funerário.

— É mesmo? O senhor embalsamava pessoas e essas coisas?

— Eu preparava as pessoas para a morte, Sr. Thomas.

— É uma forma peculiar de descrever o trabalho.

— Nem um pouco. Era assim que dizíamos no meu antigo país. — Ele falou algumas palavras em russo e em seguida as traduziu: — "Sou um funerário. Preparo as pessoas para a morte." Agora, claro, sou um bibliotecário da Biblioteca do Estado de Indiana, que fica em frente ao Capitólio, no número 140 na North Senate Avenue.

Fiquei em silêncio por um momento. Então falei:

— O senhor é muito engraçado, Sr. Romanovich.

— Mas espero que grotesco, não.

— Sobre isso, ainda estou pensando.

Apontei para a segunda caminhonete.

— O senhor dirige aquela. Vai encontrar as chaves marcadas com o número do documento do carro numa caixa pendurada ali naquela parede.

— A meditação sobre as manchas no teto ajudou a diminuir o medo do grande desconhecido?

— Tanto quanto se poderia esperar, senhor. Gostaria de ter alguns minutos para meditar sobre elas também?

— Não, obrigado, Sr. Thomas. O grande desconhecido não me incomoda.

Ele foi pegar as chaves.

Quando me levantei, minhas pernas estavam mais estáveis do que alguns minutos antes.

Ozzie Boone, meu amigo e mentor em Pico Mundo e autor de vários best-sellers de mistério, que pesa 180 quilos, insiste para que eu mantenha um tom leve nestes manuscritos autobiográficos. Ele acredita que o pessimismo é algo estritamente ligado a pessoas com mais formação do que imaginação. Ozzie me diz que a melancolia é uma forma autoindulgente de tristeza. Ele acredita que, ao escrever invariavelmente de modo pessimista, o escritor corre o risco de cultivar esse lado negro em seu coração, tornando-se exatamente aquilo que deplora.

Considerando-se a terrível morte do irmão Timothy, as horríveis descobertas a serem reveladas neste relato e as graves perdas ainda por vir, duvido que o tom da narrativa tivesse metade da leveza que tem se Rodion Romanovich não estivesse nela. Não quero dizer com isso que ele tenha acabado por se mostrar um cara muito agradável. Quero dizer apenas que ele tinha certa perspicácia.

Hoje em dia, tudo que peço ao Destino é que as pessoas que ele coloca na minha vida, sejam elas boas ou más, ou moralmente bipolares, sejam pelo menos divertidas, de um jeito ou de outro. É um pedido e tanto para se fazer a alguém tão ocupado, que tem bilhões de vidas para manter em constante agitação. A maioria das pessoas têm senso de humor. O problema é encontrar gente do mal que faça sorrir, porque o mal em geral é sem graça, embora nos filmes os vilões frequentemente fiquem com algumas das melhores falas. Com poucas exceções, os moralmente bipolares estão sempre preocupados demais em justificar seus comportamentos contraditórios para chegarem a aprender a rir de si mesmos, e reparei que riem mais *dos* outros do que *com* eles.

Corpulento, com aquele chapéu de pele e a aparência solene que só um homem que prepara as pessoas para a morte pode ter, Rodion Romanovich voltou com as chaves da segunda caminhonete.

— Sr. Thomas, qualquer cientista poderia confirmar que na natureza muitos sistemas parecem ser caóticos, mas quando você os estuda profundamente, e bem de perto, há sempre uma estranha organização subjacente à aparência de caos.

Eu disse:

— Veja só.

— A tempestade de inverno que está por vir parecerá caótica: vento e neve para todo lado e uma claridade que mais obscurece do que ilumina; mas, se você conseguir olhar para tudo não no nível do evento meteorológico, e sim na escala reduzida dos líquidos e das partículas e do fluxo de energia, verá uma urdidura e uma trama sugestivas de um tecido muito bem trançado.

— Deixei meus óculos especiais para microescala no quarto.

— Se você olhar para o evento no nível atômico, ele talvez pareça caótico novamente, mas, prosseguindo para o nível subatômico, aquela ordem estranha aparece uma vez mais, um desenho ainda mais intrincado que teias e trançados. Sob qualquer forma aparente de caos, sempre há uma ordem que aguarda para ser revelada.

— O senhor ainda não viu minha gaveta de meias.

— Pode parecer que o fato de nós dois estarmos aqui, neste momento, seja apenas coincidência, mas tanto um cientista honesto quanto um verdadeiro homem de fé confirmará a você que não existem coincidências.

Balancei a cabeça.

— A escola para funerários obrigou mesmo o senhor a ter algumas reflexões muito profundas.

Nem sequer uma mancha, tampouco vincos marcavam-lhe as roupas, e suas botas de borracha brilhavam como se fossem de couro.

Impassível, sério e coberto de linhas de expressão, seu rosto era uma máscara de perfeita ordem.

Ele disse:

— Nem perca o seu tempo me pedindo o nome dessa escola, Sr. Thomas. Nunca frequentei nada parecido.

— É a primeira vez que conheço alguém — eu disse — que trabalha com embalsamamentos sem uma licença.

Seus olhos revelavam uma ordem ainda mais rigorosa que a ilustrada por seu guarda-roupa e por seu rosto.

Ele disse:

— Não precisei frequentar uma escola para tirar a licença. Tinha um talento nato para o negócio.

— Algumas crianças nascem com ouvido absoluto, ou são gênios da matemática, e o senhor nasceu sabendo como preparar as pessoas para a morte.

— Precisamente, Sr. Thomas.

— Sua herança genética deve ser das mais interessantes.

— Desconfio — disse ele — que nem a sua família, nem a minha são convencionais.

— Não cheguei a conhecer a irmã da minha mãe, a tia Cymry, mas meu pai diz que se trata de uma mutante perigosa que trancafiaram em algum lugar.

O russo deu de ombros.

— Eu insistiria enfaticamente, no entanto, nessa semelhança entre nossas famílias. Vou na frente ou sigo você?

Se havia nele o caos em algum grau, sob a aparência do guarda-roupa, do rosto e dos olhos, devia estar guardado em sua mente. Eu me perguntava que tipo de ordem estranha lhe poderia ser subjacente.

— Senhor, nunca dirigi na neve antes. Não tenho certeza se debaixo dessa nevasca vou conseguia tomar o caminho certo na estrada até o mosteiro. Vou precisar da minha intuição, embora normalmente ela me ajude bastante.

— Com todo o respeito, Sr. Thomas, acredito que a experiência prevalece sobre a intuição. Neva bastante a Rússia e, na verdade, nasci durante uma nevasca.

— Durante uma nevasca e num necrotério?

— Na verdade, numa biblioteca.

— Sua mãe era bibliotecária?

— Não — respondeu ele. — Foi uma assassina.

— Uma assassina.

— Correto.

— O senhor diz *assassina* figurativa ou literalmente?

— Ambas as coisas, Sr. Thomas. Quando estiver dirigindo atrás de mim, por favor, permaneça a uma distância segura. Mesmo com tração nas quatro rodas e correntes, há o perigo de se deslizar numa freada.

— Me sinto como se tivesse deslizado o dia todo. Vou tomar cuidado, senhor.

— Mas, se você começar a deslizar, vire a direção para o lado em que estiver derrapando. Não tente sair da rota. E pise suavemente nos freios.

Ele caminhou até a outra caminhonete e abriu a porta do motorista.

Antes que ele assumisse o volante, falei:

— Senhor, trave as portas. E se avistar qualquer coisa de anormal na nevasca, não saia do carro para ver o que é. Continue dirigindo.

— Alguma coisa de anormal? Tipo o quê?

— Ah, o senhor sabe, qualquer coisa de anormal. Digamos, um boneco de neve com três cabeças ou alguém que poderia vir a ser minha tia Cymry.

Romanovich era capaz de trincar uma taça só com aquele olhar.

Com um breve aceno de boa sorte, entrei no meu carro e, depois de um momento, ele entrou no dele.

Depois que Romanovich contornou minha caminhonete até a base da rampa, parei atrás dele.

Ele usou o controle remoto e, no topo do aclive, a grande porta de rolagem começou a subir.

Para além da garagem, havia o caos sob a luz difusa, o vento uivante e uma avalanche de neve que caía sem parar.

TRINTA E CINCO

À MINHA FRENTE, RODION ROMANOVICH SAIU DA GARAGEM para enfrentar pancadas de vento e estilhaços de neve, enquanto eu ligava meu farol de milha. A fraca luz do dia e a forte chuva que caía exigiam esse recurso do carro.

No momento em que os dois fachos de luz cintilaram através da cortina branca e fosca de neve, Elvis se materializou no banco do passageiro como se eu o tivesse ligado também. Vestia seu traje de mergulho do filme *Meu tesouro é você*, provavelmente por ter imaginado que eu precisava de um pouco de humor.

O capuz preto de neoprene ajustava-se firmemente à sua cabeça, cobrindo os cabelos, as orelhas e a testa até as sobrancelhas. Com o rosto assim, emoldurado, seus traços sensuais ficavam estranhamente realçados, mas o resultado não era bom. Ele não parecia um mergulhador, e sim uma bonequinha Kewpie, meiga e sorridente, que algum pervertido tivesse vestido com um traje sadomasoquista.

— Ah, cara, aquele filme — comentei. — Você conseguiu dar um novo significado à palavra *ridículo* com ele.

Ele riu silenciosamente, fingiu atirar em mim com um arpão e aos poucos foi mudando do traje de mergulho para o figurino árabe que usou em *Ritmos e confusões*.

— Você está certo — concordei —, este era ainda pior.

Fazendo música, ele fora a essência do que havia de mais *cool*, mas em seus filmes, Elvis parecia quase sempre uma paródia de si mesmo. Algo vergonhoso de assistir. Coronel Parker, seu empresário, o responsável por selecionar os roteiros de cinema para o astro, tinha sido menos útil a Elvis do que o monge Rasputin ao tsar Nicolau e sua esposa Alexandra.

Saí da garagem, parei e apertei o botão do controle remoto para baixar a porta atrás de mim.

Pelo espelho retrovisor, esperei a porta se fechar completamente, pronto a engatar a ré e atropelar o fugitivo de algum pesadelo que tentasse entrar na garagem.

Tendo aparentemente calculado a distância até o mosteiro por uma análise lógica da topografia, Romanovich abria caminho com o arado de norte para noroeste, deixando o asfalto à mostra enquanto subia um aclive suave.

A neve que ele escavava ao passar se espalhava de volta sobre a estrada em seu rastro. Baixei meu arado até quase tocar o asfalto e segui atrás do russo, limpando o caminho. Permanecia a uma distância segura, conforme ele havia me pedido, tanto por respeito à sua experiência em dirigir na neve quanto por medo de que ele me denunciasse à sua mãe assassina.

O vento assobiava seu fole como se houvesse uma dúzia de enterros escoceses acontecendo simultaneamente por ali. Lufadas agressivas atingiam a caminhonete, e fiquei aliviado por estar ao volante de um modelo com cabine estendida, mais próximo do chão, contando ainda com a âncora extra do pesado arado.

A neve estava tão seca e o sopro do vento era tão insistente que nada parava no para-brisa. Nem foi preciso ligar os limpadores.

Explorando o morro adiante, à esquerda e à direita, olhando a todo instante os espelhos, esperava, a qualquer momento, me deparar com uma das bestas esqueléticas dando uma voltinha na nevasca. As torrentes brancas obscureciam a visão quase tanto quanto numa tempestade de areia no Mojave, mas o simples desenho geométrico daquelas criaturas, por contraste, deveria ser capaz de chamar atenção em meio a uma paisagem de tempestade varrida por lufadas comparativamente menos intensas.

Exceto nossas caminhonetes, e o que o vento carregava com sua força, nada mais se movia. Até algumas árvores grandes ao longo do caminho, pinheiros e abetos, estavam tão carregados de neve que seus galhos mal se mexiam com o vendaval.

No banco do passageiro, Elvis, agora loiro, também trocara de roupa, optando por umas botas de lavrador, jeans justo e camisa xadrez, figurino que usou em *Com caipira não se brinca*. No filme, ele fazia dois papéis: o de um oficial moreno da Força Aérea e o de um caipira loiro.

— A gente não vê muitos caipiras loiros na vida real — eu disse —, especialmente com dentes perfeitos, sobrancelhas pretas e cabelo aparado.

Ele fingiu ser meio dentuço e ficou meio vesgo para tentar dar ao papel um toque de *Amargo pesadelo*.

Eu ri.

— Filho, você tem mudado ultimamente. Você nunca conseguia rir tão facilmente das más escolhas que fez quando estava vivo.

Por um momento, ele pareceu refletir sobre o que eu havia dito, depois apontou para mim.

— Que foi?

Ele sorriu e acenou com a cabeça.

— Você acha que sou engraçado?

Ele balançou positivamente a cabeça outra vez e, em seguida, a abanou negativamente, como se dissesse que me achava, sim, engraçado, mas que não era isso que ele estava querendo dizer. Fez uma expressão séria e apontou para mim de novo, e então para si mesmo.

Se ele queria dizer o que pensei que queria, eu devia ficar lisonjeado.

— A pessoa que *me* ensinou a rir da própria loucura foi a Stormy.

Ele olhou para o cabelo loiro no espelho retrovisor, balançou a cabeça e sorriu silenciosamente mais uma vez.

— Quando a gente ri de si mesmo, vê as coisas em perspectiva. Percebe que os erros que cometeu contra si próprio, contanto que ninguém mais tenha saído prejudicado, bem, esses podem ser perdoados.

Depois de pensar sobre a questão por um momento, ele levantou o polegar como sinal de concordância.

— Sabe de uma coisa? Quem faz a travessia para o Outro Lado, se não sabia disso antes de ir, logo se dá conta das mil tolices que fez neste mundo. É por isso que quem está lá entende melhor quem ficou aqui do que nós mesmos nos entendemos; e perdoam as nossas tolices.

Ele sabia que o que eu queria dizer era que sua amada mãe o receberia com risos de satisfação, e não decepcionada, ou tampouco envergonhada, certamente. Lágrimas brotaram em seus olhos.

— Pense nisso — falei.

Ele mordeu o lábio e concordou com a cabeça.

Pelo canto do olho, percebi uma presença esquiva na tempestade. Meu coração deu um salto e me voltei na direção do movimento, mas era apenas Boo.

Com exuberância canina, ele parecia quase que deslizar morro acima, esbaldando-se no espetáculo do inverno, sem perturbar a paisagem hostil, nem sendo perturbado por ela: um cão branco correndo num mundo branco.

Após darmos a volta pelos fundos da igreja, seguimos em direção à entrada da hospedaria, onde os irmãos nos encontrariam.

Elvis tinha se transmutado de um caipira cuidadosamente penteado para médico. Usava um jaleco branco e um estetoscópio pendurado no pescoço.

— Ei, é isso mesmo. Você fez um filme com freiras. Interpretou um médico. *Ele e as três noviças.* Mary Tyler Moore interpretava uma freira. Nenhuma obra-prima, talvez nada à altura dos feitos da dupla Ben Affleck-Jennifer Lopez, mas também não chegava a ser um filme bobo ou ruim.

Ele colocou a mão direita sobre o coração e fez um movimento para sugerir que batia rápido.

— Você amava a Mary Tyler Moore?

Quando ele concordou, eu disse:

— Todo mundo amava a Mary Tyler Moore. Mas vocês foram apenas amigos na vida real, certo?

Ele balançou a cabeça, confirmando. Apenas amigos. Ele fez o movimento das batidas rápidas do coração novamente. Apenas amigos, mas ele a amava.

Rodion Romanovich freou e parou em frente à entrada da hospedaria.

Enquanto estacionava devagar atrás do russo, Elvis colocou as olivas auriculares do estetoscópio nos ouvidos e pressionou a campânula contra o meu peito, como se auscultasse meu coração. Seu olhar era expressivo e colorido pela tristeza.

Estacionei, puxei o freio de mão e disse:

— Filho, não se preocupe comigo. Ouviu? Não importa o que aconteça, vou ficar bem. Quando minha hora chegar, vou estar ainda melhor, mas, enquanto isso, ficarei bem. Faça o que precisa fazer e não se preocupe comigo.

Ele continuava com o estetoscópio pressionado contra o meu peito.

— Você foi uma bênção para mim num momento difícil — falei —, e nada me deixaria mais feliz do que poder ser uma bênção para você também.

Ele colocou uma das mãos na minha nuca e a apertou, do jeito que um irmão talvez se expressasse ao ficar sem palavras.

Abri a porta e saí da caminhonete, e o vento estava gelado.

TRINTA E SEIS

Por causa do frio intenso, metade da maciez característica da neve tinha secado. Os flocos eram quase como grãos agora, e pinicavam meu rosto enquanto eu atolava em 50 centímetros de pó para chegar até onde estava Rodion Romanovich, que saía de sua caminhonete. Ele havia deixado o motor ligado e as luzes acesas, assim como eu. Mais alto que o vento, falei:

— Os irmãos vão precisar de ajuda com o equipamento. Avise-os que estamos aqui. Os bancos de trás do meu carro estão desmontados. Vou entrar logo que os colocar no lugar.

Na garagem do colégio, aquele filho de uma assassina tinha me parecido um pouco espalhafatoso com o chapéu de pele de urso e o sobretudo de couro com peles, mas ali, na tempestade, ele tinha uma aparência imperial e parecia completamente confortável, como se fosse o rei do inverno e pudesse fazer a neve parar com apenas um gesto, caso desejasse.

Ele não se inclinava para a frente nem encolhia a cabeça para escapar das mordidas do vento; em vez disso, permanecia altivo e ereto, e entrou na hospedaria com toda a empáfia que se esperaria de um homem que costumava preparar as pessoas para a morte.

No momento em que o vi entrar, abri a porta do motorista da caminhonete dele, desliguei os faróis, desliguei o motor e meti as chaves no bolso.

Corri de volta para o segundo veículo para também desligar luzes e motor. Enfiei as chaves daquela caminhonete no bolso também, assegurando-me de que Romanovich não poderia dirigir nenhum dos dois carros de volta ao colégio.

Ao ir atrás do meu Hoosier favorito dentro da hospedaria, encontrei 16 irmãos prontos para o agito.

A praticidade havia exigido que trocassem seus usuais hábitos por roupas mais apropriadas para a nevasca. Não eram, no entanto, o tipo de trajes chamativos que a gente vê nas pistas de Aspen e Vail. Não se agarravam aos contornos do corpo para chamar a atenção e aumentar seu poder de sedução depois de esquiar, nem exibiam cores vivas e estilos ousados.

Os hábitos e as roupas de cerimonial usados pelos monges eram cortados e confeccionados por quatro irmãos que tinham aprendido ofício da alfaiataria. Os mesmos quatro haviam costurado as roupas de neve.

Todas eram de um maçante azul-cinzento, sem enfeites. Tinham sido confeccionadas com esmero, com capuz dobrável, proteções puídas em náilon e punhos internos emborrachados, próprios para neve: o equipamento perfeito para limpar calçadas e realizar outras tarefas debaixo de intempéries.

Quando Romanovich chegou, os irmãos começaram a vestir seus coletes térmicos por cima das roupas de neve. Os coletes ofereciam uma segunda camada elástica de tecido e ombros reforçados e, assim como os trajes de neve, alguns bolsos de zíper.

Vestidos com aqueles uniformes, os rostos emoldurados por capuzes confortavelmente ajustados, eles pareciam 16 astronautas recém-chegados de algum planeta tão do bem que o hino do lugar até poderia ser "A Parada dos Ursinhos".

O irmão Victor, o ex-fuzileiro naval, circulava entre os soldados certificando-se de que todas as ferramentas necessárias tinham sido trazidas para o local.

Dei dois passos porta adentro e vi o irmão Knuckles. Ele acenou com a cabeça com ar conspiratório, então nós dois nos reunimos imediatamente do outro lado da recepção, no ponto mais distante de onde se organizava a brigada justiceira.

Enquanto eu lhe entregava as chaves da caminhonete que Romanovich viera dirigindo, Knuckles disse:

— Uma fortaleza para nos defendermos de quem, filho? Quando a gente é obrigado a partir pra ignorância, é bom saber contra quais panacas é a guerra.

— São uns panacas épicos de tão maus, senhor. Não tenho tempo para explicar agora. Conto quando chegarmos ao colégio. Meu maior problema vai ser explicar a coisa aos outros irmãos, porque é bem bizarra.

— Serei sua testemunha, garoto. Quando Knuckles diz que a palavra de um cara vale ouro, não tem quem duvide.

— Desta vez vai haver ceticismo.

— Melhor que não apareça nenhum cético. — Suas feições de concreto ganharam uma expressão dura, semelhante a de algum deus venerado em templos de pedra, e que não estava nem aí para os descrentes. — Melhor não aparecer ninguém duvidando de você. Talvez eles não saibam que Deus te deu um dom, mas gostam de você, e sentem que tem algo de especial.

— E eles são loucos pelas minhas panquecas.

— Isso não chega a ser uma desvantagem.

— Encontrei o irmão Timothy — avisei.

O rosto de pedra amoleceu um pouco.

— Encontrou o pobre Tim do jeito que eu disse que ia ser, não foi?

— Não exatamente, senhor. Mas, sim, ele está com Deus agora.

Fazendo o sinal da cruz, ele murmurou uma oração para o irmão Timothy, e então disse:

— Agora temos a prova. Tim não tinha dado uma escapadinha até Reno. O xerife vai ter que proteger as crianças.

— Seria uma ótima ideia, mas ele não vai fazer isso. Ainda não temos o corpo.

— Talvez eu esteja começando a sentir as consequências de todos os pés de ouvido que já levei, porque pensei que você tinha dito que encontrou o corpo.

— Sim, senhor, encontrei mesmo, mas tudo o que restou dele talvez sejam alguns centímetros do rosto, e puxado para trás como se fosse a tampa de uma lata de sardinha.

Olhando-me intensamente nos olhos, ele ponderou minhas palavras. Então disse:

— Isso não faz nenhum sentido, meu filho.

— Não, senhor, sentido nenhum. Conto a história toda quando chegarmos ao colégio e, quando o senhor tiver escutado tudo, vai fazer menos sentido ainda.

— E você acha que esse cara, esse russo, está, de algum jeito, metido na coisa?

— Ele não é bibliotecário e, se algum dia trabalhou em funerárias, não esperava aparecer trabalho; saía para procurar.

— Não deu pra sacar direito essa, também. Como está o ombro depois daquele negócio de ontem à noite?

— Ainda um pouco dolorido, mas não está mau. Minha cabeça está boa, senhor, garanto que não sofri nenhum traumatismo.

Metade dos monges vestidos para encarar a neve já tinha levado seu equipamento para as caminhonetes, e outros formavam uma fila à porta, quando o irmão Saul, que não seguiria para o colégio conosco, veio nos informar que os telefones do mosteiro estavam mudos.

— Isso costuma acontecer durante fortes tempestades? — perguntei.

O irmão Knuckles balançou a cabeça.

— Talvez uma vez em muitos anos, que eu me lembre.

— Ainda temos os telefones celulares — falei.

— Algo me diz que não, filho.

Mesmo com tempo bom, o sinal de celular não era estável naquela região. Peguei o meu no bolso do paletó, liguei-o e nós esperamos que a tela nos desse a má notícia, o que de fato aconteceu.

Quando viesse a crise, não teríamos comunicação fácil entre a abadia e o colégio.

— Na época que eu trabalhava para o "Batedor de Ovos", tinha uma coisa que costumávamos dizer quando surgiam muitas coincidências engraçadas.

— "Não existem coincidências" — citei.

— Não, não é isso. Dizíamos: "Algum de nós deve ter deixado o FBI lhe enfiar um grampo no rabo."

— Bem criativo, senhor, mas eu ficaria feliz se o problema aqui fosse o FBI.

— Bem, eu estava no lado negro naquela época. Melhor dizer ao russo que não tem passagem de volta para ele.

— O senhor já está com as chaves da caminhonete.

Com uma caixa de ferramentas numa das mãos e um taco de beisebol na outra, o último dos irmãos saiu, empurrando com o ombro a porta da frente. O russo não estava na sala.

Quando o irmão Knuckles e eu saíamos para a neve, vimos que Rodion Romanovich arrancava com a primeira caminhonete lotada de monges.

— Estou ferrado.

— Opa. Cuidado com a boca, filho.

— Ele pegou os dois molhos que estavam na caixa de chaves — falei.

Romanovich avançou até metade do trajeto que contornava a igreja e parou, como se tivesse esperando que eu o seguisse.

— Isso não é bom — eu disse.

— Talvez seja obra de Deus, filho, e você apenas não esteja conseguindo ver ainda o que há de bom.

— O senhor diz isso com a confiança de quem tem fé, ou com o otimismo apressado do rato que salva a princesa?

— As duas coisas são mais ou menos a mesma coisa, filho. Você quer dirigir?

Entreguei a ele as chaves da segunda caminhonete.

— Não. Só quero me sentar calmamente pra curtir minha estupidez.

TRINTA E SETE

A LUMINOSIDADE DO DIA PARECIA VIR MENOS DO CÉU ESBRAN-
quiçado do que da terra coberta de branco, como se o sol
estivesse morrendo e a Terra estivesse se transformando num
novo sol, mas um sol frio, que pouco iluminava e nada aquecia.

O irmão Knuckles dirigia o carro, seguindo o falso bibliotecário a uma distância segura, enquanto eu montava
guarda sem espingarda. Oito monges com seu equipamento
ocupavam a segunda, a terceira e a quarta fileiras de assentos
da cabine estendida da caminhonete.

Você poderia achar que, num carro lotado de monges,
reinaria o silêncio, todos os passageiros estariam em oração
ou meditando sobre o estado da alma de cada um, quietos,
ou planejando, cada qual à própria maneira, como esconder
da humanidade que a Igreja é, na verdade, uma organização
extraterrestre determinada a dominar o mundo pelo controle
das mentes de todos os seres vivos, uma verdade terrível e
bem conhecida do Sr. Leonardo da Vinci, o que se pode
comprovar citando seu mais famoso autorretrato, no qual
pintou a si mesmo com um chapéu de papel alumínio em
forma de pirâmide.

Àquela hora, início da tarde, deveria ser observado o Silêncio Menor, na medida em que o trabalho permitisse permanecer calado, mas os monges encontravam-se agitados. Preocupavam-se com seu irmão ausente, Timothy, e a possibilidade de que estranhos pretendessem fazer mal às crianças do colégio os assustava. Estavam temerosos e, ao mesmo tempo, intimamente, felizes pela oportunidade de serem convocados como bravos defensores dos inocentes.

O irmão Alfonse perguntou:

— Odd, vamos todos morrer?

— Espero que nenhum de nós — respondi.

— Se todos morrermos, o xerife vai cair em desgraça.

— Não compreendo — disse o irmão Rupert — que cálculo moral implica que, se todos nós morrermos, para equilibrar, o xerife deva cair em desgraça.

— Garanto a você, irmão — falou Alfonse —, que não quis insinuar que um massacre seria um preço aceitável pela derrota do xerife na próxima eleição.

O irmão Quentin, que havia sido policial antes, primeiro policial de rua e, depois, detetive da divisão de latrocínio, disse:

— Odd, quem são esses possíveis assassinos de crianças?

— Não sabemos ao certo — eu disse, virando-me para olhar para ele. — Mas sabemos que alguma coisa está para acontecer.

— Como você sabe disso? Obviamente não é uma evidência concreta o bastante para impressionar o xerife. Telefonemas ameaçadores, esse tipo de coisa?

— Os telefones ficaram mudos — falei, evasivo —, então não vamos receber esse tipo de chamadas por enquanto.

— Você está fugindo do assunto? — perguntou o irmão Quentin.

— Sim, senhor, estou.

— É péssimo nisso.

— Bem, tento dar o meu melhor, senhor.

— Precisamos saber quem é nosso inimigo — continuou o irmão Quentin.

O irmão Alfonse disse:

— Sabemos quem ele é. Seu nome é legião.

— Não estou falando do nosso inimigo *final* — respondeu Quentin. — Odd, não estamos indo enfrentar Satanás com bastões de beisebol, estamos?

— Se é Satanás, não consegui sentir o cheiro de enxofre.

— Você está fugindo do assunto de novo.

— Sim, senhor.

Da terceira fileira de assentos, o irmão Augustine perguntou:

— Por que você se negaria a responder se é ou não Satanás? Todos sabemos que não se trata do próprio, devem ser uns fanáticos antirreligiosos ou algo assim, não é?

— Ateus militantes — disse alguém na parte de trás do veículo.

Outro passageiro, na quarta fileira, opinou:

— Fascistas islâmicos. O presidente do Irã disse que "o mundo ficará mais limpo quando não houver mais ninguém cujo dia de culto é o sábado. Quando todas essas pessoas forem mortas, vamos matar o povo dos domingos".

O irmão Knuckles, ao volante, disse:

— A gente não tem que ficar se preocupando com isso. Quando chegarmos ao colégio, o abade Bernard vai contar tudo o que sabe da bosta toda até agora.

Surpreso, apontando para a caminhonete à nossa frente, perguntei:

— O abade está com eles?

Knuckles deu de ombros

— Ele insistiu, filho. Pode até ser peso-pena, mas é um reforço para a equipe. Não tem uma coisa neste mundo que meta medo no abade.

Eu disse:

— Talvez tenha uma coisa.

Da segunda fileira, o irmão Quentin pôs a mão no meu ombro, voltando à questão central com a persistência de um policial experiente em interrogatórios.

— O que estou dizendo, Odd, é que precisamos saber quem é o nosso inimigo. Não temos exatamente um exército de guerreiros treinados aqui. Quando formos atacados, se eles não souberem de quem supostamente devemos nos defender, de tão nervosos, vão começar a bater com os tacos de beisebol uns nos outros.

O irmão Augustine educadamente advertiu:

— Não nos subestime, irmão Quentin.

— Quem sabe o abade não possa abençoar nossos tacos de beisebol? — sugeriu o irmão Kevin, na terceira fileira.

O irmão Rupert disse:

— Duvido que o abade acharia adequado abençoar um taco de beisebol para garantir um *home run* decisivo em algum jogo, muito menos para ser transformado numa arma mais eficaz na hora de arrebentar os miolos de alguém.

— Espero sinceramente — comentou o irmão Kevin — que a gente não tenha que arrebentar os miolos de ninguém. Fico horrorizado só de pensar.

— Bata mais embaixo — aconselhou o Knuckles, tente acertar o joelho. Um cara com os joelhos arrebentados deixa de ser uma ameaça imediata, e o dano não é permanente. Ele logo se recupera e volta ao normal. Ou quase.

— Temos um profundo dilema moral aqui — disse o irmão Kevin. — Devemos, evidentemente, proteger as crianças, mas arrebentar joelhos não é, sob o ponto de vista da teologia, uma reação cristã.

— Cristo — lembrou o irmão Augustine — atacou fisicamente os vendilhões do templo.

— De fato, mas ainda não encontrei nas Escrituras a parte em que Nosso Senhor aproveita para arrebentar os joelhos deles.

O irmão Alfonse atalhou:

— Talvez morreremos mesmo todos.

Com a mão ainda no meu ombro, o irmão Quentin falou:

— Alguma coisa além de um telefonema ameaçador deve ter te alarmado. Talvez... Você encontrou o irmão Timothy? Encontrou, Odd? Vivo ou morto?

Àquela altura, não ia dizer que tinha encontrado o monge morto *e* vivo, e também que ele havia de repente se transformado em alguma coisa que não era Tim. Em vez disso, respondi:

— Não, senhor, nem vivo nem morto.

Quentin semicerrou os olhos.

— Você está sendo evasivo novamente.

— Como o senhor pode saber?

— Por causa da piscada.

— Do quê?

— Toda vez que tenta fugir do assunto, você pisca ligeiramente o olho esquerdo. Essa piscada trai sua intenção de ser evasivo.

Ao me virar para a frente a fim de evitar que o irmão Quentin me visse piscar, vi Boo saltitando alegremente morro abaixo em meio à neve.

Atrás do cachorro sorridente vinha Elvis, pulando feito uma criança sem deixar nenhuma pegada, com os braços erguidos acima da cabeça, agitando as mãos elevadas como fazem alguns evangélicos quando, inspirados, gritam *Aleluia*.

Boo desviou do asfalto varrido pelos arados das caminhonetes e, brincalhão, disparou pelo pasto. Exultante, Elvis correu com ele. O roqueiro e o cão travesso desapareceram de repente, nem perturbando a paisagem de neve nem sendo perturbados por ela.

Na maioria dos dias, gostaria que meus poderes especiais de visão e intuição nunca me tivessem sido dados, que a dor que me trouxeram pudesse ser tirada do meu coração, que tudo que já vi de sobrenatural pudesse ser expurgado da minha memória, e que eu pudesse ser aquilo que, exceto por esse meu dom, eu sou: ninguém especial, apenas uma alma num mar de almas atravessando os dias na direção da esperança de um santuário final, para além de todo o medo e de toda a dor.

De vez em quando, porém, há momentos em que parece valer a pena carregar esse fardo: momentos de alegria transcendente, de beleza indescritível, de admiração e temor a dominar o espírito; ou, neste caso, um momento de um encanto tão vivo que o mundo dá a impressão de ser mais justo do que realmente é e oferece um vislumbre do que deve ter sido o Éden antes da nossa queda.

Embora Boo ainda fosse estar ao meu lado nos dias seguintes, Elvis não estaria mais por muito tempo. Entretanto, sei que a imagem deles apostando corrida na neve, tomados de prazer extasiante, permanecerá comigo vivamente por todos os meus dias neste mundo, e para sempre.

— Filho? — chamou Knuckles, curioso.

Me dei conta de que, embora não fosse a reação apropriada para o momento, eu sorria.

— Irmão, acho que o Rei está prestes a se mudar daquele lugar no final da Lonely Street.

— Saindo do hotel Heartbreak? — disse Knuckles.

— É. Nunca foi o tipo de boteco cinco estrelas onde ele deveria tocar.

Knuckles se animou.

— Ei, isso é demais, não é?

— É demais — concordei.

— Você deve estar se sentindo bem por ter aberto a grande porta para ele.

— Não abri a porta — falei. — Apenas mostrei a maçaneta e disse para que lado girava.

Atrás de mim, o irmão Quentin interrompeu:

— Do que vocês dois estão falando? Não estou entendendo.

Sem me virar no banco, respondi:

— Tudo a seu tempo, irmão. No tempo certo o senhor vai saber dele. Todos vamos.

— Dele quem?

— Elvis Presley, irmão.

— Aposto que seu olho esquerdo está piscando feito louco — disse o irmão Quentin.

— Acho que não — falei.

Knuckles balançou a cabeça.

— Nada de piscadas.

Tínhamos percorrido dois terços da distância entre a nova abadia e o colégio quando, do meio da tempestade, cortando feito tesoura, surgiu o espanto em forma de esqueleto, ligeiro e serpenteante.

TRINTA E OITO

EMBORA O IRMÃO TIMOTHY TIVESSE SIDO MORTO, E COISA até pior, por uma dessas criaturas, uma parte de mim, a parte Poliana da qual não consigo me livrar completamente, queria acreditar que o mosaico mutante de ossos à janela do colégio e meus perseguidores no túnel para a torre de resfriamento tinham sido apenas aparições, de meter medo, sim, mas menos reais que um cara com uma arma, uma mulher com uma faca ou um senador americano com uma ideia.

Poliana Odd meio que tinha esperanças de que, como acontece com os mortos que ficam presos a este mundo e com os bodachs, aquelas entidades se provariam invisíveis exceto para mim, e que o que acontecera com Timothy fora uma singularidade, pois presenças sobrenaturais, no fim das contas, não têm o poder de machucar os vivos.

Essa possibilidade desceu pelo ralo do meu otimismo com a reação imediata de Knuckles e dos demais irmãos àquela aparição uivante e esquelética.

Tão alta quando um cavalo, e do comprimento de dois deles correndo um com o focinho no rabo do outro, o caleidoscópio funcionando incessantemente mesmo enquanto atravessava o descampado, a coisa surgiu do meio do vento branco e cruzou o asfalto em frente à caminhonete.

No *Inferno* de Dante, em meio ao gelo e à névoa do nível mais baixo e congelante do inferno, o prisioneiro Satanás aparece para o poeta saído do vento, resultado do bater de três grandes pares de asas de couro. O anjo caído, que um dia fora belo, mas agora era horrível, exalava desespero, miséria e maldade.

Da mesma forma, ali estavam a miséria e o desespero personificados no cálcio e no fosfato de ossos, o mal, a medula. Suas intenções eram evidentes na própria figura, no movimento ligeiro, e cada um de seus intentos parecia pernicioso.

Nenhum dos irmãos reagiu à aparição com admiração ou mesmo simplesmente com medo do desconhecido, tampouco nenhum deles manifestou descrença. Sem exceção, viram-no como uma abominação e sentiram tanto nojo quanto terror e ódio, uma espécie justificada de ódio, como se avistá-lo pela primeira vez fosse, na verdade, reconhecê-lo como uma fera ancestral e resistente.

Se alguém estava chocado a ponto de ficar mudo, reencontrou a voz rapidamente, e a caminhonete se encheu de exclamações. Ao lado dos apelos a Cristo e a Santa Maria, não houve a menor hesitação ou constrangimento em chamar a criatura à nossa frente de demônio ou pai de todos eles, embora eu tenha quase certeza de que as primeiras palavras do irmão Knuckles foram *Mammamia*.

Rodion Romanovich freou totalmente sua caminhonete quando o demônio branco parou em seu caminho.

Quando Knuckles parou a segunda caminhonete, os pneus reforçados por correntes se arrastaram no asfalto gelado, mas o carro não deslizou, e nós estremecemos até parar.

Na travessia da pista, a coisa, com suas pernas ossudas de pistom, levantou plumas de neve do pasto e seguiu em frente, como se não tivesse notado a nossa presença. O rastro que deixou no gelo fresco e a maneira como a neve que caía rodopiou nas correntes de ar levantadas por sua passagem eliminavam qualquer dúvida de que aquilo era real.

Certo de que o desinteresse da besta por nós era apenas fingimento e de que ela voltaria, eu disse a Knuckles:

— Vamos embora. Não fique aí parado. Vai, vai, leva a gente lá pra dentro.

— Não posso continuar se ele não for primeiro — respondeu Knuckles, indicando a caminhonete que bloqueava a estrada à nossa frente.

À direita, ao sul, erguia-se um barranco, do qual o esqueleto desceu num arranco de centopeia. Até poderíamos escapar de atolar na neve alta, mas o ângulo do declive certamente nos faria capotar.

No pasto ao norte, a luz sombria do dia sem sol e a mortalha de neve debruçavam-se sobre a arquitetura fantástica daquela agitação de ossos, mas ainda não tinha acabado.

Rodion Romanovich ainda mantinha o pé no freio e, à luz da lanterna traseira vermelha, a neve caía em jorros de sangue.

À esquerda, o descampado declinava 2 metros em relação à pista. Provavelmente conseguiríamos ultrapassar Romanovich pela lateral, mas era um risco desnecessário.

— Ele está esperando para ver se consegue dar mais olhada na coisa — falei. — Está maluco? Enfie a mão na buzina.

Knuckles buzinou e as luzes de freio de Romanovich piscaram. Knuckles buzinou de novo e então o russo começou a costear a pista adiante, mas então freou mais uma vez.

O monstro voltou a partir do norte, aterrorizando pelo descampado coberto de neve, movendo-se um pouco mais devagar do que antes, deixando no ar a sensação de um intento sinistro nessa abordagem mais comedida.

Espanto, medo, curiosidade, descrença: fosse o que fosse o que havia paralisado Romanovich, ele se libertou. A caminhonete avançou.

Antes que o russo pudesse ganhar velocidade, porém, a criatura se aproximou. Empinando-se, exibiu seus intricados braços em forma de pinças, agarrou sua presa e tombou de lado o veículo à nossa frente.

TRINTA E NOVE

A CAMINHONETE TOMBOU SOBRE O LADO DO MOTORISTA. Os pneus girando lentamente do lado oposto inutilmente buscavam tração no ar salpicado de neve.

O russo e os oito monges só conseguiriam sair pelo bagageiro ou pelas portas viradas para o céu, mas não o fariam com facilidade nem com pressa.

Imaginei que a fera tentaria forçar a abertura das portas para chegar aos nove homens ainda dentro do carro, ou os apanharia enquanto tentavam escapar. De que jeito faria a eles o mesmo que tinha feito ao irmão Timothy, eu não sabia, mas tinha certeza de que metodicamente tomaria todos para si, um por um.

Depois de pegar todos eles, a coisa os levaria para crucificá-los numa parede, como havia feito com Timothy, transformando suas formas mortais em outras nove crisálidas. Ou viria, em seguida, atrás de nós, ali na segunda caminhonete, e mais tarde a torre de resfriamento ficaria repleta com outros 18 casulos.

Em vez de seguir adiante com sua habitual insistência mecânica, o bicho se afastou da caminhonete tombada e esperou, mantendo sua forma básica, mas continuamente dobrando-se sobre si mesmo e florescendo em novos padrões laminados e petalados.

Com a atitude serena de um motorista experiente em fugas, o irmão Knuckles afivelou seu cinto de segurança, içou o arado de aço do asfalto, mudou de marcha e deu ré no carro.

— Não podemos deixar eles presos lá — eu disse, e os irmãos atrás de mim vociferavam, concordando.

— Não estamos deixando ninguém — me garantiu Knuckles.

— Só espero que eles estejam apavorados o suficiente para não tentarem sair de lá.

Feito uma escultura macabra, obra de profanadores de túmulos, a pilha de ossos montava guarda no acostamento da estrada, talvez esperando que as portas da caminhonete tombada se abrissem.

Quando já tínhamos dado ré uns 45 metros, a outra caminhonete se transformara num borrão na estrada lá embaixo, a cortina de neve camuflando quase que completamente o espectro ossudo.

Passei o cinto na altura do ombro e ouvi os irmãos afivelando os deles atrás de mim. Mesmo quando Deus é o copiloto, vale a pena preparar o paraquedas.

O irmão Knuckles desacelerou até parar. Com o pé ainda no freio, engatou a marcha.

Exceto pelo som de suas respirações, os monges permaneceram em silêncio. Então o irmão Alfonse disse: "*Libera nos a malo.*"

Livrai-nos do mal.

Knuckles tirou o pé do freio e pisou no acelerador. O motor rosnou, as correntes dos pneus bateram ritmadas contra o asfalto e nós voamos ladeira abaixo. A intenção era desviar da caminhonete tombada e varrer o demônio dali.

Nosso alvo pareceu nos ignorar até o último momento, ou talvez não sentisse medo.

Batemos contra a coisa, acertando-lhe em cheio o arado primeiro, e imediatamente perdemos a maior parte do embalo com que vínhamos descendo.

Uma chuva furiosa começou a cair. O para-brisa desabou, dissolvido, caindo sobre nós, e com ele ossos soltos e articulações.

Uma elaborada sequência articulada de ossos caiu sobre o meu colo, ainda em espasmos feito um caranguejo ferido. Meu grito foi tão viril quanto o de uma jovem colegial surpreendida por uma aranha peluda. Atirei a coisa para longe de mim, no chão. Era fria e lisa, mas não pegajosa ou molhada, e aparentemente não abrigava nada parecido com calor vital.

Aquela coisa se debateu aos meus pés, não com o intento de me machucar, e sim como o corpo decapitado de uma cobra, que ataca cegamente. Mas rapidamente recolhi meus pés para cima do assento, e teria me apertado nas saias, se as estivesse usando.

Paramos uns 9 metros à frente do veículo virado e, em seguida, demos ré até ficarmos emparelhados com ele novamente, enquanto coisas eram trituradas e estalavam debaixo dos pneus.

Quando saí da caminhonete, havia estruturas ósseas espasmódicas, restos e estilhaços da anatomia da besta feita em pedaços sobre o asfalto. Alguns eram tão grandes quanto aspiradores de pó, e muitos, do tamanho de utensílios de cozinha, flexionando-se, abrindo-se e fechando-se, dobrando-se e desdobrando-se, como se estivessem se esforçando para obedecer à ordem de algum feiticeiro.

Milhares de ossos avulsos de todos os formatos e tamanhos também se espalhavam pela pista. Estes se agitavam no lugar, como se o chão sob eles tremesse, mas eu não sentira nenhum tremor de terra nas solas das minhas botas de esqui.

Chutando para o lado aqueles restos, abri caminho até a caminhonete tombada e escalei o lado virado para cima. Lá dentro, monges amontoados olharam para mim com os olhos arregalados, piscando, através das janelas do carro.

Abri uma das portas, e o irmão Rupert subiu na lataria para me ajudar. Logo havíamos tirado o russo e os monges do veículo.

Alguns estavam machucados, e todos se mostraram abalados, mas nenhum deles tinha sofrido ferimentos graves.

Todos os pneus da segunda caminhonete tinham sido furados por pedaços de ossos quebrados. O veículo se assentava sobre borracha murcha. Teríamos que caminhar os quase 100 metros restantes até o colégio.

Ninguém ali precisaria expressar a opinião de que, se um esqueleto caleidoscópio ambulante existia, outros poderiam estar a caminho. De fato, seja por causa do choque ou por medo, trocamos poucas palavras, e as que foram ditas saíram em voz suave.

Todos trabalhamos rápido para descarregar as ferramentas e os outros equipamentos que tinham sido trazidos para defender o colégio e torná-lo uma fortaleza.

Os restos do esqueleto lentamente pararam de se debater e se aquietaram, e alguns dos ossos começavam a se dividir em cubos de uma variedade de tamanhos, como se nunca tivessem sido ossos, afinal, e sem estruturas formadas por outras menores e conectadas.

Quando saíamos em direção ao colégio, Romanovich tirou o chapéu, abaixou-se e, com a mão ainda enluvada, catou alguns dos cubos e os colocou no que agora lhe servia como uma sacola de pele de urso.

Ele levantou os olhos e me viu assistindo ao que fazia. Apertando o chapéu numa das mãos, como se fosse uma bolsa repleta de ouro, apanhou o que parecia ser uma grande pasta, diferente de uma caixa de ferramentas, e seguiu para o colégio.

À nossa volta, o vento parecia soar repleto de palavras, cheio de fúria e rapidamente ficando mais cruel, numa linguagem bruta, ideal para imprecações, maldições, blasfêmias e ameaças.

O véu que cobria o céu desdobrava-se sobre a terra oculta, e o sumiço do horizonte logo se estendeu a toda e qualquer estrutura, do homem e da natureza. A perfeita uniformidade da luz durante todo aquele dia sombrio, que não permitia qualquer sombra, não iluminava, e sim cegava. Naquela obscuridade branca, todos os contornos da terra desapareciam de vista, exceto aqueles diretamente sob nossos pés, de modo que estávamos mergulhados num completo blecaute branco.

Com meu magnetismo psíquico, nunca me perco. Mas alguns dos irmãos poderiam ter vagado para sempre, a apenas uns poucos metros do colégio, sem encontrá-lo, caso não se mantivessem próximos uns dos outros e não tivessem, para se orientar, algumas nesgas de asfalto preto expostas pouco antes pela passagem dos arados das caminhonetes, e que desapareciam rapidamente.

Mais esqueletos ambulantes podiam estar por perto, e eu suspeitava de que não estariam cegos pelo blecaute branco como nós. Fossem quais fossem os sentidos que possuíam, não eram análogos aos nossos — mas talvez fossem superiores.

Dois passos antes de enfiar a cara na porta de rolagem da garagem, eu a avistei e parei. Quando os outros se reuniram à minha volta, fiz uma contagem para ter certeza de que todos os 16 monges estavam presentes. Contei 17. O russo estava lá, mas a pessoa a mais não era ele, pois eu não o havia incluído.

Eu os conduzi por uma porta grande, depois por uma menor e, com a minha chave mestra, abri a porta da garagem.

Depois que todos entraram em segurança, fechei a porta e passei a tranca.

Os irmãos largaram no chão o que carregavam, bateram a neve das roupas e puxaram para trás os capuzes.

O 17º monge era o irmão Leopold, o noviço que costumava circular furtivamente, como um fantasma. Seu rosto sardento parecia menos saudável do que sempre fora até então, e seu habitual sorriso luminoso não se mostrava.

Leopold estava ao lado do russo, e havia algo de inefável em suas atitudes e posturas que sugeria serem os dois, de algum modo, cúmplices.

QUARENTA

Romanovich apoiou um dos joelhos no chão da garagem e, de seu chapéu de pele de urso, tirou uma coleção de cubos brancos e os colocou sobre o concreto.

Os exemplares maiores tinham cerca de 4 centímetros quadrados, e os menores talvez menos de 1 centímetro. Eram tão polidos e lisos que dava para confundi-los com dados sem os pontinhos de numeração, e não pareciam ser objetos naturais, e sim fabricados.

Contorciam-se e vibravam uns contra os outros, como se neles ainda houvesse vida. Talvez se mantivessem agitados assim pela memória do osso que haviam sido, e estivessem programados para se reconstituírem naquela estrutura, embora lhes faltasse energia para isso.

Eu me lembrei dos feijões saltitantes, aquelas sementes de um arbusto originário do México que parecem estar vivas pelo movimento das larvas de mariposa que vivem nelas.

Embora não acreditasse que a agitação dos cubos fosse causada por algum equivalente das larvas de mariposa, não tentaria abrir um deles com uma mordida para confirmar a minha suspeita.

Enquanto os irmãos se juntavam ao redor dos dados brancos e lisos para observá-los, um dos exemplares maiores chacoalhou mais violentamente e, de repente, se transformou em quatro cubos menores, idênticos.

Talvez provocado por essa ação, um dos cubos menores rodou sobre si mesmo e se transmutou em quatro réplicas reduzidas.

Desviando os olhos daquela autodivisão geométrica, Romanovich encarou o irmão Leopold.

— Quantumização — disse o noviço.

O russo balançou a cabeça, concordando.

Eu disse:

— O que está acontecendo aqui?

Em vez de me responder, Romanovich voltou sua atenção para os dados e disse, quase que para si mesmo:

— Incrível. Mas onde está o calor?

Como se aquela pergunta o tivesse alarmado, Leopold recuou dois passos.

— Você precisaria estar a uma distância de uns 30 quilômetros daqui — disse Romanovich ao noviço. — Um pouco tarde para isso.

— Vocês se conheciam antes de vir para cá — falei.

Cada vez mais rápido, os cubos se decompunham em unidades cada vez menores.

Voltando minha atenção aos irmãos, e esperando que eles apoiassem minha demanda por respostas por parte do russo, descobri que direcionavam sua atenção não para Romanovich ou Leopold, mas em parte para mim, em parte para os estranhos, e cada vez mais minúsculos, objetos dispostos no chão.

O irmão Alfonse disse:

— Odd, na caminhonete, quando vimos aquela coisa surgir da neve, você não me pareceu espantado com a visão quanto o restante de nós.

— É só que fiquei... sem palavras — respondi.

— Olha a piscada de novo — disse o irmão Quentin, apontando para mim e franzindo a testa do mesmo jeito que provavelmente fizera com inúmeros suspeitos na sala de interrogatórios da divisão de homicídios.

À medida que os cubos continuavam se dividindo, crescendo dramaticamente em número, sua massa somada deveria ter permanecido a mesma. Corte uma maçã em cubos e os pedaços vão pesar tanto quanto a fruta inteira. Mas ali a massa estava desaparecendo.

Aquilo sugeria que, no fim das contas, a besta esquelética era sobrenatural, manifestando-se num tipo de material com mais substância aparente, mas não maior existência física real, do que um ectoplasma.

Os problemas dessa teoria eram muitos. Para começar, o irmão Timothy estava morto, e o assassino não havia sido um mero espírito. A caminhonete não poderia ter sido tombada pela ira de um poltergeist.

A julgar pela expressão medonha que substituíra todo o encanto solar de seu rosto de menino do Iowa, o irmão Leopold estava claramente entretido por uma ideia diferente — e muito mais aterrorizante — do que a de uma manifestação sobrenatural.

No chão, os cubos tinham se tornado tão numerosos e minúsculos que agora pareciam apenas um pouco de sal derramado por ali. E então... o concreto do chão ficou limpo novamente, como se o russo jamais tivesse despejado qualquer coisa de dentro do chapéu.

A cor retornou ao rosto do irmão Leopold, que suspirou aliviado.

Desviando magistralmente a curiosidade que poderia se voltar para ele, Romanovich se levantou e, para reforçar a crença intuitiva dos irmãos de que eu sabia mais sobre o que estava acontecendo do que realmente sabia, disse:

— Sr. Thomas, o que *foi* aquele negócio lá fora?

Todos os irmãos estavam olhando para mim, e percebi que eu — com a minha chave mestra e, por vezes, um comportamento enigmático — sempre fora, para eles, uma figura mais misteriosa que o russo ou o irmão Leopold.

— Não sei o que era — eu disse. — Quem dera soubesse.

O irmão Quentin observou:

— Não deu a piscada. Você aprendeu a controlar a coisa ou realmente não está sendo evasivo desta vez?

Antes que eu pudesse responder, o abade Bernard falou:

— Odd, gostaria que você contasse a esses irmãos sobre suas habilidades especiais.

Examinando os rostos dos monges, todos brilhando de curiosidade, falei:

— Senhor, nem metade do número de pessoas que há aqui conhece meu segredo. Sinto como se... estivesse revelando tudo publicamente.

— Estou instruindo a todos neste momento — disse o abade — para que suas revelações sejam tomadas como uma confissão. Como seus confessores, eles passam a considerar seu segredo em sagrada confiança.

— Não todos — eu disse, sem me incomodar em acusar o irmão Leopold de não ser sincero em seu postulado e no cumprimento de seus votos como noviço; dirigia-me exclusivamente a Romanovich.

— Não vou me retirar do recinto — disse o russo, devolvendo o chapéu de pele de urso à cabeça como que para enfatizar sua declaração.

Sabia que ele insistiria em ouvir o que eu tinha para dizer aos outros, mas respondi:

— O senhor não tem umas tortas envenenadas para confeitar, não?

— Não, Sr. Thomas, já terminei as dez.

Depois de novamente examinar os rostos ávidos dos monges, eu disse:

— Vejo os mortos que ainda estão presos a este mundo.

— Esse cara — disse o irmão Knuckles — talvez até fuja de alguma pergunta quando necessário, mas não é capaz de mentir melhor do que um bebê de 2 anos.

Eu disse:

— Obrigado, irmão. Acho.

— Na minha outra vida, antes de ouvir o chamado de Deus — prosseguiu Knuckles —, eu andava por um mar imundo de mentiras e pessoas mentirosas, e nadava tão bem quanto qualquer um daqueles malandros. O Odd não é como eles, não é como um dia eu fui. Ele não é como ninguém que eu tenha conhecido antes.

Depois daquele meigo e sincero endosso, contei minha história da forma mais sucinta que pude, revelando inclusive que, durante anos, trabalhei com o chefe de polícia de Pico Mundo, que dera seu testemunho em meu favor ao abade Bernard.

Os irmãos escutaram, arrebatados, e não duvidaram. Embora fantasmas e bodachs não fizessem parte da doutrina cristã, aqueles eram homens que tinham consagrado suas vidas a uma convicção absoluta de que o universo fora criado por Deus e que funciona segundo uma hierarquia vertical e sagrada. Tendo encontrado algo que explicasse a existência do monstro da tempestade, chamando-o de demônio, eles não se deixariam agora perturbar intelectual e espiritualmente somente por terem sido convidados a acreditar que o zé-ninguém espertalhão chapeiro de lanchonete recebia visitas de mortos que ainda não haviam partido, e tentava lhes fazer justiça da melhor maneira possível.

Ficaram abalados com a notícia de que o irmão Constantine não havia se suicidado. Contudo, a figura sem rosto da Morte, em sua aparição no campanário, mais os intrigou do que assustou. Todos concordaram que, se o exorcismo tradicional tivesse alguma eficácia sobre qualquer das duas aparições recentes, era mais provável que funcionasse com o fantasma da torre do que com um esqueleto capaz de tombar uma caminhonete.

Não tinha a menor ideia se o irmão Leopold e Rodion Romanovich haviam acreditado em mim, mas não devia a nenhum dos dois mais do que a sinceridade da minha história como prova do que dizia.

Dirigindo-me a Leopold, eu disse:

— Não acredito que exorcismo possa funcionar em nenhum dos casos, e você?

O noviço baixou os olhos para o local, no chão, onde os cubos tinham sido espalhados. Ele lambeu os lábios, nervoso.

O russo poupou seu companheiro da necessidade de responder:

— Sr. Thomas, estou completamente disposto a acreditar que você vive na fronteira entre este mundo e o outro, e que é capaz de ver o que nós não somos. E agora passou a enxergar aparições desconhecidas até para você mesmo.

— E elas seriam desconhecidas também *para o senhor?* — perguntei.

— Sou apenas um bibliotecário, Sr. Thomas, não tenho sexto sentido. Mas, acredite ou não, sou um homem de fé, e agora que ouvi sua história estou tão preocupado com as crianças quanto você. Quanto tempo temos? O que quer que esteja para acontecer, *quando* acontecerá?

Balancei a cabeça.

— Vi apenas sete bodachs hoje de manhã. Haveria mais se a violência fosse iminente.

— Isso foi pela manhã. Você não acha que devemos dar uma olhada agora? Já passa de 13h30.

— Tragam todas as ferramentas e... armas — pediu o abade Bernard aos outros irmãos.

A neve havia derretido em minhas botas. Limpei-as no capacho da porta entre a garagem e o porão do colégio, enquanto os demais, todos veteranos de outros invernos e mais educados que eu, tiraram suas botas de borracha com zíper e as deixaram por ali mesmo.

Com o horário de almoço já encerrado, a maioria das crianças estaria agora nas salas de reabilitação e de recreação, que visitei acompanhado do abade, de alguns irmãos e de Romanovich.

Sombras esquivas, que nada que fosse deste mundo seria capaz de projetar, deslizavam pelos cômodos e ao longo do corredor, tremendo de antecipação, sedentas como lobos, parecendo se excitar à vista de tantas crianças inocentes que, de alguma maneira as sombras sabiam, em pouco tempo estariam gritando de terror e agonia. Contei 72 bodachs e concluí que outros provavelmente estariam rondando os corredores do segundo andar.

— Logo — contei ao abade. — Vai ser logo.

QUARENTA E UM

ENQUANTO OS 16 MONGES GUERREIROS E O NOVIÇO SUSPEITO decidiam como guarnecer as duas escadas que levavam ao segundo andar do colégio, a irmã Angela se apresentava para garantir que suas freiras estivessem preparadas para oferecer toda a ajuda necessária.

Quando me encaminhava para o posto de vigília a noroeste, ela já estava caminhando ao meu lado.

— Oddie, ouvi dizer que alguma coisa aconteceu na viagem de volta da abadia.

— Sim, senhora. Aconteceu sim. Não tenho tempo para entrar em detalhes agora, mas a seguradora vai fazer um monte de perguntas.

— Tem bodachs por aqui?

Olhei à esquerda e à direita para dentro dos quartos.

— Está infestado deles, irmã.

Rodion Romanovich nos seguia com o ar autoritário de um daqueles bibliotecários que tomam conta de suas pilhas de livros com uma carranca intimidatória, e mandam calar a boca com um sussurro penetrante o suficiente para rasgar os tênues tecidos internos do ouvido e que são capazes de ir atrás de alguém que atrasou para devolver um livro com a ferocidade de um cão raivoso.

— Em que o Sr. Romanovich está ajudando? — perguntou a irmã Angela.

— Ele não está ajudando, senhora.

— Então o que está fazendo?

— Tramando, muito provavelmente.

— Devo chutá-lo daqui? — ela quis saber.

Na minha mente passou um filminho da madre superiora aplicando uma chave de braço no russo, imobilizando-o com algum golpe certeiro de tae kwon do, levando-o à força pelas escadas até a cozinha e fazendo-o se sentar num banquinho no canto enquanto estivéssemos ocupados.

— Na verdade, irmã, prefiro que ele fique me rondando a ter que me preocupar com por onde anda e o que está aprontando.

No posto de vigília, a irmã Miriam, com seu *Graças a Deus* sempre impresso nos lábios, ou pelo menos no inferior, ainda estava atrás do balcão.

Ela disse:

— Querido, a aura escura de mistério em torno de você está ficando tão espessa que daqui a pouco não consigo mais te enxergar. Vendo esse turbilhão de nuvens escuras passar, as pessoas vão dizer: "Lá vai o Odd Thomas. Que aparência será que ele tem hoje?"

— Senhora, preciso da sua ajuda. Sabe a Justine do quarto 32?

— Querido, não apenas sei quem é cada criança aqui, mas também amo todas elas como se fossem meus próprios filhos.

— Quando ela tinha 4 anos, o pai a afogou na banheira, mas não chegou a terminar o serviço conforme achou que tivesse, como de fato fez com a mãe dela. É isso mesmo, entendi direito?

Ela semicerrou os olhos.

— Não quero nem pensar no tipo de lugar em que a alma dele está apodrecendo neste momento.

Ela olhou para a madre superiora e, com uma ponta de culpa na voz, disse:

— Na verdade, eu não apenas penso nisso algumas vezes, como *gosto* de pensar.

— O que preciso saber, irmã, é se ele não poderia ter, *sim*, terminado o serviço, e se Justine pode ter estado morta por alguns minutos antes de a polícia ou os paramédicos realizarem os procedimentos de reanimação. Isso poderia ter acontecido?

A irmã Angela respondeu:

— Sim, Oddie. Podemos checar o arquivo dela, mas acredito que seja esse o caso. Ela sofreu lesão cerebral por ausência prolongada do oxigênio, e de fato não tinha sinais vitais quando a polícia invadiu a casa.

Era por isso que a menina talvez servisse como ponte entre o nosso mundo e o próximo: ela já havia estado lá, ainda que brevemente, e sido trazida de volta por homens cujas intenções eram as melhores. Stormy tinha sido capaz de chegar até mim através de Justine porque a menina pertencia ao Outro Lado mais do que a este aqui. Perguntei:

— Há outras crianças que tenham sofrido danos cerebrais por privação de oxigênio?

— Algumas — confirmou a irmã Miriam.

— E elas, qualquer uma delas, são mais despertas do que a Justine? Não, esse não é o ponto. Elas são capazes de falar? Isso é o que preciso saber.

Posicionado no balcão ao lado da madre superiora, Rodion Romanovich me perscrutava fixamente com sua carranca, como um agente funerário que, precisando de trabalho, acreditasse que em breve eu seria um candidato ao embalsamamento.

— Sim — disse a irmã Angela. — Há pelo menos duas nessa situação.

— Três — corrigiu a irmã Miriam.

— Irmã, alguma das três esteve clinicamente morta e, em seguida, foi ressuscitada pela polícia ou por paramédicos, como a Justine?

Franzindo a testa, a irmã Miriam olhou para a madre superiora.

— A senhora sabe?

A irmã Angela balançou a cabeça.

— Imagino que constaria dos prontuários.

— Quanto tempo levaria para a senhora repassar os registros?

— Meia hora, quarenta minutos? Talvez a gente encontre algo assim já no primeiro arquivo.

— Será que a senhora poderia fazer isso, irmã, o mais rápido possível? Preciso de uma criança que tenha estado morta, mas que ainda possa falar.

Dos três, apenas a irmã Miriam não sabia nada sobre meu sexto sentido.

— Querido, você está pirando de vez?

— Sempre fui pirado, senhora.

QUARENTA E DOIS

No quarto 14, Jacob tinha terminado o retrato mais recente de sua mãe, pulverizando sobre ele o fixador. Apontava cuidadosamente cada um de seus muitos lápis com a lixa, na expectativa da próxima página em branco no bloco de desenho apoiado sobre a prancheta.

Também sobre a mesa estava a bandeja do almoço com pratos vazios e talheres sujos.

Nenhum bodach andava por ali naquele momento, embora o espírito sombrio chamado Rodion Romanovich estivesse parado ao lado da porta aberta, o sobretudo pendurado no braço, mas o chapéu de pele ainda na cabeça. Eu o tinha proibido de entrar no quarto porque sua presença ameaçadora poderia assustar o jovem e tímido artista.

Se o russo adentrasse o recinto contra a minha vontade, Eu arrancaria o chapéu dele e o enfiaria na minha bunda e ameaçaria perfumá-lo com essência de Odd se o homem não recuasse. Posso ser cruel.

Sentei à mesa de Jacob e disse:

— Sou eu de novo. Odd Thomas.

No final da minha visita anterior, Jacob havia recebido meus comentários e minhas perguntas com um silêncio tal que eu saíra dali convencido de que, àquela altura, ele havia se voltado para um retiro interior de onde não me ouvia mais e nem mesmo reconhecia que eu estava presente.

— O novo retrato da sua mãe ficou muito bom. É um dos melhores.

Esperava que ele fosse estar num humor mais falante do que quando eu o vira pela última vez, o que não aconteceu.

— Ela devia se orgulhar muito do seu talento.

Jacob terminou de apontar o último lápis, segurou-o na mão e voltou sua atenção para a prancheta de desenho, estudando a página em branco.

— Depois da última vez que estive aqui — contei a ele —, comi um maravilhoso sanduíche de rosbife com picles fresquinho, e que provavelmente não estava envenenado.

Sua língua grossa apareceu e ele a mordeu de leve, talvez pensando em quais seriam seus primeiros rabiscos com o lápis.

— Mas depois, um sujeito desagradável quase me enforcou lá no campanário e uma coisa muito má, grande e assustadora me perseguiu num túnel. Mas depois disso tudo saí para uma aventura na neve com Elvis Presley.

Ele começou aos poucos, mas com fluência, a esboçar os contornos de alguma coisa que eu não consegui reconhecer de imediato, olhando o esboço de cabeça para baixo.

À porta, Romanovich suspirou, impaciente.

Sem olhar para ele, falei:

— Desculpe. Sei que minhas técnicas de interrogatório não são tão diretas quanto as de um bibliotecário.

Voltando a Jacob, falei:

— A irmã Miriam me contou que você perdeu sua mãe quando tinha 13 anos, já faz mais de 12 anos.

Ele esboçava um barco visto do alto.

— Nunca perdi uma mãe porque nunca tive uma. Mas perdi uma menina que eu amava. Ela era tudo para mim.

Com alguns poucos rabiscos, ele indicava que o mar, quando estivesse pronto, apareceria levemente ondulado.

— Ela era bonita, essa menina, e linda de coração. Era bondosa e durona, meiga e determinada. E inteligente. Era mais esperta que eu. E muito divertida.

Jacob parou para examinar o que tinha colocado no papel até aquele momento.

— A vida foi muito dura com essa menina, Jacob, mas ela tinha a coragem de um exército.

Sua língua se recolheu, e ele passou a morder o lábio inferior.

— A gente nunca chegou a fazer amor. Por causa de uma coisa ruim que aconteceu com ela quando ainda era só uma garotinha. Ela queria esperar até a gente poder se casar.

Com dois tipos de hachura, ele começou a dar substância ao casco do barco.

— Às vezes eu achava que não conseguiria esperar, mas sempre conseguia. Porque ela me deu tanta coisa mais, e tudo que ela me deu foi mais do que outras mil garotas poderiam ter me dado. Tudo o que ela queria era amor com respeito; respeito era muito importante pra ela, e isso eu podia dar à minha menina. Não sei o que ela via em mim, sabe? Mas aquilo eu podia dar a ela.

O lápis sussurrou sobre o papel.

— Ela levou quatro tiros no tórax e no abdome. Minha doce menina, que nunca fez mal a uma alma sequer.

O movimento do lápis confortava Jacob. Dava para ver o quanto ele se sentia confortável ao criar.

— Matei o cara que matou ela, Jacob. Se tivesse chegado lá dois minutos antes, talvez o tivesse matado antes que ele pudesse fazer mal a ela.

O lápis hesitou, mas logo seguiu adiante.

— A gente estava destinado a ficar juntos para sempre, minha menina e eu. Foi um cartão de uma máquina de adivinhações que disse isso. E a gente vai estar juntos... para sempre. Isto aqui, agora, é apenas um intervalo entre o primeiro e o segundo ato.

Talvez Jacob confiasse em Deus para guiar sua mão ao desenho exato daquele barco e do lugar do oceano onde o sino havia tocado, de modo que ele então saberia, afinal, onde boiar quando chegasse a sua vez.

— Não espalharam as cinzas da minha menina no mar. Me entregaram as cinzas numa urna. Um amigo da minha cidade é quem as guarda num lugar seguro pra mim.

O lápis sussurrava e Jacob murmurou:

— Ela sabia cantar.

— Se a voz dela era tão adorável quanto o rosto, então deve ter sido uma voz doce. O que ela cantava?

— Muito bonita. Só pra mim. Quando escurecia.

— Cantava pra você dormir.

— Quando eu acordava e o escuro ainda não tinha ido embora, e o escuro parecia tão grande, então ela cantava suave e fazia o escuro ficar pequeno de novo.

Essa é a melhor coisa que podemos fazer pelo próximo: diminuir a escuridão.

— Jacob, antes você me falou de alguém chamado Nuncafoi.

— Ele é o Nuncafoi, e não nos importamos.

— Você disse que ele veio te ver quando você estava "todo escuro".

— O Jacob estava todo escuro, e o Nuncafoi disse: *"Deixa morrer."*

— Então, "todo escuro" significa que você estava doente. Muito mal. O homem que disse que deviam deixar você morrer; ele era um médico?

— Ele era o Nuncafoi. Isso era tudo o que ele era. E não nos importamos.

Vi linhas graciosas saírem de um simples lápis entre dedos grossos de uma mão pequena e larga.

— Jacob, você se lembra da cara do Nuncafoi?

— Muito tempo atrás. — Ele balançou a cabeça. — Muito tempo atrás.

A pesada neve caindo fazia da janela um olho cego.

Parado à porta, Romanovich batia um dedo em seu relógio e mantinha uma das sobrancelhas arqueadas.

Sabia que o pouco tempo que tínhamos era preciso, mas não conseguia pensar em nada melhor do que gastá-lo ali, aonde fora levado por intermédio de Justine, a menina que já estivera morta.

Minha intuição me levou a uma pergunta que de imediato me pareceu importante:

— Jacob, você sabe meu nome, meu nome completo?

— Odd Thomas.

— Sim. Meu sobrenome é Thomas. Você sabe o seu?

— O sobrenome dela.

— Isso. Era o sobrenome da sua mãe, também.

— Jennifer.

— Esse é o primeiro nome dela, como Jacob.

O lápis parou novamente, como se a lembrança da mãe tivesse surgido tão vívida que não sobrara nenhuma parte da mente ou do coração dele ainda livre para orientar o desenho.

— Jenny — disse ele. — Jenny Calvino.

— Então você é Jacob Calvino.

— Jacob Calvino — confirmou.

A intuição me dissera que o nome seria revelador, mas ele não significava nada para mim. Novamente o lápis se moveu, e o barco tomou outras formas, as do navio do qual as cinzas de Jenny Calvino tinham sido espalhadas.

Como durante minha visita anterior, um segundo grande bloco de folhas de desenho jazia fechado sobre a mesa. Quanto mais eu tentava e fracassava vergonhosamente na tarefa de pensar em questões que pudessem extrair informações vitais de Jacob, mais minha atenção se voltava para aquele bloco.

Se eu o inspecionasse sem permissão, Jacob poderia encarar minha curiosidade como violação de sua privacidade. Ofendido, talvez se recolhesse novamente sem entregar mais nada.

Por outro lado, se eu pedisse para ver o bloco e ele se recusasse a deixar, aquela trilha de investigação estaria bloqueada.

O sobrenome de Jacob não era revelador, como eu tinha pensado que seria, mas, neste caso, não achava que a intuição tivesse me abandonado. O bloco parecia quase brilhar, quase flutuar acima da superfície da mesa, a coisa mais vívida em todo o ambiente, hiper-real.

Puxei o objeto para a minha frente, e Jacob ou não percebeu, ou não se importou.

Quando o abri, encontrei um desenho da única janela daquele quarto. Pressionado contra o vidro, um caleidoscópio de ossos, o qual Jacob havia reproduzido em detalhes primorosos.

Sentindo que eu havia encontrado algo importante, Romanovich deu um passo para dentro do quarto.

Levantei uma mão para adverti-lo a parar por ali mesmo, e segurei o desenho de modo que ele pudesse vê-lo.

Quando virei a página, encontrei outro retrato da besta esquelética na mesma janela, embora neste os ossos formassem um desenho diferente do anterior.

Ou a coisa tinha parado à janela por tempo suficiente para Jacob desenhá-la com detalhes, o que eu duvidava, ou ele tinha uma memória fotográfica muito boa.

O terceiro desenho era o de uma figura numa túnica, usando um colar de dentes e ossos humanos: a Morte como eu a tinha visto no campanário, com suas mãos pálidas e sem rosto.

Quando estava prestes a mostrar esse desenho para Romanovich, três bodachs insinuaram-se quarto adentro, e fechei o bloco.

QUARENTA E TRÊS

OU DESINTERESSADOS OU FINGINDO DESINTERESSE POR MIM, as três formas sinistras se reuniram em torno de Jacob.

Suas mãos não tinham dedos, eram destituídas de detalhes assim como seus rostos e suas formas. Mas eram mãos que mais lembravam patas — ou as extremidades com membranas dos anfíbios — do que mãos propriamente ditas.

Enquanto Jacob continuava a trabalhar, alheio aos espíritos visitantes, eles pareciam acariciar suas bochechas. Tremendo de emoção, os espectros contornavam a curva do largo pescoço do jovem artista e massageavam seus ombros.

Os bodachs parecem vivenciar este mundo, com alguns, senão todos os cinco sentidos normais, e talvez também com um sexto sentido próprio, mas não causam nenhum efeito sobre as coisas daqui. Se uma centena deles passasse correndo em bando, não faria o menor ruído nem levantaria a mais leve das correntes de ar.

Certo brilho irradiado por Jacob, que era invisível para mim, parecia excitá-los. Talvez fosse sua força vital, pois sabiam que ela em breve lhe seria arrancada. Quando, mais tarde, chegasse a hora da violência, do horror iminente que os atraíra, eles tremeriam, teriam espasmos e desmaiariam de tanto êxtase.

Anteriormente, eu havia tido motivos para suspeitar de que talvez não se tratasse de espíritos. Às vezes me pergunto se, em vez disso, eles não são viajantes que voltam ao passado, não fisicamente, mas na forma de corpos virtuais.

Se nosso bárbaro mundo de hoje se degenerar em ainda mais corrupção e brutalidade, nossos descendentes podem se tornar tão cruéis e tão moralmente perversos que atravessariam os tempos para nos ver sofrer, testemunhando orgasticamente os banhos de sangue sobre os quais se construiu sua civilização doente.

Na verdade, não é algo tão distante do fascínio público atual com a cobertura de desastres de grandes proporções e histórias de assassinatos sangrentos, a implacável mania do noticiário de TV de espalhar o medo.

Esses nossos descendentes certamente se pareceriam conosco e seriam capazes de se passar por nossos semelhantes, caso viajassem até aqui em seus corpos reais. Portanto, a assustadora forma bodach, seu corpo virtual, talvez fosse reflexo de suas almas deformadas e doentes.

Um daqueles três ali presentes ficou de quatro e engatinhou em volta da sala, saltou sobre a cama e pareceu cheirar os lençóis.

Como a fumaça levada por uma corrente de ar, outro bodach deslizou pela fresta debaixo da porta do banheiro. Não sei o que ele fez lá dentro, mas certamente não se tratava de sua pausa diária para sentar no trono.

Eles não atravessam paredes ou portas fechadas, como os mortos presos a este mundo. Precisam encontrar uma fresta, uma fenda, uma fechadura.

Ainda que não tenham massa e não sejam afetados pela gravidade, os bodachs não voam. Eles sobem e descem escadas de três ou quatro degraus por vez, em saltos, mas nunca flutuam no ar como fantasmas de filme. Já os vi correndo em bandos frenéticos, rápidos como panteras, mas limitados pelo relevo.

Parecem estar submetidos a algumas regras deste mundo, mas não a todas.

Da porta, Romanovich disse:

— Algum problema?

Balancei a cabeça e fiz um gesto sutil de cala-boca, que qualquer bibliotecário real entenderia de imediato.

Embora disfarçadamente observasse os bodachs, fingia estar interessado apenas no desenho de um barco no mar que Jacob fazia.

Em toda a minha vida, encontrei mais uma única pessoa capaz de ver bodachs, um menino inglês de 6 anos. Minutos depois de ter falado dessas criaturas obscuras em voz alta, e ao alcance dos ouvidos dela, ele foi esmagado por um caminhão em alta velocidade.

Segundo o médico-legista de Pico Mundo, o motorista do caminhão sofreu um derrame e desmaiou sobre o volante.

Sim, certo. E o sol nasce todas as manhãs por pura sorte, e uma mera coincidência é o que explica a escuridão que se segue ao pôr do sol.

Depois que os bodachs saíram do quarto 14, eu disse a Romanovich:

— Por um minuto, não estivemos sozinhos.

Abri o bloco de desenhos no terceiro deles e olhei para a Morte sem rosto adornada com dentes humanos. As páginas seguintes estavam em branco.

Quando fechei o bloco para colocá-lo sobre a mesa perto de Jacob e encará-lo, ele nem sequer olhou para o objeto devolvido, mantendo-se concentrado em sua obra.

— Jacob, onde você viu essa coisa?

Ele não respondeu, e eu esperava que não tivesse ido para longe demais de mim outra vez.

— Jake, eu vi isso também. Hoje mesmo. No topo do campanário.

Trocando de lápis, Jacob falou:

— Ele vem aqui.

— Neste quarto, Jake? Quando ele veio?

— Muitas vezes ele vem.

— E o que ele faz aqui?

— Observa o Jacob.

— Ele apenas observa você?

O mar começou a fluir da ponta do lápis. Os tons e as texturas levados ao papel sugeriam que a água pareceria ondulante, sinistra, escura.

— Por que essa coisa te observa? — perguntei.

— Você sabe.

— Sei? Acho que esqueci.

— Quer que eu morra.

— Você disse que o Nuncafoi é que queria que você morresse.

— Ele é o Nuncafoi, e não nos importamos.

— Esse desenho, a figura de capuz, é o Nuncafoi?

— Não tenho medo dele.

— É o mesmo que veio te ver quando você estava doente aquela vez, quando você estava todo escuro?

— O Nuncafoi disse: *"Deixa ele morrer"*, mas ela não deixava o Jacob morrer.

Ou Jacob enxergava espíritos, como eu, ou essa figura da morte não era espírito nenhum, tanto quanto o esqueleto ambulante também não era.

Tentando esclarecer o que havia de real naquilo, falei:

— Sua mãe viu o Nuncafoi?

— Ela disse pra ele vir, e ele veio na hora.

— Onde você estava quando ele veio?

— No lugar onde todo mundo usava branco e os sapatos guinchavam e usavam agulhas para remédio.

— Então você estava no hospital e o Nuncafoi veio. Mas ele apareceu com um manto negro de capuz, com um colar de dentes humanos?

— Não. Não foi assim, não muito tempo atrás, só agora.

— E ele tinha um rosto naquela época, não tinha?

O mar se formou em tons dégradé, mergulhado em sua própria escuridão, mas brilhando em outros pontos com os reflexos do céu.

— Jacob, ele tinha um rosto muito tempo atrás?

— Um rosto e mãos, e ela disse: "Qual é o problema com você?", e o Nuncafoi disse: "O problema é com ele", e ela disse: "Meu Deus, meu Deus, você está com medo de tocar nele", e ele disse: "Não diga isso, sua cadela."

Ele levantou o lápis do papel, pois sua mão tinha começado a tremer.

A emoção em sua voz havia sido intensa. Mais para o final do monólogo, sua leve dificuldade de fala se intensificara.

Preocupado porque poderia fazê-lo se recolher se pressionasse demais, dei um tempo para ele se recuperar.

Quando sua mão parou de tremer, ele retornou à criação do mar.

Falei:

— Você está sendo de grande ajuda para mim, Jake. Está sendo um amigo para mim, e sei que isso não é fácil para você, mas amo você por ser um amigo desses para mim.

Ele olhou para mim quase que furtivamente, e logo voltou a estudar o papel em que desenhava.

— Jake, você desenharia alguma coisa especial para mim? Desenharia o rosto do Nuncafoi do jeito que ele era muito tempo atrás?

— Não posso — disse ele.

— Tenho quase certeza de que você tem uma ótima memória. Isso significa que se lembra de tudo o que vê, em detalhes, até mesmo das coisas de muito antes do oceano e do sino e de sair boiando.

Olhei para a parede com os muitos retratos da mãe dele.

— Como com o rosto da sua mãe. Certo, Jake? Você se lembra de tudo o que aconteceu há muito tempo, e tão claramente que parece que viu tudo faz só uma hora.

— Dói — disse ele.

— O que dói, Jake?

— Tudo isso, tão claramente.

— Aposto que dói mesmo. Sei que dói. Minha menina foi embora faz 16 meses, e eu ainda a vejo, e mais claramente a cada dia.

Ele desenhava e eu esperava.

Então eu disse:

— Você sabe quantos anos tinha naquela época, quando estava no hospital?

— Sete. Eu tinha 7 anos.

— Então você desenharia para mim o rosto que o Nuncafoi tinha daquela época, no hospital, quando tinha 7 anos?

— Não posso. Meus olhos tinham uma coisa esquisita naquela época. Que nem uma janela com chuva, e nada que a gente olhe por ali parece direito.

— Sua visão estava borrada naquele dia.

— Borrada.

— Por causa da doença, você quer dizer.

Minhas esperanças diminuíam.

— Acho que podia mesmo estar borrada.

Voltei uma página do bloco, para o segundo desenho, o do caleidoscópio de ossos na janela.

— Quantas vezes você já viu essa coisa, Jake?

— Mais de uma coisa. Coisas diferentes.

— Quantas vezes elas apareceram na janela?

— Três vezes.

— Só três? Quando?

— Duas vezes ontem. E quando eu acordei do sono.

— Quando você acordou hoje de manhã?

— É.

— Eu as vi também — contei a ele. — Não consigo saber o que são. O que você acha que elas são, Jake?

— Os cachorros do Nuncafoi — ele respondeu sem hesitar. — Não tenho medo deles.

— Cachorros, é? Para mim não parecem cachorros.

— Não cachorros, mas como se fossem cachorros — explicou ele. — Tipo cachorros muito malvados, aos quais ele ensina a matar e ele manda e eles matam.

— Cães de guarda — falei.

— Não tenho medo, e não vou ter.

— Você é um jovem muito corajoso, Jacob Calvino.

— Ela dizia... ela dizia pra não ter medo, que a gente não nasce pra viver com medo o tempo todo, a gente nasce feliz, os bebês riem de tudo, a gente nasce feliz e pra fazer um mundo melhor.

— Gostaria de ter conhecido sua mãe.

— Ela dizia que todos... todos, seja rico ou pobre, seja alguém importante ou um ninguém, todo mundo tem seu dom. — Uma paz desceu sobre seu rosto cansado de guerra quando ele pronunciou a palavra *dom*. — Você sabe o que é um dom?

— Sei.

— Um dom é uma coisa que a gente ganha de Deus e usa pra fazer um mundo melhor, ou não usa, a gente é que decide.

— Como a sua arte — falei. — Como os seus desenhos bonitos.

Ele disse:

— Como as suas panquecas.

— Ah, você sabe que sou eu que faço aquelas panquecas, hein?

— Aquelas panquecas são um dom.

— Muito obrigado, Jake. Isso é muito gentil da sua parte.

Fechei o segundo bloco e me levantei da cadeira.

— Tenho que ir agora, mas gostaria de voltar, se você achar que está tudo bem.

— Tudo bem.

— Você vai ficar bem?

— Tudo bem, OK — ele me assegurou.

Fui até o outro lado da mesa, coloquei a mão sobre seu ombro e examinei o desenho da perspectiva dele.

Jacob era um excelente desenhista, mas não apenas isso. Entendia as qualidades da luz, mesmo na sombra, a beleza da luz e o quanto ela era necessária.

Na janela, embora o crepúsculo de inverno ainda fosse demorar algumas horas, a maior parte da luz havia sumido do céu de nevasca. O dia já virava noite.

Antes, Jacob tinha me avisado de que a escuridão viria com a escuridão. Talvez a gente não devesse acreditar que a morte esperasse pela noite de fato. Talvez a sombra daquele falso crepúsculo já fosse escuridão suficiente.

QUARENTA E QUATRO

DO LADO DE FORA DO QUARTO 14, DEPOIS DE EU TER ME despedido de Jacob com a promessa de voltar, Rodion Romanovich disse:

— Sr. Thomas, o interrogatório a que você submeteu aquele jovem não foi feito como eu faria.

— Sim, senhor, mas é que as freiras têm uma regra inviolável que proíbe arrancar as unhas do interrogado com um alicate.

— Bem, as freiras não estão sempre certas sobre tudo. O que eu ia dizer, no entanto, é que você se saiu muito bem fazendo-o falar. Estou impressionado.

— Não sei, senhor. Estou chegando perto, mas não estou lá ainda. Ele tem a chave do mistério. Fui levado a ele esta manhã porque é quem tem a chave.

— Levado por quem?

— Por alguém que já morreu e tentou me ajudar por intermédio da Justine.

— A garota que você mencionou antes, que esteve morta e foi ressuscitada.

— Sim, senhor.

— Eu estava certo sobre você — disse Romanovich. — Uma personalidade complexa, complicada, até mesmo intrincada.

— Mas inofensiva — assegurei a ele.

Sem saber que passava por um bando de bodachs, dispersando-os, a irmã Angela veio até nós.

Ela começou a falar e eu fiz o mesmo sinal que havia feito para o russo para que se calasse. Ela semicerrou os olhos de florzinhas azuis, pois, embora soubesse sobre os bodachs, não estava habituada que alguém lhe mandasse calar o bico.

Quando os espíritos malignos desapareceram para dentro de vários quartos, falei:

— Irmã, tenho esperanças de que a senhora possa me ajudar. O que a senhora sabe sobre o pai de Jacob?

— Sobre o pai dele? Nada.

— Pensei que a senhora tinha o histórico de todas as crianças.

— E temos. Mas a mãe do Jacob nunca foi casada.

— Jenny Calvino. Então esse é o nome de solteira, não de casada.

— Sim. Antes de morrer de câncer, ela providenciou para que Jacob fosse aceito por um outro lar da Igreja.

— Doze anos atrás.

— Sim. Ela não tinha família que pudesse ficar com ele e, nos formulários nos quais o nome do pai é solicitado, sinto dizer, mas ela escreveu *desconhecido*.

Eu disse:

— Nunca conheci essa senhora, mas até mesmo pelo pouco que sei sobre ela, não posso acreditar que fosse tão promíscua a ponto de não saber quem era o pai.

— Vivemos num mundo de tristezas, Oddie, porque nós o fazemos assim.

— Soube de algumas coisas pelo Jacob. Ele ficou muito doente quando tinha 7 anos, não foi?

Ela assentiu com a cabeça.

— Está no arquivo. Não tenho certeza exatamente, mas acho que... alguma infecção no sangue. Ele quase morreu.

— Pelo o que Jacob me disse, acredito que Jenny pediu para o pai dele ir ao hospital. Não foi nenhuma reunião de família animada e acolhedora. Mas o nome desse pai pode ser a chave para tudo.

— E Jacob não sabe o nome?

— Não acho que sua mãe tenha lhe contado. Mas acredito que o Sr. Romanovich sabe.

Surpresa, a irmã Angela perguntou:

— O senhor sabe, Sr. Romanovich?

— Se sabe — eu disse —, ele não vai dizer.

Ela franziu o cenho.

— Por que o senhor não me diz, Sr. Romanovich?

— Porque o negócio dele — expliquei — não é dar informações. É exatamente o contrário.

— Mas, o Sr. Romanovich — disse a irmã Angela — certamente sabe que dar informações é parte fundamental do trabalho de um bibliotecário.

— Ele não é — falei — um bibliotecário. Finge ser um, mas se a gente o pressiona nesse ponto, tudo o que consegue é saber muito mais sobre Indianápolis do que precisa.

— Não faz nenhum mal — respondeu Romanovich — ter conhecimentos exaustivos sobre minha amada Indianápolis. E a verdade é que você também sabe o nome.

Mais uma vez surpresa, a irmã Angela se virou para mim.

— Você sabe o nome do pai do Jacob, Oddie?

— Ele suspeita qual seja — disse Romanovich —, mas está relutante em acreditar.

— É verdade, Oddie? Por que você está relutante em acreditar?

— Porque o Sr. Thomas admira o homem de quem suspeita. E porque, se suas suspeitas estiverem corretas, ele pode estar indo contra uma força cuja potência não é capaz de calcular.

A irmã Angela disse:

— Oddie, tem alguma força cuja potência você não é capaz de calcular?

— Ah, tenho uma longa lista, minha senhora. A questão é que preciso ter certeza de que tenho o nome certo. E preciso entender sua motivação, o que ainda não é o caso, não totalmente. Pode ser perigoso chegar a ele sem um entendimento completo disso.

Voltando-se ao russo, a irmã Angela falou:

— Certamente que o senhor, se puder compartilhar com o Oddie o nome e as razões desse homem, fará isso para proteger as crianças.

— Eu não necessariamente acreditaria em qualquer coisa que ele me dissesse — observei. — Nosso amigo do chapéu de pele tem seus próprios interesses. E suspeito que será implacável em sua busca.

Com a voz carregada de reprovação, a madre superiora disse:

— Sr. Romanovich, o senhor se apresentou a esta comunidade como um simples bibliotecário buscando enriquecer sua fé.

— Irmã — discordou ele —, nunca disse que era alguém simples. Mas é verdade que sou um homem de fé. E cuja fé é tão certa que jamais precisaria ser enriquecida.

Ela olhou para ele por um momento, e então se virou para mim novamente.

— Ele é mesmo uma peça.

— Sim, senhora.

— Eu o chutaria daqui, em plena neve, se não fosse uma coisa tão anticristã de se fazer e se eu acreditasse, por apenas um minuto, que seríamos capazes de agarrar esse cara e levá-lo até a porta.

— Não acho que conseguiríamos, irmã.

— Nem eu.

— Se a senhora pudesse encontrar para mim uma criança que esteve morta, mas que possa falar — ressaltei a ela —, talvez eu consiga descobrir o que preciso saber por outros meios que não o Sr. Romanovich.

Seu rosto emoldurado pela toca do hábito se iluminou.

— Foi isso que vim aqui lhe dizer antes de começarmos com essa conversa toda sobre o pai do Jacob. Existe uma garota chamada Flossie Bodenblatt...

— Certamente que não — atalhou Romanovich.

— Flossie — prosseguiu a irmã Angela — passou por muitas, tantas coisas, coisas demais, mas é uma menina espirituosa, e que trabalhou muito na terapia de fala. Sua voz é nítida hoje. Ela estava na sala de reabilitação, mas a trouxemos de volta para o quarto. Venham comigo.

QUARENTA E CINCO

Aos 9 anos, Flossie estava no São Bartolomeu havia um ano. Segundo a irmã Angela, era das poucas que, um dia, seria capaz de deixar o colégio e viver por conta própria.

Os nomes nas plaquinhas à porta eram FLOSSIE e PAULETTE. Flossie nos esperava sozinha.

Babados e bonecas caracterizavam a metade do quarto ocupada por Paulette. Havia almofadas cor-de-rosa e uma pequena penteadeira também rosa e verde.

A parte de Flossie era, em comparação, mais simples, limpa, toda em azul e branco e decorada apenas com pôsteres de cachorros.

O sobrenome *Bodenblatt* me levava a pensar numa ascendência alemã ou escandinava, mas Flossie tinha um rosto bem mediterrâneo: cabelos pretos e grandes olhos escuros.

Até então não havia encontrado a garota, ou talvez só a tivesse visto de longe. Meu coração ficou apertado de imediato, e eu soube que aquilo poderia se revelar mais difícil do que pensava.

Quando chegamos, Flossie estava sentada sobre um tapete no chão folheando um livro de fotografias de cães.

— Querida — disse a irmã Angela —, este é o Sr. Thomas. Ele gostaria de falar com você.

Seu sorriso não era o sorriso do qual eu me lembrava de outra época e de outro lugar, mas era bem parecido, um sorriso sofrido e adorável.

— Olá, Sr. Thomas.

Eu me sentei no chão de frente para dela, cruzei as pernas e falei:

— Estou tão contente em te conhecer, Flossie.

A irmã Angela se sentou na beirada da cama de Flossie, e Rodion Romanovich ficou ali, parado entre as bonecas e os babados de Paulette, como um urso saído de um conto de fadas.

A menina usava calças vermelhas e um suéter branco com uma imagem do Papai Noel. Seus traços eram finos, seu nariz era arrebitado, e tinha um queixo delicado. Poderia até mesmo se passar por um elfo.

O canto esquerdo da boca era puxado para baixo e a pálpebra esquerda, ligeiramente caída.

A mão esquerda se encolhia feito uma garra, e ela apoiava o livro no colo com o braço, como se ele não tivesse outra utilidade além de aparar coisas. Virava as páginas com a mão direita.

Agora, sua atenção estava focada em mim. O olhar era direto e firme, cheio de uma confiança conquistada a partir de experiências dolorosas, uma característica que eu também já tinha visto antes em olhos daquele mesmo tom.

— Então você gosta de cachorros, Flossie?

— Sim, mas não gosto do meu nome.

Se algum dia ela tivera alguma dificuldade de fala causada por dano cerebral, fora completamente superada.

— Você não gosta de Flossie? Mas é um nome bonito.

— É nome de vaca — declarou ela.

— Bem, é verdade, ouvi falar de vacas chamadas Flossie.

— E parece marca de fio dental.

— Talvez pareça mesmo, agora que você falou. Como gostaria de ser chamada?

— Natal — respondeu ela.

— Você quer mudar seu nome para Natal?

— Claro. Todo mundo adora o Natal.

— Isso é verdade.

— Nada de ruim nunca acontece no Natal. Então nada ruim pode acontecer a alguém com esse nome, não é?

— Então deixa eu começar de novo — eu disse. — Estou tão contente em te conhecer, Natal Bodenblatt.

— Vou mudar a última p-p-parte, também.

— E o que você prefere, em vez de *Bodenblatt*?

— Praticamente qualquer coisa. Não decidi ainda. Precisa ser um bom nome para trabalhar com cães.

— Você quer ser veterinária quando crescer?

Ela assentiu com a cabeça.

— Mas não vai dar.

Ela apontou para a própria cabeça e, com uma franqueza terrível, disse:

— É que fiquei meio boba depois daquele dia no carro.

Atordoado, falei:

— Você parece muito inteligente para mim.

— Nada. Não sou burra, mas também não sou inteligente o suficiente para ser veterinária. Mas, se eu trabalhar bastante pra recuperar meu braço e minha perna, e eles ficarem m-m-melhores, posso trabalhar com algum veterinário, sabe, ajudando com os cachorros. Dar b-banho neles. Tosar o pelo e essas coisas. Podia fazer muita coisa com os cachorros.

— Parece que você gosta deles.

— Ah, eu amo cachorros.

Ela ficava radiante ao falar sobre cães, uma alegria que fez seu olhar parecer menos sofrido do que antes.

— Eu tive um cachorro — contou ela. — Era um bom cão.

Fui alertado pela minha intuição de que perguntas sobre esse cachorro nos levariam a lugares aos quais eu não aguentaria ir.

— O senhor veio falar comigo sobre cachorros, Sr. Thomas?

— Não, Natal. Vim pedir um favor.

— Que favor?

— Sabe, o engraçado é que eu não me lembro. Você pode esperar por mim aqui, Natal?

— Claro. Tenho um livro de cachorros.

Eu me levantei e disse:

— Irmã, podemos conversar?

A madre superiora e eu fomos até um canto do quarto e, confiante de que não poderíamos impedi-lo, o russo se juntou a nós.

Quase sussurrando, falei:

— Irmã, o que aconteceu com essa menina... por que tipo de sofrimento ela passou?

A freira respondeu:

— Não conversamos sobre o histórico das crianças com qualquer um — e fitou o russo com um olhar sério.

— Tenho muitos defeitos — disse Romanovich —, mas não sou fofoqueiro.

— Nem bibliotecário — retrucou a irmã Angela.

— Senhora, há uma chance de que, talvez, essa menina possa me ajudar a descobrir o que está a caminho e salvar a todos nós. Mas estou... com medo.

— Do quê, Oddie?

— Do que essa menina possa ter sofrido.

A irmã Angela pensou por um momento e então disse:

— Ela morava com os pais e os avós, todos na mesma casa. Um primo apareceu uma noite. Ele tinha 19 anos. Um rapaz problemático, estava drogado ou coisa parecida.

Eu sabia que a irmã não era nenhuma ingênua, mas não queria vê-la dizer o que certamente diria em seguida. Fechei os olhos.

— Esse primo matou todos eles. Avós e pais. Aí passou umas horas... abusando da menina. Ela tinha 7 anos.

São especiais essas freiras. Todas de branco, descem ao pior lugar do mundo e tiram de lá o que há de mais precioso, dando-lhe novo brilho, da melhor forma possível. De olhos abertos, e repetidamente, mergulham outra vez na sujeira, mas sempre com esperanças; se sentiam medo, não demonstravam.

— Quando passou o efeito da droga — prosseguiu ela —, ele viu que não escaparia e escolheu o caminho mais covarde. Na garagem, fixou uma mangueira ao cano de escape, abriu uma fresta da janela, do tamanho suficiente para passar uma mangueira por ali e levou a garota para dentro do carro com ele. Não se satisfaria com o mal que já havia causado. Ele tinha que levar ela com ele.

Não há limites na revolta insensata, na elevação de si acima de tudo, no narcisismo que só encontra alguma autoridade no próprio rosto visto no espelho.

— Aí ele se acovardou — continuou a irmã Angela. — Deixou a menina no carro e voltou para a casa e ligou para a emergência. Contou que tinha tentado se suicidar e que seus pulmões estavam queimando. Estava com falta de ar e precisava de ajuda. Depois se sentou para esperar os paramédicos.

Abri os olhos buscando algum amparo nos dela.

— Irmã, uma vez ontem à noite e outra hoje, alguém do Outro Lado, alguém que conheço, tentou fazer contato comigo através da Justine. Acho que para me avisar o que está a caminho.

— Entendo. Acho que entendo. Não, tudo bem. Deus me ajude, acredito em você. Continue.

— Tem uma coisa que eu sei fazer com uma moeda ou uma medalha numa correntinha, ou mesmo com qualquer coisa que brilhe. Aprendi com um amigo mágico. Sou capaz de levar uma pessoa a uma espécie de hipnose leve.

— Para quê?

— Uma criança que esteve morta e reviveu talvez seja como uma ponte entre este mundo e o próximo. Relaxada, levemente hipnotizada, ela pode ser a voz pela qual essa pessoa do Outro Lado consiga falar comigo o que não foi capaz de dizer por intermédio da Justine.

A irmã Angela fechou a cara.

— Mas a Igreja desaconselha o interesse no ocultismo. E isso não seria traumático para a criança?

Respirei fundo, soltei o ar.

— Não vou fazer isso, irmã. Só quero que a senhora entenda que, talvez fazendo, eu pudesse descobrir o que está para acontecer, e acho que deveria tentar. Mas sou muito fraco. Estou com medo e sou fraco.

— Você não é fraco, Oddie. Já o conheço um pouco.

— Não, senhora. Vou fracassar desta vez. Não sou capaz de suportar isso... Natal ali e seu coração tão cheio de amor pelos cães. É demais.

— Tem alguma coisa aí que eu não entendo — disse ela. — O que eu não estou sabendo desta história?

Balancei a cabeça. Não conseguia pensar numa maneira de explicar a situação.

Depois de apanhar seu casaco com punhos de pele da cama de Paulette, Romanovich disse, num sussurro ríspido:

— Irmã, a senhora sabe que o Sr. Thomas perdeu alguém que amava muito.

— Sim, Sr. Romanovich, sei disso — falou ela.

— O Sr. Thomas salvou muitas pessoas naquele dia, mas não conseguiu salvar essa em especial. Ela era uma menina de cabelos pretos e olhos escuros, e tinha a pele parecida com a daquela menina ali.

Ele tirava conclusões que só seriam possíveis se soubesse muito mais sobre minha perda do que havia sido publicado pelos jornais.

Antes inescrutáveis, seus olhos continuavam sem dizer nada: o livro de sua vida permanecia fechado.

— O nome dela — disse Romanovich — era Bronwen Llewellyn, mas ela não gostava dele. Achava que Bronwen soava como o nome de um elfo. Deu a si mesma o apelido de Stormy.

Ele não apenas me intrigava agora. Ele me deixava espantado.

— Quem é você?

— Ela mesma se batizou de Stormy, assim como Flossie quer ser chamada de Natal — continuou ele. — Stormy foi abusada quando menina por seu pai adotivo.

— Ninguém sabe disso — protestei.

— São poucas as pessoas, Sr. Thomas. Mas alguns assistentes sociais sabem. Stormy não sofreu danos físicos graves ou retardo mental. Mas, como a senhora pode ver, irmã Angela, o paralelo aqui torna as coisas muito difíceis para o Sr. Thomas.

Muito difíceis, sim. Muito difíceis. E, num sinal de como eram difíceis, nenhuma tirada espirituosa me veio à mente naquele momento, nem mesmo uma expressão de humor ácido ou uma brincadeira malcriada.

— Falar com a pessoa que perdeu — disse Romanovich — por intermédio de alguém que o faz lembrar dela... é demais. Seria além da conta para qualquer um. Ele sabe que usar essa menina com um canal para chegar a um espírito seria traumático para ela, mas diz a si mesmo que esse trauma é aceitável se algumas vidas puderem ser salvas. Porém, por ser quem ela é, e *como* ela é, ele não é capaz de ir em frente. Ela é uma inocente, como Stormy era, e ele não vai usar um inocente.

Vendo Natal com seu livro de cães, eu disse:

— Irmã, se eu usar a menina como uma ponte entre os vivos e os mortos... o que poderia acontecer se ela voltasse à lembrança da morte que está esquecida? E se, quando eu tiver terminado, ela permanecer com um pé no outro mundo e nunca mais puder estar inteiramente neste ou ficar em paz aqui? Ela já foi usada e jogada fora uma vez, como se fosse apenas uma coisa. Não pode ser usada de novo, não importa quais sejam as justificativas. Não novamente.

De um bolso interno do casaco pendurado no braço, Romanovich tirou uma carteira comprida, dobrada na vertical, e dela, um cartão plastificado que não me mostrou de imediato.

— Sr. Thomas, se você lesse um relatório de vinte páginas sobre mim, preparado por experientes analistas de inteligência, ficaria sabendo tudo o que interessa a meu respeito, assim como muito do que não interessaria nem à minha mãe, ainda que ela me idolatrasse.

— Sua mãe assassina.

— Exato.

A irmã Angela disse:

— Como é que é?

— Minha mãe também era pianista.

Falei:

— Ela provavelmente era muito boa na cozinha também.

— Na verdade, aprendi a fazer tortas com ela. Depois de ter lido um relatório de vinte páginas sobre você, Sr. Thomas, achava que tinha descoberto tudo, mas parece que pouco fiquei sabendo de importante. Com isso, não me refiro apenas ao seu... dom. Quero dizer que não soube que tipo de homem você é.

Embora não me passasse pela cabeça que o russo pudesse ser um santo remédio para curar melancolia, de repente ele se provou capaz de melhorar meu humor.

— O que o seu pai fazia, senhor? — perguntei.

— Ele preparava as pessoas para a morte, Sr. Thomas.

Até então, eu ainda não tinha visto a irmã Angela perplexa.

— Então era um negócio de família, senhor? Por que o senhor é tão direto em chamar sua mãe de assassina?

— Porque, veja, tecnicamente falando, um assassino só atua contra alvos políticos em altos postos.

— Enquanto um agente funerário não pode ficar escolhendo muito.

— Um agente funerário também não pega qualquer um indiscriminadamente, Sr. Thomas.

Se a irmã Angela não fosse uma espectadora regular de partidas de tênis, amanheceria com um torcicolo.

— Senhor, aposto que seu pai também era um mestre do xadrez.

— Ele ganhou um único campeonato nacional.

— Ocupado com o trabalho de agente funerário.

— Não. Infelizmente foi condenado a cinco anos de prisão quando estava exatamente no auge como enxadrista.

— Sacanagem.

Enquanto passava para mim o cartão plastificado que havia tirado da carteira, um documento de identidade com foto e cheio de hologramas, Romanovich se dirigiu à irmã Angela:

— Isso tudo aconteceu na antiga União Soviética, e está tudo confessado e reparado. Há muito tempo que passei para o lado da verdade e da justiça.

Lendo o cartão, eu disse:

— Agência de Segurança Nacional.

— Exato, Sr. Thomas. Depois de presenciar suas conversas com Jacob e com essa menina aqui, decidi confiar em você.

— Precisamos ter cuidado, irmã — adverti. — Ele pode estar simplesmente tentando ganhar nossa confiança.

Ela assentiu, mas continuava perplexa.

— Precisamos conversar em um lugar mais reservado — disse Romanovich.

Devolvendo sua credencial de agente de segurança, falei:

— Quero trocar algumas palavras com a menina.

Quando novamente me sentei no chão perto de Natal, ela levantou os olhos do livro e disse:

— Também gosto de gatos, m-m-mas eles não são cachorros.

— Com certeza não são — concordei.

— Nunca vi um bando de gatos que fosse forte o suficiente para puxar um trenó.

A imagem de gatos puxando um trenó como cachorros a fez rir.

— E um gato nunca vai correr atrás de uma bola de tênis que você jogar para ele.

— Nunca — concordou ela.

— E os cachorros nunca ficam com hálito de rato.

— Eca! Hálito de rato!

— Natal, você realmente quer trabalhar com cachorros um dia?

— Quero, sim. Tenho certeza de que poderia fazer muita coisa com eles.

— Você tem que ficar firme na reabilitação, recuperar toda a força que puder no braço e na perna.

— Vou recuperar tudo.

— É assim que se fala.

— A gente precisa recuperar meu c-c-cérebro também.

— Vou estar com você, Natal. Aí, quando estiver crescida e pronta para se virar sozinha, vai ter um amigo para te ajudar a arrumar um emprego no qual você possa fazer coisas incríveis com cachorros, se ainda quiser fazer isso.

Seus olhos se arregalaram.

— Coisas maravilhosas, tipo o quê?

— Você é quem vai decidir. Enquanto cresce e fica mais forte, vai pensando em qual seria o trabalho mais maravilhoso que poderia fazer com cachorros, e vai ser isso.

— Eu tinha um ótimo cachorro. O nome dele era F-Farley. Ele tentou me salvar, mas o Jason atirou nele também.

Ela falou sobre o horror que sofrera com mais serenidade do que eu jamais conseguiria ter, e senti que não poderia mais manter a compostura caso ela continuasse a falar daquilo.

— Um dia você vai ter todos os cachorros que quiser. Vai poder viver num mar feliz de pelos.

Embora ela não tivesse se desligado completamente da lembrança de Farley para uma risada, sorriu.

— Um mar feliz de pelos — disse, saboreando o som da frase, com o sorriso ainda no rosto.

Estendi a mão.

— Combinado?

Solene, ela refletiu, então concordou com a cabeça e pegou na minha mão.

— Combinado.

— Você é muita dura para negociar, Natal.

— Sou?

— Estou exausto. Você me deu uma canseira. Estou pregado, morto e acabado. Meus pés cansaram, minhas mãos cansaram, até meu cabelo está cansado. Preciso de uma longa soneca, e também preciso muito, muito, comer pudim.

Ela deu uma risadinha.

— Pudim?

— Foi tão difícil negociar com você, fiquei tão exausto que nem posso mastigar. Meus dentes estão cansados. Na verdade, meus dentes já estão dormindo. Só vou conseguir comer pudim.

Sorrindo, ela disse:

— Você é bobo.

— Já me disseram isso antes — garanti a ela.

Como precisávamos conversar num lugar onde fosse improvável que aparecessem bodachs, a irmã Angela nos levou, Romanovich e eu, até a farmácia, onde a irmã Corrine separava os remédios da noite em copinhos de papel com os nomes de seus pacientes. Ela concordou em nos dar privacidade.

A portas fechadas, a madre superiora disse:

— Certo. Então quem é o pai de Jacob, e por que ele é tão importante nesta história?

Romanovich e eu olhamos um para o outro e falamos juntos:

— John Heineman.

— O irmão John? — perguntou ela, duvidando. — Nosso patrono? Que entregou toda a sua fortuna?

Falei:

— A senhora não viu o monstro esquelético, irmã. Se tivesse visto, saberia imediatamente que não pode ser obra de ninguém mais senão do irmão John. Ele quer que o filho morra, e talvez que o mesmo aconteça a todos os demais, a todas as crianças daqui.

QUARENTA E SEIS

RODION ROMANOVICH TINHA GANHADO ALGUMA CREDIBILIdade comigo por causa de sua credencial da Agência de Segurança Nacional e por ser um cara engraçado. Talvez fosse o efeito pernicioso das moléculas de tranquilizante flutuando no cheiro que havia no ar da farmácia, mas o fato é que, a cada minuto que passava, eu parecia mais disposto a confiar no russo.

De acordo com o Hoosier, 25 anos antes de estarmos ali, cercados pela nevasca, a noiva de John Heineman, Jennifer Calvino, dera à luz seu filho, Jacob. Não se sabe se ela chegou a fazer um ultrassom ou outro teste, mas, em todo caso, levou a gravidez até o fim.

Vinte e seis anos, já um físico dono de feitos significativos, Heineman não havia reagido bem à gravidez, sentia-se preso por causa dela. Ao ver Jacob pela primeira vez, ele negou a paternidade, desmanchou o noivado e eliminou Jennifer Calvino de sua vida, sem ter dado a isso mais importância do que daria a um carcinoma operado e removido cirurgicamente de sua pele.

Já a essa altura, Heineman era um homem de algumas posses, mas Jennifer não lhe pediu nada. A hostilidade dirigida pelo cientista ao filho deformado havia sido tão grande que

Jennifer decidiu que Jacob seria mais feliz e estaria mais seguro se não tivesse nenhum contato com o pai.

Mãe e filho não tiveram uma vida fácil, mas ela era muito dedicada ao menino que, sob seus cuidados, mostrava melhoras. Quando Jacob tinha 13 anos, sua mãe morreu, mas não sem antes arranjar uma instituição de caridade que pertencesse à Igreja, para tomar conta dele pelo resto da vida.

Ao longo dos anos, Heineman se tornou famoso e rico. Quando suas pesquisas, conforme foi amplamente divulgado, o levaram à conclusão de que a estrutura subatômica do universo sugeria algo como o design perfeito, repensando sua vida, e numa espécie de penitência, doara sua fortuna e se retirara para um mosteiro.

— Era um homem mudado — contou a irmã Angela. — Arrependido pela maneira como havia tratado Jennifer e Jacob, ele desistiu de tudo. Certamente não poderia desejar a morte do filho, pois financiou estas instalações para o tratamento de crianças como Jacob. E para o próprio Jacob.

Sem responder ao argumento da madre superiora, Romanovich disse:

— Há pouco mais de dois anos, Heineman abandonou a reclusão e voltou a discutir suas atuais pesquisas com antigos colegas, por telefone e e-mail. Ele sempre fora fascinado pela estranha ordem que subjaz ao aparente caos da natureza e, durante os anos nos quais esteve recluso, usando modelos informatizados que ele mesmo projetou e que rodavam em vinte supercomputadores interligados, fez descobertas que lhe permitiriam, segundo suas próprias palavras, "provar a existência de Deus".

A irmã Angela não precisava pensar muito sobre aquela asserção para achar sua falha.

— Podemos abordar a crença pelo lado intelectual, mas, no fim das contas, Deus deve ser uma questão de fé. Provas são para as coisas deste mundo, coisas temporais, e não aquelas que estão além do tempo.

Romanovich continuou:

— Como alguns dos cientistas com quem Heineman conversou também trabalham para a Agência de Segurança, e como esses cientistas viam riscos relacionados às pesquisas e à sua aplicação em questões de segurança, eles o denunciaram para nós. Desde então, sempre mantivemos um de nossos homens na hospedaria do mosteiro. Sou apenas o mais recente.

— Por alguma razão — eu disse —, o senhor estava tão assustado com a situação que introduziu aqui outro agente, como postulante e agora noviço, o irmão Leopold.

A touca do hábito da irmã Angela pareceu se eriçar em desaprovação.

— O senhor levou um homem a professar falsamente seus votos a Deus?

— Não pretendíamos que ele fosse além de um simples postulado, irmã. Queríamos que ficasse algumas semanas envolvido mais profundamente com a comunidade do mosteiro do que um hóspede jamais conseguiria estar. Por acaso, ele era um homem em busca de uma nova vida, e ele a encontrou. Nós o perdemos para vocês, embora achemos que Leopold ainda nos deve alguma ajuda, conforme permitem seus votos.

A carranca da freira se mostrou mais imponente que qualquer uma que o russo já tivesse exibido.

— Mais do que nunca, Sr. Romanovich, o senhor se revela uma figura das mais dúbias.

— A senhora sem dúvida tem toda a razão. Ficamos alarmados com o aparente suicídio do irmão Constantine porque, a partir dali, Heineman parou de repente de ligar e mandar e-mails aos ex-colegas, e desde então não se comunicou com ninguém de fora do São Bartolomeu.

— Talvez — sugeriu a irmã Angela — o suicídio o tenha motivado a trocar as pesquisas por reflexões e oração.

— Não é o que achamos — respondeu Romanovich, seco.

— E o irmão Timothy foi assassinado, irmã. Não há mais dúvida sobre isso agora. Encontrei o corpo.

Embora ela já o tivesse aceitado, aquela dura confirmação do fato a deixou abalada.

— Se isso lhe serve de consolo, irmã — disse Romanovich —, acreditamos que Heineman pode não estar plenamente consciente da violência que desencadeou.

— Mas, Sr. Romanovich, como ele poderia não estar consciente, se dois já morreram e outros estão sob ameaça?

— Pelo que me lembro, o pobre Dr. Jekyll não percebeu de imediato que sua tentativa de se livrar de todos os impulsos do mal tinham levado, no processo, à criação de Mr. Hyde, cuja natureza era a pura maldade que a bondade do médico jamais alimentara.

Com a imagem viva do monstro esquelético tombando a caminhonete em mente, falei:

— Aquela coisa no meio da neve não era apenas o lado negro da personalidade humana. Não havia nada de humano nela.

— Não se tratava do lado negro — concordou Romanovich. — Mas talvez tivesse sido *criado* pelo lado negro da personalidade de Heineman.

— Como assim, senhor?

— Não temos certeza, Sr. Thomas. Mas acho que agora cabe-nos descobrir, e rápido. Você tem uma chave mestra.

— Sim.

— Por que, Sr. Thomas?

— O irmão Constantine é um daqueles mortos que permanecem neste mundo. Recebi uma chave para que eu pudesse ter acesso a qualquer lugar onde o irmão viesse a se manifestar como poltergeist. Venho tentando lhe dar conselhos para que... siga em frente.

— Você leva uma vida interessante, Sr. Thomas.

— A sua não fica atrás, senhor.

— Você tem acesso até mesmo ao valhacouto.

— Nos damos bem, senhor. Ele faz cookies muito gostosos.

— Você tem mesmo uma queda pela culinária.

— Parece que todos temos, senhor.

A irmã Angela balançou a cabeça.

— Não sei nem ferver água.

Romanovich ligou a chavinha que disparava o mecanismo hidráulico em suas sobrancelhas.

— Ele sabe do seu dom?

— Não, senhor.

— Acho que você é a Mary Reilly dele.

— Espero que o senhor não tenha voltado aos seus enigmas.

— Mary Reilly era a governanta do Dr. Jekyll. Ele esperava, inconscientemente, que ela descobrisse tudo o que ele escondia dela e o impedisse de continuar.

— E essa Mary Reilly acabou morta, senhor?

— Não me lembro. Mas se você não andou tirando o pó lá da toca do Heineman, deve estar seguro.

— E agora? — perguntou a irmã Angela.

— O Sr. Thomas e eu precisamos dar uma olhada no valhacouto do irmão John.

— E sair de lá vivos — completei.

Romanovich assentiu.

— Certamente podemos tentar.

QUARENTA E SETE

OS MONGES EM TRAJES DE NEVE ERAM 17. APENAS DOIS OU três assobiavam enquanto trabalhavam. Nenhum deles era excepcionalmente baixinho. Mas, vendo-os de guarda nas escadas da parte sudeste e da parte noroeste, meio que esperei encontrar a Branca de Neve por ali com garrafas de água e palavras de incentivo.

Por razões de segurança, as portas das escadas não podiam ser trancadas. Em cada andar, o patamar entre os degraus proporcionava um espaço generoso, de modo que a porta abria para as escadas em vez de para fora.

No porão, no térreo e no terceiro piso, os monges haviam feito quatro furos em cada batente de porta — sempre dois à esquerda e dois à direita — e instalado buchas de aço neles. Em cada bucha, colocaram um parafuso de pouco mais de 1 centímetro de diâmetro.

Os parafusos se projetavam cerca de 2,5 centímetros para fora das buchas, impedindo que as portas se abrissem. Tal procedimento não apenas reforçava o batente, mas também toda a parede que sustentava cada porta.

Como as buchas não eram de rosca, e também eram mais largas que os pinos nelas inseridos, os parafusos podiam ser arrancados em segundos para facilitar a fuga pelas escadas, se houvesse uma emergência.

No segundo andar, onde dormiam as crianças, a dificuldade consistia em conceber uma forma de impedir que as portas fossem abertas na hipótese improvável de algum invasor ser capaz de passar pelas portas reforçadas com parafusos nas escadas, e galgar os andares. Os irmãos já discutiam os méritos de três opções para maior segurança.

Para a guarda das escadas da parte sudeste, Romanovich e eu convocamos o irmão Knuckles, e para as escadas a noroeste, o irmão Maxwell, fazendo a vigilância de Jacob Calvino. Cada um deles trazia consigo dois tacos de beisebol, caso o primeiro fosse quebrado durante a batalha.

Se a parte Mr. Hyde da personalidade do irmão John Heineman nutria ódio contra *todos* os deficientes físicos e mentais, então nenhuma criança do colégio estava segura. Cada uma delas poderia ser alvo do ímpeto destrutivo do cientista.

O senso comum sugeria, no entanto, que Jacob — *Deixa ele morrer* — seguia sendo o alvo preferencial. Seria ou a única vítima do ataque, ou a primeira entre muitas.

Quando voltamos ao quarto de Jacob, pela primeira vez ele não estava desenhando. Estava sentado numa cadeira de encosto reto, e um travesseiro no colo lhe servia como descanso para as mãos, quando precisava. Cabeça baixa, totalmente concentrado, ele estava bordando flores com uma linha cor de pêssego sobre um tecido branco, talvez um lenço.

À primeira vista, o bordado parecia ser uma atividade improvável para ele, mas o rapaz fazia ali um trabalho requintado. Enquanto eu observava a delicadeza dos intrincados padrões de agulha e linha, percebi que aquilo não era menos notável — e tampouco menos impressionante — do que sua capacidade para criar desenhos detalhados a lápis com aquelas mesmas mãos largas e curtas, de dedos grossos.

Deixando Jacob e seu bordado, me juntei a Romanovich, Knuckles e ao irmão Maxwell junto à única janela do quarto.

O irmão Maxwell tinha se formado na Faculdade de Jornalismo da Universidade do Missouri. Durante sete anos, trabalhou como repórter policial em Los Angeles.

O número de crimes graves era superior ao número de repórteres disponíveis para cobri-los. Toda semana, dezenas de ávidos bandidos e maníacos cometiam atos absurdos de violência para descobrir em seguida, com grande decepção, que não lhes tinham sido dedicados mais do que 5 centímetros de coluna no jornal.

Certa manhã, Maxwell viu-se tendo que escolher entre a cobertura de um assassinato envolvendo sexo bizarro, outra morte extremamente violenta cometida com um machado, uma picareta e uma pá, um homicídio associado a canibalismo e um assalto, seguido de um ritual de desfiguração, cujas vítimas eram quatro velhinhas judias que moravam na mesma casa.

Para sua surpresa e a dos colegas, entrincheirou-se na sala do café e dali não saiu. Tinha à disposição máquinas abastecidas com barras de chocolate e biscoitos de queijo recheados com manteiga de amendoim, e pensou que poderia resistir por pelo menos um mês antes de desenvolver escorbuto por grave deficiência de vitamina C.

Quando o editor do jornal chegou para negociar com ele pela porta transformada em barricada, Maxwell fez exigências: ou receber suco de laranja fresco, entregue semanalmente pelas escadas e através da janelinha da sala de café do terceiro andar, — ou ser demitido. Após refletir sobre as duas alternativas pelo tempo exato que o diretor de recursos humanos do jornal considerou necessário para evitar uma ação judicial por rescisão danosa de contrato, o editor demitiu Maxwell.

Exultante, ele desocupou a sala do café e só mais tarde, em casa, com um súbito acesso de riso, percebeu que poderia simplesmente ter pedido demissão. O jornalismo passou a lhe parecer não mais uma carreira, e sim uma prisão.

Quando conseguiu parar de rir, decidiu que seu pequeno episódio de loucura viera por dom divino, um chamado para deixar Los Angeles para trás e ir para um lugar onde pudesse encontrar um senso maior de comunidade e menos pichações de gangues. Há 15 anos, tinha se tornado um postulante, depois um noviço, e por uma década, vivia como monge sob votos completos.

Agora, examinando a janela do quarto de Jacob, ele disse:

— Quando este edifício foi reformado a partir da antiga abadia, algumas das janelas do térreo foram ampliadas e substituídas e receberam esquadrias de madeira. Mas, neste andar, permaneceram as janelas antigas. São menores e feitas de sólido bronze: grades, esquadrias, tudo em bronze.

— Nada muito fácil de cortar ou mastigar — sentenciou o irmão Knuckles.

— E os vidros — disse Romanovich — têm 25 centímetros quadrados. A fera que encontramos na tempestade não passaria por um deles. Na verdade, se conseguisse arrancar a janela inteira, o bicho ainda seria grande demais para entrar no quarto por aqui.

Eu disse:

— A criatura da torre de resfriamento era menor que aquela que tombou a caminhonete. Não conseguiria passar por um vidro de 25 centímetros, mas caberia numa janela deste tamanho aberta.

— É do tipo que abre para fora — observou o irmão Maxwell, tocando o mecanismo que fazia a janela abrir e fechar. — Ainda que alguém quebre um dos vidros pequenos e alcance esta tranca, vai bloquear com o próprio o corpo, do lado de fora, a abertura da janela.

— E dependurado à lateral do prédio — falou Romanovich.

— Na ventania — completou o irmão Maxwell.

— O que esse bicho bem poderia ser capaz de fazer — eu disse —, e ao mesmo tempo mantendo sete pratos girando equilibrados na ponta de sete varas de bambu.

— Nah — duvidou o irmão Knuckles. — Talvez três pratos, mas não sete. Estamos bem aqui. Esse negócio é dos bons.

Agachado ao lado de Jacob, falei:

— É um bordado bonito.

— Pra me manter ocupado — disse ele, a cabeça ainda baixa, e os olhos no trabalho.

— Uma ocupação é legal — emendei.

— Isso me deixa feliz — respondeu ele, e suspeitei de que tinha sido sua mãe que o aconselhara sobre a satisfação e a paz que advêm de se dar ao mundo qualquer contribuição que a gente seja capaz de dar.

Além disso, o trabalho era um pretexto para evitar contato visual. Em seus 25 anos, ele provavelmente vira olhares chocados, de nojo, de desprezo e de curiosidade mórbida o suficiente. Melhor não voltar a olhar nos olhos de ninguém, exceto os das freiras e aqueles aos quais ele podia, desenhando com um lápis, acrescentar as nuances de amor e ternura pelas quais ansiava.

— Você vai ficar bem — falei.

— Ele quer que eu morra.

— O que ele quer e o que ele vai conseguir não são a mesma coisa. Sua mãe o chamava de Nuncafoi porque ele nunca foi seu pai de verdade quando vocês dois precisaram dele.

— Ele é o Nuncafoi, e não nos importamos.

— Certo. Ele é o Nuncafoi, mas é também o Nuncavai. Ele nunca mais vai te machucar, nunca mais vai se aproximar de você, não enquanto eu estiver aqui, não enquanto uma irmã ou um irmão estiverem aqui. E eles estão todos aqui, Jacob, porque você é especial, é precioso para eles e para mim.

Ele soergueu a cabeça deformada e olhou nos meus olhos. Em nenhum momento desviou timidamente o olhar, como fizera antes.

— Você está bem? — perguntou ele.

— Eu estou. E você?

— É. Eu estou bem. Você... você está correndo perigo?

Como ele saberia reconhecer uma mentira, eu disse:

— Talvez um pouquinho.

Seus olhos, um mais alto que o outro no rosto trágico, eram transparentes, cheios de timidez e coragem, belos mesmo que assimétricos.

Com o olhar mais afiado que eu já tinha visto, sua voz suavizou-se ainda mais:

— Você já se penitenciou?

— Sim.

— Foi absolvido?

— Ontem.

— Então você está pronto.

— Espero que sim, Jacob.

Ele não só continuou a me olhar nos olhos, como também pareceu procurá-los.

— Sinto muito.

— Pelo quê, Jacob?

— Sinto muito pela sua menina.

— Obrigado, Jake.

— Eu sei o que você não sabe — disse ele.

— E o que é?

— Eu sei o que ela viu em você — falou ele, e colocou a cabeça no meu ombro.

Ele conseguiu o que poucas pessoas até hoje haviam conseguido, embora muitas tenham tentado: ele tinha me deixado sem palavras.

Passei um braço em volta dele, e ficamos assim por um minuto, nenhum de nós precisava dizer mais nada, porque estávamos bem, estávamos prontos.

QUARENTA E OITO

No único quarto em que, naquele momento, não havia internos, Rodion Romanovich pousou uma maleta grande sobre uma das camas.

A mala era dele. O irmão Leopold a buscara no quarto do russo, na hospedaria, e a trouxera na caminhonete.

Ele abriu a maleta, que continha duas pistolas aninhadas em nichos de espuma. Pegando uma das armas, falou:

— Esta é uma Magnum Desert Eagle calibre 50. A 44 ou a 357 são formidáveis, mas esta aqui faz um barulho incrível. Você vai gostar do barulho.

— Senhor, com uma dessas num bosque de cactos, o senhor poderia fazer uma meditação da pesada.

— Ela é ótima, mas o coice é forte, Sr. Thomas, então recomendo que você fique com a outra pistola.

— Obrigado, senhor, mas não, obrigado.

— A outra é uma SIC Pro 357, bem fácil de manusear.

— Não gosto de armas, senhor.

— Você mandou bala naqueles assassinos no shopping, Sr. Thomas.

— Sim, senhor, mas aquela foi a primeira vez que puxei um gatilho e, enfim, a arma não era minha.

— Esta também não é sua. É minha. Vá em frente, pegue.

— Normalmente eu improviso.

— Improvisar em quê?

— Na minha autodefesa. Se não tiver uma cobra de verdade ou uma de borracha à mão, tem sempre um balde ou alguma coisa.

— Conheço você melhor agora do que conhecia ontem, Sr. Thomas, mas, na minha opinião, em certos aspectos, você continua sendo um jovem peculiar.

— Obrigado, senhor.

A maleta continha dois pentes carregados para cada pistola. Romanovich enfiou um pente em cada arma e colocou os de reposição nos bolsos das calças.

Na maleta havia ainda um coldre de ombro, mas ele não quis vesti-lo. Segurando as pistolas, colocou as mãos nos bolsos do casaco. Eram bolsos fundos.

Quando tirou as mãos dos bolsos, as armas não estavam mais à vista. O casaco era tão bem-feito que mal dava para notar o volume.

Ele olhou para a janela, checou o relógio e disse:

— Ninguém diz que são só 15h20.

Detrás da mortalha branca de neve que se agitava, a face cinzenta e cadavérica do dia aguardava a qualquer momento o próprio funeral.

Depois de fechar a maleta e acomodá-la debaixo da cama, o russo disse:

— Espero sinceramente que ele tenha apenas se equivocado.

— Quem, senhor?

— John Heineman. Espero que ele não seja louco. Cientistas loucos não são apenas perigosos, são também chatos, e eu não tenho paciência com gente chata.

Para evitar atrapalhar o trabalho dos irmãos nas duas escadarias, descemos de elevador. Sem música de elevador. Que bom.

Quando todas as crianças estivessem em seus quartos, e as escadarias, bem guardadas, os monges levariam os dois elevadores para o segundo andar. Então usariam a chave mestra da madre superiora para desligá-los, mantendo-os parados ali.

Se alguma coisa abominável entrasse pelo fosso a partir do topo ou de baixo, a própria cabine do elevador bloquearia o acesso ao segundo andar.

O teto da cabine tinha uma abertura para saídas de emergência. Os irmãos já haviam bloqueado essa passagem a partir de dentro, de modo que era impossível entrar por ali.

Os monges pareciam ter pensado em tudo, mas eram humanos e, portanto, certamente não previram todas as possibilidades. Se fôssemos capazes de pensar em tudo, ainda estaríamos vivendo no Éden, sem pagar aluguel, comendo de graça e à vontade e desfrutando de uma programação de TV diurna infinitamente melhor.

No porão, fomos até a sala das caldeiras. As chamas de gás assobiavam e as bombas d'água ressoavam, numa atmosfera, de resto, agradável pela sensação de que toda a genialidade da engenharia mecânica ocidental estava ali.

Para chegar ao valhacouto do irmão John, poderíamos nos aventurar na nevasca, penando para atravessar a neve alta acumulada até o mosteiro novo e nos arriscando a dar de cara com o monstro esquelético sem a armadura de uma caminhonete, desta vez. Como aventura, era algo recomendado: clima desafiador, terror, ar tão gelado que daria uma clareada na mente, se o muco no nariz não congelasse, e uma oportunidade para fazer bonecos de neve no caminho.

Os túneis de manutenção onde eu estivera antes ofereciam uma avenida sem tempo ruim e sem ventos uivantes encobrindo a aproximação daquelas feias criaturas. Talvez, se os esqueletos, fossem eles quantos fossem, estivessem todos na parte mais alta, a rondar o colégio em antecipação pelo cair da noite, seria uma corrida fácil até o porão da abadia nova.

Apanhei a chave especial que ficava pendurada ao lado da entrada por onde a gente teria de rastejar até poder ficar de pé no túnel, e nos ajoelhamos perto do painel de aço que precisaria ser retirado para nos dar passagem. Ficamos escutando.

Depois de meio minuto, perguntei:

— Você ouviu alguma coisa?

Quando outro meio minuto se passou, ele disse:

— Nada.

No momento em que eu encaixava a chave no primeiro dos quatro parafusos e começava a girá-la, pensei ter ouvido um leve barulho de algo raspando do lado do painel. Fiz uma pausa, tentando escutar e, depois de um tempo, disse:

— Você ouviu alguma coisa?

— Nada, Sr. Thomas — falou Romanovich.

Passado mais meio minuto, dei algumas batidas no painel como se ele fosse uma porta.

Do outro lado, explodiu um clique-claque frenético e cheio de fúria, sedento, com um desejo frio, e o estranho lamento que costumava acompanhar aquele louco sapateado parecia produzido por três ou quatro vozes.

Depois de apertar no lugar o parafuso que eu tinha começado a afrouxar, devolvi a chave especial ao gancho no qual ficava pendurada.

Enquanto subíamos de volta no elevador até o térreo, Romanovich comentou:

— Lamento que a Sra. Romanovich não esteja aqui.

— Por alguma razão, senhor, não me passou pela cabeça que houvesse uma Sra. Romanovich.

— Ah, sim, Sr. Thomas. Somos casados há vinte abençoados anos. Partilhamos muitos interesses. Se ela estivesse aqui, teria gostado *tanto* disso.

QUARENTA E NOVE

Se alguma das saídas do colégio estava sendo monitorada por sentinelas esqueléticas, as portas da frente, da garagem e dos fundos, adjacentes à cozinha, seriam aquelas em que havia maiores probabilidades de elas concentrarem sua atenção.

Romanovich e eu concordamos que deveríamos sair do prédio por uma janela do escritório da irmã Angela, que era o ponto mais distante das três portas, que seriam mais chamativas para o nosso inimigo. Embora a madre superiora não estivesse presente, a luminária da sua mesa se encontrava acesa.

Indicando os cartazes de George Washington, Flannery O'Connor e Harper Lee, eu disse:

— A irmã propõe um enigma, senhor. Que virtude comum ela mais admira nessas três pessoas?

Ele não precisou perguntar quem era as duas mulheres.

— Coragem — disse ele. — Washington obviamente era corajoso. O'Connor sofria de lúpus, mas não deixou que a doença a derrotasse. E Lee precisou de coragem para viver naquele lugar, naquela época, e enfrentar os fanáticos que ficaram irritados pelo retrato que ela fez deles em seu livro.

— Duas delas eram escritoras. O senhor levou vantagem sendo bibliotecário.

Quando apaguei a luz e abri as cortinas, Romanovich disse:

— Lá fora está um branco total. A dez passos do colégio já estaremos desorientados e perdidos.

— Não com meu magnetismo psíquico, senhor.

— A pipoca Cracker Jack ainda dá esses brindes de mágica, é?

Com uma pontada de culpa, abri algumas das gavetas da escrivaninha da irmã Angela, peguei uma tesoura e cortei 1,5 metro de tecido da cortina. Enrolei uma das pontas na mão direita, em que usava uma luva.

— Quando estivermos lá fora, te dou a outra ponta, senhor. Assim, não vamos nos separar mesmo que a nevasca nos cegue.

— Não entendo, Sr. Thomas. Você está dizendo que essa corda vai funcionar como uma espécie de ímã para nos conduzir até o mosteiro?

— Não, senhor. A corda é apenas para nos manter juntos. Se eu me concentrar numa pessoa que preciso encontrar e dirigir ou caminhar dando umas voltas por algum tempo, quase sempre acabo sendo levado a essa pessoa pelo meu magnetismo psíquico. Vou pensar no irmão John Heineman lá no valhacouto.

— Que interessante. E para mim o mais interessante foi o advérbio que você usou, *quase* sempre.

— Bem, sou o primeiro a admitir que não moro no Éden sem pagar aluguel.

— E o que significa você admitir isso, Sr. Thomas?

— Que não sou perfeito, senhor.

Depois de me certificar de que meu capuz estava firmemente atado ao queixo, levantei a parte de baixo da janela dupla, saí para o barulho e a zoeira da tempestade e vasculhei o dia atrás de sinais de algum fugitivo do cemitério. Se tivesse avistado algum dos esqueletos cambaleantes, estaria em grandes apuros, pois não se enxergava nada um braço à frente.

Romanovich me seguiu e fechou a janela atrás de nós. Não conseguimos trancá-la, mas nossos irmãos guerreiros não teriam como manter o prédio todo sob guarda, de qualquer maneira; naquele exato momento, já estavam recolhidos ao segundo andar para defender aquela área mais limitada.

Vi o russo atar a ponta solta da corda ao próprio pulso. A corrente que nos ligava tinha pouco menos de 1,5 metro de comprimento.

Depois de seis passos a partir do colégio, fiquei desorientado. Não tinha ideia de qual direção nos levaria ao mosteiro.

Chamei à mente uma imagem do irmão John sentado em uma das poltronas de sua misteriosa sala de visitas, no valha-couto, e segui em frente, sempre lembrando de estar alerta a algum afrouxamento da corda.

A neve se acumulava por todo lado, pelo menos à altura do joelho, e em alguns pontos chegava aos meus quadris. Capengar morro acima contra uma avalanche não devia ser muito mais incômodo que aquilo.

Sendo um rapaz do Mojave, novamente achei o frio congelante apenas ligeiramente mais atraente que tiros de metralhadora. Mas o som da tempestade, combinado com o branco total, era a pior parte. Um passo congelado após outro, uma estranha espécie de claustrofobia ao ar livre foi se apoderando de mim.

Também me ressentia de que o ensurdecedor barulho do vento impedisse Romanovich e eu de trocarmos sequer uma palavra. Nas semanas desde que ele chegara à hospedaria, tinha me parecido um urso velho e taciturno; mas, à medida que aquele dia avançava, ele foi se tornando consideravelmente mais falante. Eu estava gostando tanto das nossas conversas agora, já que éramos aliados na mesma causa, quanto as apreciara antes, pensando sermos inimigos.

Depois de terem esgotado o assunto Indianápolis e suas maravilhas, muitas pessoas não têm mais nada de interessante para dizer.

Soube que havíamos chegado aos degraus de pedra que levavam ao valhacouto de John quando tropecei neles e quase caí. A neve se acumulava junto à porta, lá embaixo.

As palavras LIBERA NOS A MALO, em bronze fundido na placa afixada sobre a entrada, tinham sido, na maior parte, obscurecidas pela crosta de neve, de modo que em vez de se ler *Livrai-nos do mal*, lia-se simplesmente *mal*.

Depois de eu ter destrancado a porta de meia tonelada, ela girou suavemente nas dobradiças e se abriu, revelando o mesmo corredor de pedra banhado em luz azul. Nós entramos, a porta se fechou e nos desvencilhamos da corda que nos manteve juntos durante a travessia.

— Isso foi muito impressionante, Sr. Thomas.

— O magnetismo psíquico não é uma habilidade que se adquire, senhor. Ter orgulho disso seria como me orgulhar porque meus rins funcionam bem.

Batemos a neve das nossas roupas e ele tirou o chapéu de pele de urso para fazer o mesmo.

Na porta de aço inoxidável lustrada e com LUMIN DE LUMINE gravado em letras polidas, bati um pé contra o outro para tirar o máximo possível da neve endurecida das minhas botas.

Romanovich removeu as suas, de zíper, e seus sapatos estavam secos, um convidado mais educado que eu.

Traduzindo as palavras na porta, ele disse:

— Luz da luz.

— Sem forma e vazia, sem forma e vazia. Trevas sobre a face do abismo — falei. — E disse Deus: faça-se a luz! A luz no mundo descende da Luz Eterna que é Deus.

— Esse é certamente um dos significados — disse Romanovich. — Mas também significa que o visível pode nascer do invisível, que a matéria pode se originar da energia, que o pensamento é uma forma de energia e pode, por si só, se concretizar no objeto que se imagina.

— Bem, senhor, é um bocado de coisas para três palavras.

— Certamente — concordou ele.

Pousei a palma da mão e os dedos da mão direita contra a tela de plasma no amplo batente de aço.

A porta pneumática deslizou com o silvo pensado pelo irmão John, ao projetar aquela entrada, como lembrete de que em todo empreendimento humano, não importa com que boas intenções tenha sido realizado, há sempre uma serpente à espreita. Considerando o ponto em que seu trabalho aparentemente o levara, talvez, além do assobio, sinos deveriam tocar bem alto, com luzes piscando e a gravação de uma voz sinistra que dissesse: *Certas coisas os homens nunca deveriam saber.*

Adentramos o cômodo uniforme, parecido com um vaso de porcelana em tom amarelo-cera, onde uma luz dourada emanava das paredes. A porta sibilou, fechando-se às nossas costas, a luz se apagou e a escuridão nos envolveu.

— Não sinto nenhum movimento — eu disse —, mas tenho quase certeza de que isto aqui é um elevador, e que estamos descendo alguns andares.

— Sim — falou Romanovich —, e suspeito que em volta haja um enorme reservatório de chumbo cheio de água pesada.

— Sério? Essa ideia não havia me ocorrido.

— Não, claro que não.

— O que é água pesada, senhor, além de ser obviamente água mais pesada do que água comum?

— Água pesada é a água em que os átomos de hidrogênio foram substituídos por deutério.

— Ah, claro. Eu tinha esquecido. A maioria das pessoas compra isso no supermercado, mas eu prefiro pegar meus galões, daqueles grandes, no mercadão popular.

Uma porta abriu à nossa frente, fazendo barulho, e entramos no vestíbulo banhado em luz vermelha.

— Senhor, para que serve a água pesada?

— Ela é usada principalmente como líquido refrigerador em reatores nucleares, mas aqui acredito que tenha outros fins. Talvez para funcionar como uma camada adicional de proteção contra radiações cósmicas que poderiam afetar experimentos subatômicos.

No vestíbulo, ignoramos as portas lisas de aço inoxidável à esquerda e à direita, e avançamos para aquela na qual se viam gravadas as palavras PER OMNIA SAECULA SAECULORUM.

— Por todos os séculos dos séculos — recitou Romanovich, carrancudo. — Não gosto disso.

Poliana Odd voltando à cena disse:

— Mas, senhor, é apenas um louvor a Deus. "Pois teu é o reino e o poder e a glória, pelos séculos e séculos, amém."

— Não há dúvida de que essa foi a intenção consciente de Heineman ao escolher estas palavras. Mas dá para suspeitar que, inconscientemente, ele estava expressando o orgulho por suas próprias realizações e sugerindo que as obras que realiza aqui devem durar para todo o sempre, para além do fim dos tempos, onde apenas o Reino de Deus subsistirá.

— Não tinha pensado nessa interpretação, senhor.

— Não, claro que não, Sr. Thomas. Essas palavras podem indicar orgulho, para além de mera arrogância, e a autoglorificação de quem não precisa de elogios ou da aprovação dos outros.

— Mas o irmão John não é um maluco egomaníaco, senhor.

— Não disse que ele é maluco. E é bem provável que ele acredite sinceramente que, realizando esse trabalho, humilde e devotamente procura conhecer a Deus.

Sem assobiar, *Pelos séculos e séculos* deslizou e se abriu, e seguimos para a câmara de 9 metros de diâmetro, onde, no centro, sobre um tapete persa cor de vinho, quatro poltronas tinham, cada uma, sua própria luminária. No momento, três estavam acesas.

O irmão John, de túnica e escapulário, com o capuz puxado para trás da cabeça, esperava sentado em um dos cadeirões.

CINQUENTA

No ACONCHEGO DA LUZ DOURADA, COM A SALA EM TORNO NA penumbra e a parede curva de um escuro brilhante, Romanovich e eu nos acomodamos em dois cadeirões que claramente nos estavam reservados.

Nas mesas ao lado das poltronas, onde geralmente três cookies frescos estariam servidos num prato vermelho, não havia sinal deles. Talvez o irmão John estivesse ocupado demais para assá-los.

Seu olhar violeta sob o capuz era penetrante como sempre, mas aparentemente não revelava desconfiança ou hostilidade. O sorriso era acolhedor, assim como a voz grave quando ele disse:

— Estou inexplicavelmente cansado hoje, e em certos momentos até mesmo vagamente deprimido.

— Interessante — comentou Romanovich comigo.

O irmão John retomou:

— Estou contente que você tenha vindo, Odd Thomas. Suas visitas sempre me fazem bem.

— Bem, senhor, às vezes acho que pareço uma praga.

O irmão John cumprimentou Romanovich com um aceno de cabeça.

— E o nosso visitante de Indianápolis; só vi o senhor uma ou duas vezes de longe, nunca tive o prazer de lhe falar.

— Está tendo este prazer agora, Dr. Heineman.

Levantando a mão grande, num protesto gentil, o irmão John disse:

— Sr. Romanovich, não sou mais aquele homem. Sou apenas John, ou irmão John.

— Da mesma forma, sou apenas o agente Romanovich, da Agência de Segurança Nacional — disse o filho da assassina, mostrando a credencial.

Em vez de se inclinar para a frente na poltrona para alcançar e examinar o cartão plastificado, o irmão John se virou para mim.

— Será que ele é um agente mesmo, Odd Thomas?

— Bem, senhor, isso parece estar mais próximo da verdade do que a história do bibliotecário.

— Sr. Romanovich, a opinião do Odd Thomas tem mais peso para mim do que qualquer credencial. A que devo a honra?

Guardando a identidade, Romanovich disse:

— O senhor tem umas instalações e tanto aqui, bastante amplas, irmão John.

— Na verdade, não. Essa sua impressão pode se dever ao escopo do trabalho, mais do que ao tamanho das instalações.

— Mas o senhor deve contar com muitos especialistas para manter isto aqui funcionando.

— Apenas seis irmãos que tiveram treinamento técnico intensivo. Meus sistemas são quase todos automatizados.

— E, de vez quando, o pessoal do suporte técnico vem direto do Vale do Silício de helicóptero.

— Sim, Sr. Romanovich. Fico lisonjeado, mas surpreso, em saber que a Agência de Segurança Nacional esteja interessada no trabalho de um pesquisador espiritual.

— Sou, eu mesmo, um homem de fé, irmão John. Fiquei intrigado quando soube que o senhor está desenvolvendo um modelo computacional que, segundo sua crença, desvendará a estrutura mais profunda, mais fundamental da realidade, ainda muito abaixo do nível da espuma quântica.

O irmão John permaneceu em silêncio até que, finalmente, disse:

— Devo concluir que algumas das minhas conversas com ex-colegas, a que me permiti anos atrás, foram reportadas ao senhor.

— Correto, irmão John.

O monge franziu a testa e, em seguida, suspirou.

— Bem, não posso culpar esses colegas. No mundo altamente competitivo da ciência secular, não se deve esperar que seja possível manter relações de confiança.

— Então o senhor acredita ter desenvolvido um modelo computacional capaz de mostrar a estrutura mais profunda da realidade?

— Não é que acredite nisso, Sr. Romanovich. *Tenho certeza* de que aquilo que o modelo mostra é a verdade.

— Quanta certeza.

— Não fui eu quem criou o modelo, não queria que minha opinião contaminasse o experimento. Fornecemos a totalidade da teoria quântica de fundo, mais as evidências que a comprovam, e deixamos que a matriz do computador desenvolvesse o modelo, sem o viés humano.

— Computadores são criações humanas — retrucou Romanovich —, de modo que esse viés é algo intrínseco às máquinas.

Dirigindo-se a mim, o irmão John disse:

— A melancolia contra a qual me debato hoje não é desculpa para minha falta de educação. Aceitam uns cookies?

O fato de ele oferecer cookies apenas para mim pareceu significativo.

— Obrigado, senhor, mas estou guardando espaço para duas fatias de torta depois do jantar.

— Voltando a essa sua certeza — recuperou Romanovich —, como o senhor pode *ter certeza* de que o modelo mostra a verdade?

Um olhar beatífico se apoderou do irmão John. Quando falou, sua voz vacilou, o que poderia ter sido inspirado por um sentimento de temor.

— Segui as instruções do modelo... e funcionou.

— E quais são as instruções do modelo, irmão John?

Inclinando-se para a frente em sua poltrona, parecendo refinar o silêncio da sala a ponto de torná-lo uma espécie de vácuo pela força da sua personalidade, ele disse baixinho:

— Abaixo do último nível do caos aparente, encontra-se uma estranha ordem, cujo patamar final é o *pensamento*.

— O pensamento?

— Toda matéria, quando vista em sua raiz, emerge de uma teia que tem todas as características de ondas de pensamento.

Ele bateu palmas uma vez e as paredes, antes de um escuro brilhante, se acenderam. Através delas, à nossa volta, do chão ao teto, intrincados entrelaçamentos de linhas de várias cores mostravam desenhos em constante mudança, lembrando camadas, como correntes térmicas num oceano infinito e profundo. Apesar de toda a sua complexidade, as linhas estavam claramente ordenadas em padrões lógicos.

Aquela imagem era de tal beleza e mistério que fiquei ao mesmo tempo fascinado e compelido a desviar o olhar dali, impressionado tanto de admiração como de medo, atemorizado mas igualmente tomado por um sentimento de inadequação que me fazia querer cobrir o rosto e confessar tudo que havia de mais baixo em mim.

O irmão John falou:

— O que vocês estão vendo não são os padrões do pensamento de Deus em si, que fundamentam toda a matéria, o que obviamente não é possível se ver realmente, é uma simulação virtual baseada no modelo que mencionei.

Ele bateu palmas mais duas vezes. A projeção desconcertante se apagou e as paredes ficaram escuras novamente, como se a tela fosse controlada por um desses dispositivos que as pessoas idosas usam para ligar e desligar as luzes do quarto sem ter que sair da cama.

— Essa pequena amostra afeta as pessoas tão profundamente — continuou o irmão John —, ressoa em nós num nível tão profundo, que olhar para ela por mais de um minuto pode resultar em sofrimento emocional extremo.

Rodion Romanovich parecia tão agitado como suponho que eu mesmo parecia.

— Então — disse o russo, depois de recuperar a compostura —, o modelo mostra que, no universo, toda matéria e suas formas de energia surgem do pensamento.

— Deus imagina o mundo, e o mundo acontece.

Romanovich disse:

— Bem, sabemos que a matéria pode ser transformada em energia, como a queima de petróleo produz calor e luz, por exemplo...

— E como a divisão do núcleo de um átomo produz os núcleos de átomos leves — interrompeu o irmão John — e também a liberação de muita energia.

Romanovich insistiu:

— Mas você está dizendo que o pensamento, pelo menos o pensamento divino, é uma forma de energia que pode moldar-se em matéria, o contrário da fissão nuclear?

— Não é o contrário, não. Não se trata apenas de fusão nuclear. Termos científicos normais não se aplicam aqui. É uma questão de imaginar a existência da matéria pelo poder da vontade. E por nos terem sido dados o pensamento, a vontade, a imaginação, em uma escala humana, claro, também temos esse poder de criar.

Romanovich e eu trocamos olhares e eu disse:

— O senhor já viu o filme *O planeta proibido*?

— Não, Sr. Thomas, não vi.

— Quando tudo isso acabar, acho que devíamos assistir juntos.

— Eu faço a pipoca.

— Com sal e uma pitada de pimenta em pó?

— Assim seja.

O irmão John disse:

— Tem certeza de que não vai querer um dos meus cookies, Odd Thomas? Sei que você gosta deles.

Pensei que ele faria gestos mágicos para a mesinha ao lado da minha poltrona, fazendo-os aparecer no ar.

Romanovich disse:

— Irmão John, o senhor disse anteriormente que aplicou as instruções do seu modelo computacional, verificando que toda matéria como a conhecemos pode surgir do pensamento. O universo, o nosso mundo, as árvores e as flores e os animais... tudo trazido à existência pela imaginação.

— Sim. Vejam vocês, minha ciência me levou de volta à fé.

— O que o senhor quer dizer quando afirma que *aplicou* o que disse ter aprendido?

O monge se inclinou na poltrona, as mãos fechadas sobre os joelhos como se estivesse lutando para conter a excitação. Seu rosto parecia ter rejuvenescido quarenta anos, devolvendo-lhe à infância e ao fascínio daquela época.

— Criei — sussurrou ele — a vida.

CINQUENTA E UM

ALI ERA A SIERRA CALIFORNIANA, E NÃO OS CÁRPATOS. LÁ fora, havia neve em vez de chuva, trovões ou relâmpagos. Achei decepcionante não haver, naquele cômodo, nem máquinas bizarras com giroscópios banhados a ouro, nem arcos de eletricidade estalando ou corcundas dementes com lanternas no lugar dos olhos. Karloff e Lugosi, em seu tempo, compreendiam melhor a necessidade de um pouco de melodrama do que nossos cientistas malucos de hoje.

Por outro lado, é verdade que o problema com o irmão John Heineman era principalmente o fato de ele estar mais equivocado do que propriamente louco. Vocês vão ver que era isso mesmo, mas também vão ver que a diferença entre estar louco ou simplesmente equivocado é muito sutil.

— Esta câmara — disse o irmão John, com uma curiosa mistura de alegria e solenidade — não é apenas uma sala, mas também uma máquina revolucionária.

Dirigindo-se a mim, Rodion Romanovich falou:

— Isso é sempre problema.

— Se eu imaginar um objeto e projetar essa imagem na minha mente — continuou o irmão John —, a máquina recebe a ideia, reconhece a natureza distinta do que é projetado em relação a todos os outros tipos de pensamento, amplia a energia mental que lhe dirigi em milhões de vezes a potência inicial e produz o objeto imaginado.

— Meu bom Deus, senhor, sua conta de luz deve ser um absurdo.

— Não é pouca coisa — reconheceu ele —, mas não é tão alta quanto você imagina. Para começar, não são os volts que importam tanto, e sim os amperes.

— E suponho que o senhor receba um desconto especial para consumo em larga escala.

— Não só isso, Odd Thomas, meu laboratório tem certas vantagens burocráticas por ser uma organização religiosa.

Romanovich disse:

— Quando o senhor diz que pode imaginar um objeto e esta câmara é capaz de produzi-lo, refere-se a coisas como os cookies que mencionou antes.

O Irmão John assentiu.

— Certamente, Sr. Romanovich. Gostaria de provar um?

Carrancudo, o russo respondeu:

— Cookies não são coisas vivas. O senhor disse que tinha criado vida.

O monge ficou sério.

— Sim, o senhor está certo. Não vamos transformar isto num jogo. Trata-se aqui das Coisas Primordiais, da relação do homem com Deus e do sentido da existência. Vamos ao espetáculo principal. Vou criar um fofo para vocês.

— Um o quê? — perguntou Romanovich.

— Vocês vão ver — prometeu o irmão John, sorrindo maliciosamente.

Ele se recostou na poltrona, fechou os olhos e franziu a testa, como se estivesse pensando.

— O senhor está fazendo isso agora? — perguntei.

— Se permitirem que eu me concentre, sim.

— Pensei que o senhor precisaria de uma espécie de capacete, sabe, com aqueles fios todos saindo dele.

— Nada tão primitivo, Odd Thomas. O quarto está em sintonia com a frequência exata das minhas ondas cerebrais. Funciona como receptor e amplificador, mas apenas dos meus pensamentos e de mais ninguém.

Olhei para Romanovich. Ele me olhou de volta com seu jeito de urso, desaprovador como eu nunca tinha visto até então.

Passaram-se talvez uns vinte segundos e o ar começou a parecer mais espesso, como se a umidade tivesse aumentado abruptamente, mas, embora mais pesada, a atmosfera não estava realmente úmida. Sentia uma pressão de todos os lados, como se estivéssemos descendo a profundezas oceânicas.

No tapete persa em frente ao cadeirão do irmão John, surgiu um prateado brilhante, que parecia o reflexo de um objeto reluzente em outra parte da sala, mas não era essa a explicação para o fenômeno.

Depois de um momento, minúsculos cubos brancos haviam se formado, aparentemente do nada, como o açúcar que se cristaliza em pedrinhas quando um fio é suspenso dentro de um copo d'água com alto teor de açúcar. Os cubos pequenos se proliferaram rapidamente e, ao mesmo tempo, eles começaram a se fundir uns aos outros. Parecia que eu estava assistindo a um vídeo, em câmera lenta, do que aconteceu na garage só que agora na ordem inversa.

Romanovich e eu nos levantamos imediatamente, sem dúvida movidos pelo mesmo pensamento: "E se 'fofo' fosse o apelido do irmão John para os esqueletos ambulantes?"

Mas não precisávamos ter ficado alarmados. O que se formou diante de nós foi uma criatura do tamanho de um hamster. Todo branco, combinando características de filhotes de cachorro, gato e coelho, ele abriu os olhos enormes, tão azuis — embora menos predadores — quanto os do Tom Cruise, sorriu amistosamente para mim e fez um ruído borbulhante e musical muito interessante.

O irmão John abriu os olhos, sorriu para sua criatura e disse:

— Senhores, conheçam seu primeiro fofo.

* * *

Eu não estava presente no colégio para testemunhar o que aconteceu, mas a seguir conto o que me foi relatado sobre os fatos que se desenrolaram paralelamente às revelações do irmão John em seu valhacouto:

No quarto 14, enquanto Jacob faz seu bordado, o irmão Knuckles coloca uma cadeira junto à porta aberta, senta nela com um taco de beisebol entre os joelhos, vigiando o corredor.

O irmão Maxwell, há 15 anos afastado do jornalismo, talvez esteja na esperança de não ter chegado até ali, tanto tempo depois, apenas para encontrar a mesma violência estúpida que poderia ter visto em Los Angeles, e *sem* fazer voto de pobreza.

Maxwell se senta numa cadeira perto da única janela do quarto. Meio hipnotizado pelos flocos de neve que caem em rodopio, não consegue se concentrar no dia que, para além do vidro, vai desaparecendo.

Um ruído mais nítido que o do vento, uma série de cliques suaves e guinchos, chama sua atenção para a janela. Pressionado contra o lado de fora do vidro aparece um caleidoscópio mutante de ossos.

Levantando-se lentamente da cadeira, como se um movimento brusco pudesse despertar o visitante, Maxwell sussurra:

— Irmão Salvatore.

Na porta aberta, de costas para o quarto, o irmão Knuckles está pensando sobre o último livro de seu autor favorito, que não trata nem da história de um coelho de pelúcia, nem de um rato que salva uma princesa, mas ainda assim é um livro maravilhoso. Ele não ouve o irmão Maxwell chamar.

Ao se afastar da janela, o irmão Maxwell percebe que deixou seus dois tacos de beisebol ao lado da cadeira em que estava. Ele sussurra para Salvatore novamente, embora talvez não mais alto do que antes.

Os desenhos na janela mudam constantemente, mas não de forma agitada, quase preguiçosamente, transmitindo a impressão de que a criatura poderia se encontrar num estado semelhante ao de sono naquele momento.

A aparência sonolenta do caleidoscópio mutante encoraja Maxwell a retornar até a cadeira para pegar um dos tacos de beisebol.

Enquanto se abaixa e apanha a arma, ele ouve o vidro de uma das janelas acima dele se quebrar e, levantando-se sobressaltado, grita:

— Salvatore!

* * *

Apesar de ter se formado a partir de cubos, o fofo era peludo, meigo e fofinho, como seu nome sugeria. Suas orelhas enormes pendiam sobre o rosto, e ele então as arrumava com a pata dianteira, para, logo depois, levantar-se sobre as patas traseiras. Um perfeito animalzinho de estimação.

Com uma expressão de encanto no rosto, o irmão John disse:

— Durante minha vida inteira fui obcecado pela ordem. Por encontrar ordem no caos. Por impor a ordem ao caos. E eis aqui esta coisinha fofa, nascida do caos do pensamento, do vazio, do nada.

Ainda de pé, não menos ressabiado do que quando achou que um dos esqueletos surgiria diante dele, Romanovich falou:

— O senhor certamente não mostrou isso ao abade.

— Ainda não — respondeu o irmão John. — Na verdade, vocês são os primeiros a ver essa... essa prova de Deus.

— O abade ao menos sabe que seu trabalho tinha como objetivo... isso?

O irmão John balançou a cabeça.

— Ele está ciente de que eu pretendia provar que, no fundo da realidade física, sob a última camada do caos aparente, o que realmente existe são ondas ordenadas de pensamento, a mente de Deus. Mas nunca disse a ele que eu criaria uma prova *viva* disso.

— O senhor nunca disse a ele — repetiu Romanovich, a voz tremendo com o peso de seu espanto.

Sorrindo para sua criatura, que por sua vez cambaleava para lá e para cá, o irmão John disse:

— Queria fazer uma surpresa.

— Surpresa? — Romanovich passou do espanto à descrença. — *Surpresa?*

— Sim. Queria surpreender o abade com a prova de Deus.

Com desprezo engasgado na garganta, e mais direto do que eu poderia ter imaginado naquelas circunstâncias, Romanovich declarou:

— Isso não é prova de Deus. Isso é *blasfêmia*.

O irmão John se encolheu como se tivesse sido golpeado, mas rapidamente se recuperou.

— Receio que o senhor não tenha compreendido completamente o que eu disse, Sr. Romanovich.

O sorridente filhote de olhos grandes que era o fofo não me pareceu, à primeira vista, uma suprema obra da blasfêmia. Minha primeira opinião foi: peludo, bonitinho, meigo, adorável.

Quando me sentei na beirada da poltrona e me inclinei para olhá-lo mais de perto, porém, senti um frio mais agudo que a ponta de uma estalactite no olho.

Os grandes olhos azuis de fofo não faziam contato com os meus, não tinham a curiosidade típica dos olhos de um gatinho ou de um filhote de cachorro. Eram vazados; havia um vazio para além deles.

O borbulhar musical e o sorriso eram encantadores como a voz gravada de um brinquedo — isso até eu me lembrar de que ali *não* estava um brinquedo, e sim um ser vivo. Logo o som que emitia passou a me lembrar o sussurro baixinho das bonecas de olhos mortiços que aparecem em pesadelos.

Eu levantei da poltrona, dando um ou dois passos para trás, para longe do milagre sinistro do irmão John.

— Dr. Heineman — falou Romanovich —, o senhor não conhece a si mesmo. Não sabe o que fez.

O irmão John pareceu perplexo com a hostilidade do russo.

— Temos maneiras diferentes de ver a coisa, percebo, mas...

— Há 25 anos o senhor rejeitou um filho deformado e deficiente, renegando-o e abandonado-o.

Chocado com o fato de o russo estar a par daquele crime, mas também claramente abatido pela vergonha, o irmão John respondeu:

— Não sou mais aquele homem.

— Posso acreditar que o senhor esteja cheio de remorso, realmente arrependido, e admito que doar sua fortuna e fazer votos como monge foi algo incrivelmente generoso. O senhor se regenerou, e agora pode até ser um homem melhor, mas *não é outro homem.* Como pode se convencer de tal coisa sendo tão familiarizado com a teologia da sua fé? Deste lado da vida para o outro, a gente leva tudo o que fez. Absolvição significa perdão, mas isso não elimina o passado. O homem que o senhor foi ainda vive aí dentro, reprimido pelo homem que o senhor vem lutando para se tornar.

Eu disse:

— Irmão John, o senhor já assistiu a Fredric March em *Dr. Jekyll and Mr. Hyde*? Se a gente sair desta vivos, talvez possamos assistir juntos.

CINQUENTA E DOIS

A ATMOSFERA NO VALHACOUTO NÃO ESTAVA SAUDÁVEL, O QUE é mais ou menos como dizer que talvez você não quisesse fazer um piquenique na cratera de um vulcão extinto, se o chão começasse a tremer sob seus pés.

O irmão John ficara magoado por sua obra milagrosa ter sido recebida com menos entusiasmo do que ele esperava. E essa desilusão tinha um quê de orgulho ferido, de ressentimento mal disfarçado, de uma perturbadora impertinência infantil.

Fofo — encantador, assustador, meigo e sem alma — continuava sentado no chão, brincando com as próprias patas, fazendo todos os ruídos de uma criatura que se autoadmirava, exibindo-se para nós, como se acreditasse que a qualquer momento fôssemos expressar todo o nosso encanto por ela. Seu sorriso, no entanto, ficava mais sem graça a cada segundo.

As bestas esqueléticas, o fantasma da torre e agora aquele demoníaco bichinho de pelúcia exibiam uma vaidade sem paralelo em se tratando de entidades sobrenaturais. Existiam fora da hierárquica ordem sagrada dos seres humanos e dos espíritos. Sua vaidade refletia a vaidade de seu perturbado criador.

Pensei no homem-coiote de três cabeças de Tommy Cloudwalker e percebi que outra diferença entre entidades verdadeiramente sobrenaturais e as coisas bizarras com as quais tínhamos nos deparado nas últimas 12 horas era o caráter fundamentalmente *orgânico* do sobrenatural, o que não é nenhuma surpresa, na verdade, já que tudo que é espírito algum dia existiu como carne.

As bestas esqueléticas não pareciam organismos, e sim máquinas. Quando a Morte saltou do alto do campanário, desintegrou-se em pleno voo, quebrando-se em fragmentos geométricos, como aconteceria com uma máquina em pane. Fofo não era o equivalente de um filhote de cachorro ou de um gatinho, mas um brinquedo de corda.

Parado com as mãos nos bolsos do casaco, como se a qualquer momento fosse sacar sua Desert Eagle calibre 50 e explodir o fofo em pedacinhos, Rodion Romanovich disse:

— Dr. Heineman, o que o senhor fez não é vida. Após a morte, essas coisas não se decompõem. Elas se desconstroem por algum processo semelhante à fissão, mas não exatamente igual, sem produzir calor, sem deixar nada. O que o senhor criou é a *anti*vida.

— O senhor simplesmente não é capaz de compreender o que realizei — disse o irmão John.

Como a fachada de um hotel de veraneio ganhando tapumes ao ser fechado no final da temporada, seu rosto foi aos poucos abandonando a expressão iluminada e animada.

— Doutor — continuou Romanovich —, tenho certeza de que o senhor mandou construir o colégio como forma de se redimir por abandonar seu filho, e estou certo de que Jacob foi trazido para cá como um ato de contrição da sua parte.

O irmão John olhou para ele, ainda se escondendo atrás de persianas e janelas fechadas.

— Mas o homem que o senhor foi ainda está dentro do homem que hoje o senhor é, e tinha suas próprias razões.

Essa acusação despertou o irmão John de seu recolhimento.

— O que o senhor está insinuando?

Apontando para o fofo, Romanovich disse:

— Como o senhor daria um fim a essa coisa?

— Sou capaz de usar o pensamento para fazê-lo deixar de existir de modo tão eficiente quanto foi criado.

— Então, pelo amor de Deus, faça isso.

Por um momento, com a mandíbula cerrada e os olhos apertados, o irmão John não pareceu disposto a atender o pedido.

O russo exalava não apenas a autoridade de um funcionário do Estado, mas também autoridade moral. Ele tirou a mão esquerda do bolso do casaco e fez um gesto para que o outro se apressasse.

Fechando os olhos e franzindo a testa, o irmão John imaginou que o fofo não mais existia. Felizmente, o sorrisinho desapareceu. Então a coisa se desmontou em cubos que se contraíram em espasmos. E sumiu.

Quando o monge cientista abriu os olhos, Romanovich disse:

— O senhor mesmo mencionou a obsessão de uma vida inteira com a ordem.

— Qualquer homem são fica do lado da ordem contra a anarquia, contra o caos — disse o irmão John.

— Concordo, Dr. Heineman. Mas, quando jovem, o senhor estava tão obcecado com a ordem que não só condenou a desordem como a *baniu*, tomando-a como uma afronta pessoal. O senhor a abominou, recuou à vista dela. Não podia tolerar qualquer um que sentisse que promovia a desordem na sociedade. Ironicamente, o senhor parecia sofrer do que se poderia chamar de um transtorno obsessivo-compulsivo intelectual, em vez de emocional.

— O senhor tem conversado com pessoas invejosas — respondeu o irmão John.

— Quando seu filho nasceu, as deformidades e incapacidades dele o agrediam como desordem biológica, o máximo do intolerável, uma vez que era carne da sua carne. O senhor deserdou Jacob. Queria que ele morresse.

— Nunca quis que ele morresse. Isso é um absurdo.

Me senti um pouco como um traidor quando lhe disse:

— Irmão, Jacob se lembra de quando o senhor visitou ele e a mãe no hospital e pediu que ela deixasse a infecção do menino se desenvolver sem tratamento.

No topo do corpo magro e alto, seu rosto redondo vacilou feito um balão na extremidade de uma corda, e eu não saberia dizer se ele estava confirmando ou negando com a cabeça o que eu acabara de relatar. Bem poderia estar fazendo as duas coisas. Ele não conseguia falar.

Com uma voz que já não era de acusação, optando por um tom que era o de um pedido sereno, Romanovich disse:

— Dr. Heineman, o senhor tem alguma consciência de que criou abominações que se materializaram fora desta câmara e mataram pessoas?

* * *

No colégio, no quarto 14, o irmão Maxwell está tenso, o taco de beisebol a postos, enquanto o irmão Knuckles, que no passado lidou com mais mafiosos do que gostaria, e tendo recentemente dado cabo de um monstro esquelético com uma caminhonete, se mantém cauteloso, mas não nervoso.

Na verdade, inclinando-se quase que despreocupadamente sobre seu taco como se ele fosse uma bengala, Knuckles diz:

— Tem uns grandalhões que pensam que mostrando os músculos vão fazer a gente colocar o rabo entre as pernas, mas é só fachada. No fim não têm colhões para bancar suas ameaças.

— Essa coisa — retruca Maxwell — não tem nem colhões, nem músculos, é só ossos.

— E não é isso que estou dizendo?

Metade da janela quebrada cai da esquadria de bronze e se despedaça no chão.

— De jeito nenhum esse idiota conseguirá atravessar a janela, nem virando cubinhos.

O que restava do vidro quebrado se solta e cai no chão.

— Você não me assusta — diz Knuckles ao cão do Nuncafoi.

Maxwell diz:

— *A mim* ele assusta.

— Assusta nada — assegura Knuckles ao colega. — Você é dos bons, irmão, você é forte.

Um amontoado nodoso de ossos flexíveis tateia pelo buraco da esquadria.

Outro vidro racha e um terceiro explode, espalhando os cacos sobre os sapatos dos dois monges.

Do outro lado do quarto, Jacob está sentado com o travesseiro no colo e, sem demonstrar medo, a cabeça baixa, concentrado em seu bordado, cria belas formas no pano branco com a linha cor de pêssego, enquanto a criatura da desordem ali na janela quebra mais dois vidros e arremete contra a esquadria de bronze.

O irmão Fletcher aparece vindo do corredor.

— Hora do show. Vocês precisam de uma força aí?

O irmão Maxwell diz que sim, mas o irmão Knuckles responde:

— Já encarei coisa pior em Jersey. Você não estava vigiando o elevador?

— Está garantido — afirma Fletcher.

— Então talvez seja bom ficar perto do Jacob, para tirar ele daqui rapidamente, caso esse idiota consiga atravessar a janela.

O irmão Maxwell protesta:

— Você disse que ele não ia conseguir.

— E não vai, irmão. Sim, ele está dando seu showzinho, mas a verdade é que esse bocó tem medo da gente.

Ao ser forçada, a esquadria de bronze da janela rangeu e gemeu.

* * *

— Abominações? — O rosto redondo do irmão John pareceu inchar e corar com novas e sombrias possibilidades que mal cabiam em sua mente. — Criadas inconscientemente? Impossível.

— Se não é possível — disse Romanovich —, então o senhor criou essas coisas intencionalmente? Porque elas existem. Nós vimos.

Abri o zíper da minha jaqueta e tirei dela uma página dobrada que eu tinha arrancado do bloco de desenho de Jacob. Quando desdobrei a folha de papel, o desenho do monstro se flexionou, numa ilusão de movimento.

— Isto aqui tem aparecido pro seu filho na janela do quarto dele, senhor. Jacob diz que é o cão do Nuncafoi. Jennifer chamava o senhor de Nuncafoi.

O irmão John pegou o desenho, fascinado. A dúvida e o medo em seu rosto desmentiram a confiança na voz quando ele disse:

— Não faz sentido. O menino é retardado. Isto é fantasia de uma mente deformada.

— Dr. Heineman — disse o russo —, 27 meses atrás, pelas coisas que o senhor dizia aos seus ex-colegas por telefone e e-mail, dava para concluir que já tinha criado... alguma coisa.

— E tinha mesmo. Mostrei para vocês minutos atrás.

— Aquela criatura patética de orelhas caídas?

Havia mais pena do que desprezo na voz de Romanovich, ao que o irmão John respondeu com silêncio. A vaidade responde à pena como uma vespa a uma ameaça contra seu ninho, e o desejo de ferroar adicionou um brilho profano e venenoso aos olhos cor de violeta do monge, detrás do capuz.

— Se o senhor não avançou mais nesses 27 meses — retomou Romanovich — seria porque há cerca de dois anos aconteceu algo que o assustou e o fez interromper a pesquisa, e só recentemente o senhor retomou essa sua máquina-deus construída para "criar"?

— O suicídio do irmão Constantine — falei.

— Que não foi suicídio — completou Romanovich. — Inconscientemente, o senhor tinha soltado essas abominações durante a noite, Dr. Heineman, e, como Constantine viu uma delas, não podia continuar vivo.

Ou o desenho exercia uma espécie sombria de encantamento sobre o monge cientista, ou ele estava sem coragem de olhar para nós.

— O senhor suspeitou do que podia ter acontecido e decidiu interromper a pesquisa, mas por um orgulho torto a retomou nos últimos tempos. Agora o irmão Timothy está morto... e ainda há pouco o senhor perseguia seu filho usando esse monstruoso mensageiro.

Com os olhos ainda no desenho, as têmporas pulsando, o irmão John falou com firmeza:

— Há muito tempo confessei meus pecados contra meu filho e a mãe dele.

— E acredito que sua confissão foi realmente sincera — admitiu Romanovich.

— Fui absolvido.

— Confessou e foi perdoado, porém um eu mais sinistro dentro do senhor não confessou e não achou que precisava ser perdoado.

— Irmão, o assassinato do irmão Timothy na noite passada... foi horrível, foi desumano. O senhor tem que nos ajudar a parar isso.

Passado todo esse tempo, fico triste ao ser obrigado a escrever que, quando os olhos do irmão John se encheram de lágrimas, as quais ele conseguiu não derramar, eu meio que acreditei que elas não eram pelo irmão Tim, e sim que John chorava por ele mesmo.

Romanovich disse:

— O senhor passou de postulante a noviço e a monge. Mas o senhor mesmo disse que ficou assustado quando sua pesquisa o levou a acreditar na possibilidade de se criar um universo, e então, temeroso, procurou Deus.

Alongando as palavras nos dentes, o irmão John disse:

— As razões importam menos do que o arrependimento.

— Talvez — concedeu Romanovich. — Mas a maioria vem a Ele por amor. E uma parte sua, um Outro John, nem sequer veio.

Numa intuição repentina, falei:

— Irmão John, esse Outro é uma criança furiosa.

Finalmente ele tirou os olhos do desenho e olhou para mim.

— A criança que, muito pequena, viu a anarquia do mundo e teve medo dela. A criança que se ressentia por ter nascido num mundo tão desordenado, que via o caos e ansiava por encontrar nele alguma ordem.

Detrás das janelas cor de violeta, o Outro me olhava com o desprezo e a autoconfiança de uma criança que ainda não conhece a empatia e a compaixão, uma criança da qual o Bom

John tinha se separado, mas sem ter conseguido escapar dela completamente.

Chamei sua atenção para o desenho mais uma vez.

— Irmão, a criança obstinada que construiu um modelo de espuma quântica usando 47 conjuntos de Lego é a mesma criança que concebeu esse mecanismo complexo, frio e eficiente de ossos e articulações.

Enquanto examinava a arquitetura óssea do monstro esquelético, ele relutantemente reconheceu que a obsessão por trás do modelo feito de Lego era a mesma que inspirava aquela criação sinistra.

— Senhor, ainda há tempo. Tempo para que aquele garotinho abandone sua raiva e faça desaparecer sua dor.

A tensão na superfície das lágrimas represadas foi abruptamente quebrada, permitindo que descesse uma gota em cada bochecha.

Ele olhou para mim e, numa voz carregada de tristeza, mas também de amargura, disse:

— Não. É tarde demais.

CINQUENTA E TRÊS

Até onde sei, a Morte estivera ali na sala no momento que as paredes curvas se iluminaram com as imagens coloridas do suposto pensamento de Deus, mudando de posição sempre que voltávamos nossas cabeças, de modo a permanecer fora do campo de visão. Mas agora ela avançou sobre mim como se tivesse acabado de adentrar a câmara com sua fúria fria, e me tomou, me levantou, me puxou para ficássemos cara a cara.

Em vez do vazio que da outra vez eu vira sob o capuz, o que agora me confrontava era uma versão mais brutal do rosto do irmão John, anguloso onde o dele era redondo, duro onde antes havia suavidade; a ideia que faz uma criança não da própria face da morte, mas do que seria o rosto do Poder personificado. O jovem gênio que, tendo reconhecido e temido o caos do mundo, fora incapaz de pôr fim a ele e agora assumia sua força.

A respiração era a de uma máquina, permeada pelo cheiro forte de cobre fumegante e aço fervente.

Ele me atirou contra a poltrona como se eu fosse um amontoado de trapos. Bati na parede curva e fria e me levantei do chão assim que caí.

Um dos cadeirões voou, me esquivei e deslizei, a parede soou como uma redoma de vidro — um barulho que não havia feito quando me chocara contra ela, pouco antes — a cadeira caiu no chão e ali ficou, mas continuei em movimento. E lá veio a Morte novamente.

* * *

Na janela, a esquadria de bronze continua a ser forçada e se desloca um pouco, mas não cede. O uivo de frustração do agressor aumenta de volume e se torna mais alto que o ruído dos seus ossos inquietos.

— Esse esquisitão — conclui Maxwell — não tem medo da gente.

— Já já ele vai ter — garante Knuckles ao colega.

Projetando-se a partir da besta caleidoscópica e entrando por um dos buracos no qual antes havia uma vidraça, um tentáculo impetuoso, os ossos formando uma tesoura, invade o quarto, avançando cerca de 1,5 metro para dentro.

Os irmãos cambaleiam para trás, surpresos.

O apêndice do monstro então se quebra ou é ejetado do corpo principal e cai no chão. Instantaneamente, o membro amputado se recompõe na forma de uma versão maior da criatura.

Garras a postos, ossudo, pontudo e encurvado, tão grande quanto um aspirador de pó industrial, o bicho avança rápido como uma barata, e Knuckles rebate para a arquibancada.

O Rebatedor de Louisville dá um corretivo disciplinar no delinquente, fazendo voar pedacinhos de ossos para todos os lados. Knuckles caminha em direção à coisa, que estremece e recua, e a derruba com um segundo golpe do taco.

Pela janela entra outro tentáculo com o mesmo ímpeto, que se destaca do corpo principal, enquanto o irmão Maxwell grita para o irmão Fletcher:

— Tire o Jacob daqui!

O irmão Fletcher, tendo participado de alguns shows perigosos nos tempos de saxofonista, sabia quando picar a mula se a clientela resolve pegar em armas, de modo que já está dando o fora do quarto com Jacob antes mesmo de Maxwell avisar. Entrando pelo corredor, ele ouve o irmão Gregory gritar que tem alguma coisa no fosso do elevador que, furiosamente, tenta entrar pelo teto da cabine e bloqueia o acesso ao andar.

* * *

Na hora em que a Morte arremeteu contra mim novamente, Rodion Romanovich por sua vez arremeteu contra ela com todo o destemor de um agente funerário nascido para o serviço e abriu fogo com sua Desert Eagle.

A promessa de um estrondo incrível foi cumprida. O ruído da pistola soou apenas alguns decibéis abaixo do trovão produzido por um morteiro.

Não contei quantas vezes Romanovich disparou, mas a Morte explodiu em pedaços geométricos, exatamente como quando eu a tinha visto pular da torre do campanário, o manto tão frágil quanto a forma que o vestia.

Instantaneamente, cacos, pedaços e outros fragmentos daquela criatura antinatural se contorceram e saltaram, animados com o que parecia ser vida, mas não era — e em poucos segundos se recompuseram.

Quando a coisa se voltou para Romanovich, ele esvaziou a pistola, ejetou o pente de balas vazio e remexeu freneticamente no bolso da calça atrás do pente de reposição.

Menos afetada pela segunda saraivada de tiros do que pela primeira, a Morte se levantou rapidamente de suas ruínas.

John, não mais o monge, e sim apenas uma criança mimada, estava com as pálpebras cerradas, concentrando-se na figura da Morte para que ela voltasse à vida novamente e, quando ele abriu os olhos, aqueles não eram os olhos de um homem de Deus.

* * *

O irmão Maxwell rebate um *home run*, acertando em cheio o segundo intruso no quarto 14, e em seguida percebe que Knuckles está mais uma vez batendo no primeiro, o qual havia se recomposto com a rapidez de uma rosa se abrindo num daqueles filminhos em *stop-motion*.

Um terceiro apêndice do monstro ataca, e Maxwell o arrebenta girando o taco para um lado e depois para o outro, mas a primeira aparição demolida pelo monge agora está recuperada e o acerta com toda a fúria, espetando-lhe no peito dois espessos ossos pontudos.

Quando o irmão Knuckles se vira, vê Maxwell ser perfurado e, horrorizado, nota que o irmão se transformou, como que por contágio, num caleidoscópio de ossos que se flexionam, giram e rodopiam, e cujos fragmentos rasgam seu traje de neve como a se livrar de um casulo, combinando-se à máquina de ossos que o havia trespassado.

Fugindo da sala, Knuckles bate a porta em desespero e, segurando-a fechada, grita por ajuda.

Alguém percebe o que está acontecendo ali, e dois outros irmãos chegam com uma corrente, a qual passam em torno do trinco da porta. Em seguida, atam a outra ponta ao trinco do quarto adjacente, garantindo que cada uma das portas sirva de trava à outra.

O barulho vindo do elevador aumenta consideravelmente, fazendo vibrar as paredes. Detrás das portas fechadas da cabine ouve-se o barulho do teto cedendo, e ainda um arranhar de cabos testados até quase a destruição.

Jacob está no lugar mais seguro, entre a irmã Angela e a irmã Miriam, a quem certamente até o próprio diabo trataria com certo cuidado e prudência.

* * *

Renascida uma vez mais, a Morte se desviou de mim e se voltou para o russo, que conseguiu ser dois passos mais rápido que o Ceifador. Enfiando o pente de reposição na Desert Eagle, Romanovich caminhou em direção ao homem que eu um dia havia admirado e atirou duas vezes.

O impacto dos disparos da calibre 50 derrubou John Heineman. Ele caiu e não mais se levantou. Não pôde mais imaginar-se recomposto porque, independentemente do que aquela parte perdida e sombria de sua alma pudesse crer, ele próprio não era criação sua.

A Morte se aproximou de Romanovich e pousou-lhe uma mão sobre o ombro, mas não o atacou. O fantasma agora se concentrava em Heineman, como se fulminado pelo fato de que seu minúsculo deus tivesse sido abatido como um mortal qualquer.

Desta vez, a Morte se desintegrou num amontoado de cubos que se dividiu em outros, um monte de dados dançarinos lançando-se a um frenesi de larvas, debatendo-se com seus lados lisos uns contra os outros até se transformarem num fio de moléculas apenas, e então átomos, e depois nada além da memória de uma insolência.

CINQUENTA E QUATRO

ÀS 23 HORAS, QUANDO A TEMPESTADE COMEÇAVA A AMAINAR, um primeiro contingente de Agentes de Segurança Nacional — vinte deles — chegou em caminhonetes gigantes equipadas para neve. Com os telefones cortados, eu não tinha ideia de como Romanovich havia feito contato com eles, mas àquela altura era obrigado a admitir que a aura de mistério em torno do russo fazia a *minha* aura de mistério parecer apenas um nevoeiro leve, em comparação.

Na tarde de sexta-feira, os vinte agentes tinham se tornado cinquenta, e os pátios da abadia, além de todos os edifícios, estavam sob sua autoridade. Irmãos, irmãs e um certo hóspede abalado foram exaustivamente interrogados, embora as crianças, por insistência das freiras, não tenham sido perturbadas com perguntas.

A Agência de Segurança Nacional inventou histórias para abafar as mortes do irmão Timothy, do irmão Maxwell e de John Heineman. Às famílias de Timothy e de Maxwell seria dito que eles haviam morrido num acidente de carro e que seus corpos teriam ficado num estado tão horrível que não seria possível enterrá-los em caixões abertos.

Uma missa fúnebre havia sido rezada para cada um deles. Na primavera, embora os dois não estivessem enterrados de fato ali, lápides seriam erguidas no cemitério perto da floresta. Pelo menos seus nomes, gravados na pedra, permaneceriam com aqueles que conheceram e amaram, e os haviam amado também.

John Heineman, a quem também fora oferecida uma missa, seria mantido numa câmara refrigerada. Passado um ano, quando sua morte não mais parecesse ligada às de Timothy e Maxwell, seria anunciado que ele morrera de um ataque cardíaco fulminante.

O cientista não tinha família, exceto o filho que ele nunca havia aceitado. Apesar do terror e do sofrimento que Heineman causara ao São Bartolomeu, os irmãos e a irmãs concordaram que, num espírito de perdão, ele devia ser enterrado no cemitério do mosteiro, embora a uma distância discreta dos demais que repousavam no mesmo lugar.

A matriz de supercomputadores de Heineman fora apreendida pela Agência de Segurança Nacional. Mais tarde, acabaria sendo retirada do valhacouto de John e transportada em caminhões. Todas aquelas estranhas câmaras e a máquina de criar foram examinadas, cuidadosamente desmontadas e removidas dali.

Os irmãos e as irmãs — e este que vos escreve — foram obrigados a assinar juramentos de silêncio, e entendemos que as sanções em caso de violação, cuidadosamente especificadas, seriam aplicadas rigorosamente. Não acho que os federais estivessem preocupados com os monges e as freiras, cujas vidas *são* o cumprimento de juramentos, mas os caras passaram um bom tempo me explicando em nuances vívidas o sofrimento consubstanciado na expressão "apodrecer na prisão".

Escrevi este manuscrito, no entanto, porque escrever é minha terapia e uma espécie de penitência. Se algum dia minha história for publicada, será apenas quando eu tiver partido deste mundo para a glória ou para a perdição, para onde nem mesmo a Agência de Segurança Nacional poderá me alcançar.

Embora o abade Bernard não tivesse qualquer responsabilidade quanto às pesquisas ou ações de John Heineman, ele insistiu que renunciaria a seu posto entre o Natal e o Ano-novo.

Ele havia se referido ao valhacouto de John como *sacrário*, que é a parte mais sagrada de um lugar de veneração, santuário dos santuários. Tinha abraçado a falsa ideia de que se pode chegar a conhecer Deus pela ciência, o que lhe doía muito, mas seu maior remorso era não ter sido capaz de enxergar que John Heineman não agia motivado por um orgulho saudável da inteligência que Deus lhe dera, mas por vaidade e por uma raiva que fermentara secretamente até corromper a própria obra quer realizava.

A tristeza se instalou na comunidade de São Bartolomeu, e eu duvidava de que fosse deixá-la nos anos seguintes. Como as bestas esqueléticas que furaram as defesas do segundo andar do colégio tinham acabado por se desintegrar em cubos diminutos no momento da morte de Heineman, assim como acontecera à Morte, apenas o irmão Maxwell havia perecido na batalha. Mas Maxwell, Timothy e, ainda, o pobre Constantine seriam chorados a cada nova estação na vida que ali continuava, agora sem os três.

Sábado à noite, três dias após o ataque, Rodion Romanovich veio ao meu quarto na hospedaria trazendo duas garrafas de vinho tinto dos bons, pão fresco, queijo, rosbife e vários condimentos, nenhum deles envenenado.

Boo passou a maior parte da noite deitado sob meus pés, como se temesse que eles pudessem ficar frios.

Elvis deu uma passada lá. Pensei que ele poderia ter finalmente ido embora, seguindo o exemplo de Constantine, mas o Rei continuava neste mundo. Ele parecia preocupado comigo. E eu suspeitava, também, que pudesse estar esperando pela sua hora com o senso de drama e estilo pelo qual ficara famoso em vida.

Perto da meia-noite, sentados a uma pequena mesa perto da janela junto à qual, poucos dias antes, eu havia esperado pela neve, Rodion disse:

— Você está liberado para ir embora na segunda-feira, se quiser. Ou vai ficar?

— Posso voltar um dia — falei —, mas agora este não é bem o lugar para mim.

— Acredito que, sem exceção, os irmãos e as irmãs sentem que aqui será sempre o seu lugar. Você salvou todos eles, filho.

— Não, senhor. Nem todos.

— Todas as crianças. O Timothy foi morto no momento em que você viu o primeiro bodach. Não havia nada que pudesse ter feito por ele. E a culpa pelo Maxwell é mais minha do que sua. Se eu tivesse entendido a situação e atirado antes em Heineman, poderia ter salvado o irmão.

— O senhor demonstra uma gentileza surpreendente, sendo um homem que prepara as pessoas para a morte.

— Bem, sabe, em alguns casos, a morte é uma gentileza não só para a pessoa que a recebe, mas para aquelas que o próprio morto poderia ter destruído. Quando você vai embora?

— Na semana que vem.

— Para onde você vai, filho?

— Para casa, Pico Mundo. E o senhor? De volta para sua amada Indianápolis?

— Tenho certeza de que, infelizmente, a Biblioteca do Estado de Indiana, no número 140 da North Senate Avenue, está uma bagunça sem mim. Mas, em vez de voltar para lá, vou para o deserto da Califórnia, onde a Sra. Romanovich deve aterrissar em seu retorno do espaço.

Tínhamos certo ritmo para essas coisas que me pedia para tomar um gole de vinho e saboreá-lo antes de perguntar:

— Espaço, o senhor quer dizer tipo a Lua?

— Não tão longe desta vez. Por um mês, a bela Sra. Romanovich esteve a serviço deste maravilhoso país a bordo de uma determinada plataforma orbital sobre a qual não estou autorizado a dizer mais nada.

— Será que ela conseguiu tornar a América um lugar seguro para sempre, senhor?

— Nada é para sempre, filho. Mas se eu tivesse que colocar o destino da nação nas mãos de uma única pessoa, não poderia pensar em ninguém mais em quem confiasse tanto quanto ela.

— Gostaria de poder conhecer sua esposa, senhor.

— Quem sabe um dia.

Elvis chamou Boo para dar uma coçada na barriga do cachorro, e eu disse:

— Me preocupam as informações nos computadores do Dr. Heineman. Em mãos erradas...

Inclinando-se, ele murmurou:

— Não se preocupe, meu garoto. Os dados nos computadores viraram pó. Me certifiquei disso antes de chamar meus colegas.

Levantei minha taça para um brinde.

— Aos filhos de assassinas e maridos de heroínas do espaço.

— E à sua menina perdida — disse ele, fazendo tim-tim na minha taça —, que, na nova aventura que está vivendo, te leva no coração, assim como você a guarda no seu.

CINQUENTA E CINCO

O CÉU DO INÍCIO DA MANHÃ ERA CLARO E PROFUNDO. O PASTO coberto de neve se estendia brilhante e límpido como o amanhecer após a morte, quando o tempo terá derrotado o tempo e todos estarão redimidos.

Tinha me despedido de todos na noite anterior e decidido partir quando os irmãos estivessem na missa e as irmãs, ocupadas com as crianças que acordavam.

As estradas estavam limpas e secas, e o cadilac adaptado surgiu silencioso no meu campo de visão. O motorista estacionou junto aos degraus de acesso à hospedaria, onde eu o esperava.

Me apressei em insistir que não saísse do carro, mas ele se recusou a ficar atrás do volante.

Meu amigo e mentor, Ozzie Boone, o famoso escritor de livros de mistério sobre o qual muito falei em meus outros dois manuscritos, é um homem gloriosamente gordo, 180 quilos quando está de regime. Ele insiste que parece melhor do que muito lutador de sumô, e talvez esteja mesmo, mas me preocupo toda vez que ele se levanta de uma cadeira, pois sempre dá a impressão de que faz esforço demais para seu grande coração.

— Meu caro Odd — disse ele, enquanto me dava um abraço apertado de urso junto à porta aberta do lado do motorista. — Temo que você tenha perdido peso. Está um fiapo.

— Não, senhor. Estou pesando a mesma coisa que pesava quando o senhor me deixou aqui. Pode ser que esteja parecendo menor porque o senhor aumentou de tamanho.

— Tenho um saco colossal de chocolate amargo dos finos dentro do carro. Se quiser, você pode ganhar uns 2 quilos no caminho até Pico Mundo. Deixa eu colocar sua bagagem no porta-malas.

— Não, não, senhor. Posso cuidar disso.

— Caro Odd, você treme achando que vou morrer faz anos, e daqui a mais dez anos ainda vai tremer achando que vou morrer. Vou acabar sendo de uma tal inconveniência para todos que tiverem que preparar meu corpo que Deus, se tem qualquer piedade dos agentes funerários, é capaz de me manter vivo talvez para sempre.

— Senhor, não vamos falar de morte. O Natal está chegando. É uma época para ficarmos alegres.

— Pois não, vamos falar de pinheirinhos e de todas as outras coisas que lembram o Natal.

Enquanto ele me observava e, sem dúvida, pensava em como agarrar uma das minhas malas e carregá-la, acomodei meus pertences no porta-malas. Quando fechei o compartimento e levantei os olhos, encontrei todos os irmãos, que deveriam estar na missa àquela hora, reunidos em silêncio nos degraus de acesso à hospedaria.

A irmã Angela e uma dúzia de freiras estavam ali também. Ela disse:

— Oddie, posso te mostrar uma coisa?

Me aproximei da freira enquanto ela desenrolava um canudo, revelando uma folha grande de papel de desenho. Jacob tinha executado com perfeição um retrato meu.

— Muito bom. E muito gentil da parte dele.

— Mas não é para você — disse ela. — É para a parede do meu escritório.

— Ficar na companhia daqueles três é um pouco demais para mim, irmã.

— Jovem, não cabe a você dizer em quem eu gostaria de me espelhar a cada dia. O enigma?

Eu já tinha tentado a resposta que Rodion Romanovich fizera soar tão convincente: *coragem*.

— Irmã, estou sem mais ideias.

Ela disse:

— Você sabia que, depois da Guerra da Independência, os fundadores do nosso país quiseram coroar George Washington rei, mas ele recusou?

— Não, senhora. Não sabia disso.

— Sabia que Flannery O'Connor vivia tão discretamente em sua comunidade que muitos de seus conterrâneos não sabiam que se tratava de uma das maiores escritoras da época?

— Uma sulista excêntrica, imagino.

— Você acha isso mesmo?

— Acho que, se fosse fazer um teste sobre essas coisas, iria ser reprovado. Nunca fui muito bom na escola.

— Harper Lee — disse a irmã Angela —, a quem foram oferecidos mil doutorados honorários e incontáveis prêmios por seu belo livro, não os aceitou. E educadamente dispensava os adoradores, jornalistas e professores que faziam peregrinações à sua porta.

— Nem dá para culpá-la por isso, irmã. Tantas companhias indesejáveis deviam ser um incômodo.

Acho que nunca os olhos de florzinhas azuis tinham brilhado tanto quanto naquela manhã, à entrada da hospedaria.

— *Dominus vobiscum*, Oddie.

— E com a senhora também, irmã.

Jamais tinha sido beijado por uma freira antes. Nunca havia beijado uma também. A bochecha dela era muito tenra.

Quando entrei no cadilac, vi que Boo e Elvis estavam sentados no banco traseiro.

Os irmãos e as irmãs ficaram lá, em silêncio na escadaria, e mais de uma vez olhei para eles enquanto nos afastávamos, olhei para trás até o ponto em que a estrada em declive fazia uma curva e o São Bartolomeu finalmente sumiu de vista.

CINQUENTA E SEIS

O CADILAC TINHA SUA ESTRUTURA REFORÇADA PARA SUPORTAR o peso de Ozzie sem perder estabilidade, e o banco do motorista fora especialmente adaptado para o tamanho do meu amigo.

Ele conduzia o carro à maneira suave de um piloto de corrida, e nós voamos da região montanhosa para a planície com uma graça que não parecia possível àquela velocidade.

Depois de um tempo, eu lhe disse:

— O senhor é um homem rico por qualquer padrão de medida.

— Tenho conseguido ser ao mesmo tempo feliz e produtivo — concordou ele.

— Quero lhe pedir um favor tão grande que tenho até vergonha de dizer o que é.

Sorrindo, ele falou:

— Você nunca deixa que façam nada por você. Mas é como um filho para mim. Para quem deixaria todo o meu dinheiro? Chester, o Terrível, é que não vai precisar dele.

Chester, o Terrível, é seu gato de estimação, que não havia nascido com esse nome, mas o merecera.

— Tem uma menina no colégio.

— No São Bartolomeu?

— Sim. O nome dela é Flossie Bodenblatt.

— Ai, meu Deus.

— Ela sofreu um bocado, senhor, mas é brilhante.

— O que você quer?

— Será que o senhor abriria uma poupança para ela no valor de 100 mil dólares livres de impostos?

— Feito.

— É para que ela possa se estabelecer na vida quando deixar o colégio, para que possa se estabelecer trabalhando com cachorros.

— Vou pedir ao meu advogado que especifique a doação exatamente dessa forma. E eu devo supervisionar pessoalmente a saída dela do colégio para o mundo aqui fora, quando chegar a hora?

— Ficaria eternamente grato, senhor.

— Bem — disse ele, tirando as mãos do volante apenas por tempo suficiente para batê-las rapidamente, como se espanasse o pó delas, num movimento breve —, essa foi fácil como comer torta de creme. Para quem mais precisamos abrir uma poupança agora?

As profundas sequelas cerebrais de Justine não podiam ser curadas por uma poupança. Dinheiro e beleza são defesas contra as tristezas deste mundo, mas nem uma coisa nem outra é capaz de desfazer o passado. Só o tempo pode vencer o tempo. Ir adiante é o único caminho possível de volta à inocência e à paz.

Seguimos viagem por mais algum tempo, falando do Natal, quando de repente fui tomado por uma intuição, de longe a mais forte que jamais experimentara.

— O senhor pode parar no acostamento?

O tom da minha voz transformou seu rosto gordo e generoso numa carranca de camadas sobrepostas.

— Alguma coisa errada?

— Não sei. Talvez não errada... Mas é alguma coisa muito importante.

Ele conduziu o cadilac até uma reentrância do acostamento, à sombra de uns pinheiros majestosos, e desligou o motor.

— Oddie?

— Só um momento, senhor.

Ficamos em silêncio enquanto engrenagens de luz e sombras feito penas lançadas pelos pinheiros pairavam sobre o para-brisa.

A intuição estava tão forte que ignorá-la seria negar quem e o que eu era.

Minha vida não é minha. Eu a sacrificaria para salvar a da minha menina, mas essa troca não estava nos planos do Destino. Agora vivo uma vida da qual não preciso, e sei que chegará o dia em que vou entregá-la pela causa certa.

— Tenho que sair daqui, senhor.

— O que foi? Você não está se sentindo bem?

— Estou bem, senhor. É o magnetismo psíquico. Tenho que continuar a pé a partir daqui.

— Mas você vai voltar para casa para o Natal.

— Acho que não.

— Andar a partir daqui? Andar para onde?

— Não sei, senhor. Vou descobrir andando.

Ele não aguentou ficar atrás do volante e, quando apanhei apenas uma mochila do porta-malas do carro, disse:

— Você não pode simplesmente ir embora levando só isso.

— Aqui tem tudo de que eu preciso — assegurei a ele.

— Que tipo de encrenca você está indo arranjar?

— Talvez nem seja encrenca, senhor.

— E o que mais seria?

— Talvez seja encrenca — falei. — Mas talvez seja a paz. Não sei dizer. Mas com certeza estou sendo chamado.

Ele estava decepcionado.

— Mas eu estava tão ansioso para...

— Eu também, senhor.

— O pessoal sente tanto a sua falta em Pico Mundo.

— E eu sinto falta de todos lá também. Mas é assim que tem que ser. O senhor sabe como as coisas são comigo.

Fechei o porta-malas.

Ele não queria retomar a estrada e me deixar ali.

— Tenho o Elvis e o Boo — eu disse a ele. — Não estou sozinho.

Ozzie é um cara difícil de abraçar, é muita massa para dar conta.

— O senhor tem sido um pai para mim — falei. — Eu te amo, senhor.

Ele só conseguiu dizer:

— Filho.

De pé no acostamento, vi o carro ir embora e diminuir de tamanho até sumir de vista.

Então comecei a caminhar ao longo da estrada, indo para onde a intuição parecia me levar.

Boo se posicionou ao meu lado. Ele é o único cão fantasma que já vi. Os animais sempre seguem para o outro mundo. Por algum motivo, ele tinha se demorado mais de um ano no mosteiro. Talvez esperando por mim.

Por um tempo, Elvis caminhou com passos leves também ao meu lado e, em seguida, começou a andar de costas à minha frente, sorrindo como se tivesse acabado de me pregar a maior das peças e eu não soubesse disso ainda.

— Achei que você já tivesse ido embora a essa altura — eu disse a ele. — Você sabe que está preparado.

Ele concordou com a cabeça, ainda sorrindo como um tolo.

— Então vá. Vou ficar bem. Estão todos esperando por você. Vá.

Ainda andando de costas, ele começou a dar adeus e, passo a passo, sempre para trás, o Rei do rock and roll foi apagando até ter ido embora deste mundo para sempre.

Estávamos bem longe das montanhas. Naquele vale da Califórnia, o dia era uma presença amena sobre a terra, as árvores alçando-se em direção ao seu brilho e aos pássaros.

Tinha andado talvez uns 100 metros desde a despedida de Elvis quando percebi que alguém caminhava ao meu lado.

Surpreso, olhei para ele e disse:

— Boa-tarde, senhor.

Andava com o paletó pendurado num dos ombros, as mangas da camisa arregaçadas. Sorria aquele seu sorriso charmoso.

— Tenho certeza de que vai ser interessante — falei —, e fico honrado se puder fazer pelo senhor o que fiz por ele.

Ele tocou a aba do chapéu, como que ajeitando-o mas sem tirá-lo, e piscou.

Com o Natal a poucos dias, seguimos a curva da estrada, andando em direção ao desconhecido, que é para onde qualquer caminhada sempre leva: eu, meu cachorro Boo e o espírito de Frank Sinatra.

NOTA

Os livros que mudaram a vida do irmão Knuckles foram ambos escritos por Kate DiCamillo. São eles: *A odisseia de Edward Tulane* e *A história de Despereaux*, ambos histórias maravilhosas. Como podem ter feito Knuckles trocar uma vida no crime por outra, de bondade e esperança, *mais de uma década antes de sua publicação*, não sei. Só posso dizer que a vida é cheia de mistérios, e que a magia da Sra. DiCamillo pode ter tido algo a ver com isso.

Odd Thomas

Este livro foi composto na tipologia Adobe
Caslon Pro, em corpo 11,5/15,5, e impresso em
papel off-white 80g/m² no Sistema Cameron da
Divisão Gráfica da Distribuidora Record.